김강현 신무협 장편소설

ORIENTAL FANTASYSTORY & ADVENTURE

황금공자

黄金公子

dream
books
드림북스

황금공자 4 합비지사

초판 1쇄 인쇄 / 2011년 11월 7일
초판 1쇄 발행 / 2011년 11월 17일

지은이 / 김강현

발행인 / 오영배
편집팀장 / 신동철
책임편집 / 오승화
편집디자인 / 신경선
펴낸 곳 / (주)삼양출판사 · 드림북스

주소 / 서울특별시 강북구 송천동 322-10호
대표 전화 / 02-980-2112 팩스 / 02-983-0660
편집부 전화 / 02-980-2116 팩스 / 02-983-8201
블로그 / blog.naver.com/dreambookss

등록번호 / 제9-00046호
등록일자 / 1999년 3월 11일

ⓒ 김강현, 2011

값 8,000원

ISBN 978-89-542-4527-2 (04810) / 978-89-542-4523-4 (세트)

* 지은이와 협의하에 인지는 생략합니다.
* 잘못된 책은 구입한 곳에서 바꾸어 드립니다.

황금공자

黄金公子

김강현 신무협 장편소설

ORIENTAL FANTASYSTORY & ADVENTURE

4

합비지사

목차

제1장
금철휘

　도저히 믿을 수가 없었다. 자신은 분명히 죽었다. 한데 어떻게 여기 서 있단 말인가. 대체 저 앞에서 혈룡귀갑대주 금철휘의 모습을 하고 서 있는 자는 누구란 말인가.

　금철휘는 무서운 눈으로 혈룡귀갑대주를 노려봤다. 지금의 모습과는 다르지만 너무나도 익숙했다. 솔직히 지금의 금철휘로 살아온 시간보다 혈룡귀갑대주로 살아온 시간이 수십 배 많으니 오히려 더 익숙한 쪽은 눈앞에서 괴상한 기운을 풀풀 날리고 있는 혈룡귀갑대주였다.

　"가만, 괴상한 기운?"

　금철휘의 표정이 묘해졌다. 살로 뒤덮인 몸이 살짝 떨렸다.

상대는 정말로 괴상한 기운을 풀풀 날렸다. 보통 사람이 가질 수 없는 기운이었고, 무엇보다 저 몸으로 살아갈 때 단 한 번도 가졌던 적이 없는 기운이었다.

"저놈, 저거 뭐야?"

금철휘는 긴장감을 털어 버렸다. 뭔가 느낌이 이상했다. 저놈을 이대로 둬선 안 되겠다는 생각이 들었다. 금철휘의 몸이 순식간에 혈룡귀갑대주에게로 쏘아져 나갔다. 극성의 귀혼보가 펼쳐졌다. 그야말로 눈 깜짝할 새에 혈룡귀갑대주 앞에 도착했다. 하지만 혈룡귀갑대주는 금철휘가 채 움직이기도 전에 이미 대각선으로 물러났다.

"더럽게 빠르네."

생전의 무위를 그대로 가지고 있었다. 아니, 어떤 면에서는 더 대단해 보이기도 했다. 생전의 기운도 모자라 괴상한 기운까지 덧씌워졌으니 말이다. 아직 지금의 수준으로는 따라잡기가 어려웠다.

금철휘가 다시 몸을 날리려 할 때, 혈룡귀갑대주가 갑자기 괴로운 표정을 지었다. 그리고 혼란스러운 듯 고개를 젓더니 양손으로 머리를 감싸 쥐었다.

"크아아아!"

괴성을 지르며 고개를 젓다가 금철휘를 노려보는 일을 반복했다. 금철휘는 대체 이게 뭐 하는 짓인지 영문을 몰라 잠시 그 모습을 살폈다.

혈룡귀갑대주는 잠시 망설이다가 이내 돌아섰다. 그리고 무시무시한 속도로 사라져 버렸다. 금철휘는 멍하니 그 광경을 지켜보다가 중얼거렸다.

"뭐야? 저놈?"

뭔가 정상적이지 않다. 사실 정상이라면 그게 더 이상한 일이긴 했다. 자신은 분명히 죽었다. 그렇다면 저놈은 지금 혼이 없이 몸만 움직이고 있다는 뜻이다. 그러니 제정신이 아닌 게 당연했다. 문제는 대체 어떻게 움직이고 있느냐는 점이었다.

"가만, 죽은 시체를 일으켜 움직이려면 강시밖에 답이 없지? 그럼 어떤 미친놈이 내 몸으로 강시를 만들었다는 말인데…… 어떤 놈인지 절대 가만 안 둔다."

처음 풍땡이 금철휘의 몸으로 깨어나 물에 비친 모습을 보며 느꼈던 더러운 기분쯤은 너무나 상쾌하게 만들어줄 정도로 기분이 바닥으로 가라앉았다.

죽을 때의 상황이 떠올랐다. 그 검은 벼락, 생각해 보니 검은 벼락이라는 게 존재할 리 없었다. 분명히 뭔가가 있었다. 그렇게 의심하기 시작하니 모든 것이 이상했다. 혈룡귀갑대가 전 무림의 공적이 되다시피 한 상황도 이해가 안 갔고, 또 그 이후의 상황들도 잘 이해가 가지 않았다.

'그나마 동료들을 화장한 게 다행이군.'

오늘 예전 자신의 몸을 만나고 나니, 만일 예전 동료들의 시체를 화장하지 않았다면 그 시체가 어떻게 쓰였을지 대강 짐작이 갔다. 혈룡귀갑대 정도 되는 고수의 시체는 정말로 유용할 테니까 말이다.

"따라갈 수 있었으면 좋았을 텐데 말이지."

금철휘는 혈룡귀갑대주가 사라진 방향을 쳐다보며 눈살을 찌푸렸다. 실력이 꽤 차이 나서 따라갈 엄두도 내지 못했다. 냉정하게 지금의 자신과 비교해 보면 혈룡귀갑대주가 훨씬 위였다. 일단 내공의 양이 비교할 수 없을 정도로 차이 나니 말이다.

"그래도 내겐 천령신공이 있지."

천령신공과 백토신공을 이용하면 내공은 금방 따라잡을 수 있다. 그리고 일단 내공을 따라잡으면 그다음부터는 결코 혈룡귀갑대주에게 뒤질 일이 없다.

그 역시 천령신공의 힘이었다. 오랜 시간 수련을 하고 다양한 경험을 거치면 몸에 그것이 새겨진다. 물론 혼에도 새겨지겠지만 몸에 새겨지는 것이 훨씬 많다. 그러니 엄밀히 따지면 현재 금철휘의 몸으로 예전 혈룡귀갑대주만큼 싸울 수는 없다. 하지만 그 간극을 천령신공이 메워줄 수 있다.

"젠장. 좋아. 한다, 해. 어떤 놈들인지 잡히기만 해라. 아주 그냥 갈아 마셔줄 테니까."

금철휘는 그렇게 중얼거리며 더러운 기분을 조금 다스렸다. 그리고 어떻게든 배후를 들춰내겠다고 다짐했다.

             *   *   *

   "이 일을 제대로 설명하지 못하면 어찌 될지는 알겠지?"

   사내가 환한 미소를 지으며 말했다. 그러자 바닥에 엎드려 벌벌 떨던 중년인이 맹렬히 고개를 바닥에 찧었다. 그의 이마가 터져 피가 나왔지만 그는 아랑곳하지 않고 몇 번이나 반복해 머리를 찧었다.

   쿵! 쿵! 쿵!

   "억울합니다! 전 정말 아무것도 모릅니다!"

   사내가 천천히 걸어가 중년인의 뒤통수를 꾹 밟았다. 중년인은 더 이상 머리를 찧지 못하고 이마를 바닥에 댄 채 고통 어린 신음을 흘렸다.

   "끄으으."

   이마가 점점 바닥을 파고들었다. 바닥이 쩍쩍 갈라지며 중년인이 조금씩 파묻혀 갔다.

   "제, 제발 자비를……."

   "자비라……."

   사내가 고개를 갸웃거렸다. 그리고 환하게 웃었다.

   "내가 모르는 말이군."

   콰직!

   중년인의 머리가 그대로 터져 버렸다. 사내는 발을 한차례 털어 신에 묻은 뇌수를 바닥에 뿌려 버렸다. 그리고 냉정히 돌아서서 원래 있던 자리로 걸어갔다.

"치워라."

사내의 명이 떨어지기 무섭게 흑의를 입은 자들이 유령처럼 솟아나 순식간에 시체를 치워 버렸다.

"흑영."

흑의인들의 수장, 흑영이 조용히 사내의 뒤에 시립했다. 그는 사내의 수족이나 다름없었다.

"뒤를 싹 캐봐. 천귀당을 완전히 뒤집어 버려."

"존명."

흑영이 사라지자 사내가 천천히 자리에 앉았다. 사내의 몸에서 광포한 기운이 회오리치며 주변 집기들을 박살 냈다.

한동안 난동을 피우던 사내가 씩씩대며 숨을 골랐다.

"후욱. 후욱. 버러지 같은 놈 하나 때문에 최소한 팔 한 짝이 날아가게 생겼구나."

사내가 관리하는 수많은 것들 중 가장 중요한 건 바로 그것, 혈룡귀갑대주였다. 더 정확히는 혈룡귀갑대주의 시체로 만든 천혈강시였다.

본능적으로 생전의 무공을 구사하며, 살아 있을 때의 모든 경험을 고스란히 갖고 있는 강시의 최고봉이라 할 수 있었다. 또한 강시로 재탄생하며 막대한 기운과 단단한 육체를 가지게 되니, 살아 있을 때보다 오히려 훨씬 더 강해졌다고 할 수 있었다.

"게다가 아직 대법이 완전히 끝나지 않았단 말이지."

사내가 화를 낸 이유 중 하나가 바로 그것이었다. 아직 대법이 완전히 끝난 게 아니었다. 그런 상황에서 강시를 밖으로 내돌리다가 자칫 잘못되기라도 하면 어쩐단 말인가.

"그때는 목숨 한두 개로 끝나지 않는 거지."

자신만 끝나는 게 아니다. 자신과 관계된 모든 것이 끝난다. 사내는 진지하게 천귀당을 몰살시킬까 고민했다. 하지만 이내 고개를 저었다. 책임자인 천귀당주 하나의 목숨으로 일단은 됐다. 배후를 더 캐서 잘못이 조금이라도 있는 놈들을 죽이면 된다.

"일단은 거기까지. 아직 천귀당은 쓸모가 있으니까."

사내의 눈이 번득였다. 일단 가장 신경 쓰이던 일을 처리하고 나니 요즘 계속 신경을 건드리던 일 하나가 떠올랐다.

"마침 오는군. 쓰레기 같은 놈."

사내가 한쪽을 응시했다. 그러자 그쪽에서 진추방이 헐레벌떡 달려왔다.

"주, 주군!"

"닥쳐라, 버러지 같은 놈. 앞으로 날 주군이라 부르지 마라."

진추방은 그 싸늘한 분위기에 심장이 덜컥 내려앉았다.

"주, 주군……."

사내가 귀찮은 듯 손을 슥 휘둘렀다.

쩡!

"크억!"

진추방은 가슴이 움푹 함몰된 채로 나동그라졌다. 입에서 울컥울컥 피가 쏟아져 나왔다. 목숨에 지장이 있을 정도는 아니지만 말을 할 수 없을 정도로 괴롭고 고통스러웠다.

"말로 해서는 듣지를 않는구나."

사내는 그렇게 말하며 차가운 눈으로 진추방을 쳐다봤다. 진추방은 억지로 몸을 일으켜 바닥에 엎드렸다. 대체 뭐라고 불러야 할지 몰라 입을 꾹 다문 채로 사내의 다음 말을 기다렸다.

"날 주인님이라 불러라. 넌 이제부터 그저 노예다. 앞으로 개처럼 진창을 굴러 봐라."

진추방이 몸을 부르르 떨었다. 노예로 전락한 자들이 얼마나 비참한 삶을 사는지 익히 봐 왔기에 그 공포가 그의 온몸을 장악해 버렸다.

"사해방도 날려 버리고, 금룡장도 그대로고, 대체 네놈이 한 일이 뭐가 있느냐?"

진추방은 아무런 말도 할 수 없었다. 입이 열 개라도 할 말이 없었다. 아니, 그저 두렵고 무서웠다. 사시나무처럼 몸을 덜덜 떨었다.

"이제 어떻게 해야겠느냐?"

진추방은 대답하지 못했다. 사내가 차가운 눈으로 자리

에서 일어나 걸어갔다. 그리고 엎드린 진추방의 뒤통수에 발을 올렸다. 진추방의 떨림이 더욱 거세졌다. 그는 몇 번이나 이 광경을 본 적이 있었다. 그리고 그때마다 자신은 절대 저런 꼴이 되지 말자고 다짐했다. 한데 결국 이렇게 되었다.

"아무 말도 안 하는구나."

진추방은 말을 하고 싶어도 할 수 없었다. 극심한 공포가 그의 언어능력을 순간적으로 가져가 버린 것이다. 그리고 결과적으로 그것이 그의 목숨을 살렸다.

"자비 어쩌고 하면 단번에 밟아 버리려 했는데, 운이 좋군."

사내는 그렇게 말하며 발을 뗐다. 그리고 원래 자리로 돌아가 앉았다.

"자, 마지막 기회를 주마. 사해방이 사라졌다. 이제 어떻게 하면 되겠느냐?"

진추방의 두뇌가 맹렬히 회전했다. 지금까지 살면서 이렇게 머리를 혹사한 적이 없을 정도로 머리를 굴렸다. 그의 머리에서 뿌연 김이 솟았다. 한계를 넘어설 정도로 머리를 혹사했기에 벌어진 일이었다.

"빼, 빼앗으면 됩니다!"

진추방이 결론을 내리고 소리쳤다. 사내가 만족한 듯 미소 지었다. 그의 미소는 너무나 섬뜩했다.

"역시 죽음에 한 발 걸쳐야 머리를 쓴다니까."

진추방은 미친 듯이 뛰는 심장을 진정시키며 숨을 골랐다.

머리가 어지러웠다. 그리고 사내가 자신에게 무슨 짓을 한 건지 깨닫고 진저리를 쳤다. 한계를 초월해 머리를 쓰도록 만들려고 죽음의 공포를 각인시킨 것이다.

"흑영."

사내의 부름에 흑영이 나타났다. 사내는 흑영을 쳐다보지도 않고 명령했다.

"저 버러지에게 마지막 기회를 줘라. 원하는 것을 지원해주도록."

"존명."

흑영이 대답과 함께 사라졌다. 그리고 장내에는 사내만 남았다. 흑영이 진추방까지 함께 데리고 사라진 것이다.

"금향각이라고 했던가? 앞으로 재미있어지겠어. 그걸 얻으면 이번 일이 조금 잘못되어도 팔을 보전할 수 있겠어."

사내의 새하얀 웃음이 달빛과 어우러져 섬뜩하게 빛났다.

*   *   *

"어디 다녀오신 건가요?"

화예지의 물음에 금철휘는 그저 손을 한 번 내젓고는 자리에 앉아 묵묵히 술잔을 기울였다. 그 분위기가 평소와 매우 달라 화예지는 왠지 조심스러워졌다. 하지만 굉장히 궁금했다. 조금 전 금철휘가 갑자기 나갈 때의 표정이 너무나 심상치 않았기 때문이다. 한데 돌아온 지금의 표정은 그보다 더 심각했다. 화예지는 끈기 있게 기다렸다. 이럴 때는 먼저 나서기보다는 그저 가만히 옆에 있어주는 것이 훨씬 더 효과적이었다.

그렇게 시간이 계속 흘러갔다. 수십 개의 술병이 상 한쪽에 가지런히 늘어섰다. 금철휘가 먹고 마시는 속도는 가히 상상을 초월했다. 오늘은 평소보다 훨씬 대단했다. 화예지는 그 모든 것이 오늘 있었던 일 때문이라는 것을 짐작하고 묵묵히 금철휘의 시중을 들어주었다.

"정말로 믿을 만한 사람으로 백 명, 모을 수 있어?"

"백 명이요?"

화예지의 눈이 동그래졌다. 사람 백 명을 모으는 것쯤 일도 아니다. 하지만 금철휘가 자신에게 부탁을 한다는 것은 아무나 모으면 되는 일이 아닐 것이다. 믿을 수 있는 사람에도 종류가 여럿 있으니 말이다.

"믿을 만한 사람이라면 어떤……."

"내가 죽으라고 하면 웃으면서 스스로의 심장을 찌를 수 있을 정도의 사람."

화예지가 입을 다물었다. 그녀의 머리는 이미 맹렬히 회전하고 있었다. 금향각의 힘을 이용하면 사람을 구하는 일은 쉽다. 하지만 그 조건이 너무나 까다로웠다. 믿음을 주려면 시간이 필요하다. 한데 금철휘는 당장 그런 사람 백 명을 내놓으라고 하니, 너무나 어려웠다.

"쉽지 않네요."

금철휘가 손을 한 번 내저었다.

"됐다. 신경 쓰지 마라. 그냥 괜히 해본 소리야."

사실 말하면서도 금철휘는 그게 가능할 거라고는 생각하지 않았다. 믿음이라는 걸 만들기 위해서는 많은 것이 필요하다. 한데 어떤 것도 없이 믿을 만한 사람을 만들라는 게 쉬울 리 있는가. 게다가 한 명도 아닌 백 명을 말이다.

화예지는 금철휘의 말에 대꾸하지 않았다. 하지만 속으로는 결심을 굳히고 있었다. 금철휘가 자신에게 처음으로 한 부탁이었다. 그동안은 거의 모든 것이 금철휘의 힘으로 이루어졌다. 한데 처음으로 금철휘의 힘이 완전히 배제된 임무가 생긴 것이다.

'어떻게든 해내고 말겠어요.'

화예지의 눈이 별처럼 반짝였다. 그녀는 금향각의 힘을 믿었다. 그리고 자신의 능력을 믿었다.

금철휘는 침상에 누웠다. 술을 그렇게 많이 마셨는데도 전혀 취하지 않았다. 그저 머릿속이 어지러웠다. 오늘 만난 자신의 예전 몸을 보니, 참으로 여러 가지 생각이 들었다. 가장 먼저 떠오른 것이 바로 예전의 동료들, 혈룡귀갑대였다.

화예지에게 다소 억지스런 부탁을 했던 이유도 그들이 떠올랐기 때문이었다. 자신의 예전 몸을 보고 나니, 불현듯 새로운 혈룡귀갑대를 만들면 어떨까 하는 생각이 든 것이다.

물론 가능할 리 없다. 그 정도로 강하게 만드는 것도 쉽지 않은 일이었고, 그렇게 믿을 만한 사람들을 구하는 것도 어려운 일이었다.

"하긴, 지금 그런 걸 만들어서 뭐해? 잠이나 자자."

금철휘는 눈을 감고 잠을 청했다. 사실 자려고 마음만 먹으면 금방 잘 수 있었다. 그에게는 천령신공이 있다. 천령신공의 시작은 자신의 몸을 완벽히 통제하는 것이다. 고작 잠자는 것쯤 어려울 것 없었다. 하지만 금철휘는 잠들지 못했다.

"젠장. 이거 심란하네."

금철휘가 자리에서 벌떡 일어났다. 이렇게 심란할 때는 술이 최고다. 역시 진짜로 취할 때까지 술을 마셔야겠다고 생각했다.

그렇게 마음먹고 밖으로 나갔다. 그리고 그 순간 화예지도 방문을 열고 밖으로 나왔다.

"잠이 안 오시나요?"

화예지가 놀란 눈으로 금철휘를 바라보며 물었다. 잠을 청하려다 나온 듯한 모습이었다. 화장기 없는 청초한 얼굴을 보고 있으니 참으로 아름답다는 생각이 들었다.

"뭐……, 술 한잔 생각이 나서."

"저도요."

화예지가 배시시 웃으며 말했다. 금철휘는 갑자기 흔들리는 마음에 조금 당황했다. 이런 일은 금철휘의 몸을 입은 뒤 처음 있는 일이었다.

"뭐, 같이 마실까? 간단하게."

"좋아요."

두 사람은 자리를 옮겨 간단한 술상을 사이에 두고 앉았다. 그리고 말없이 서로의 잔에 술을 채워 주었다. 굳이 말은 필요치 않았다. 생각해 보면 두 사람은 정말로 많은 일을 함께해 왔다. 비록 짧은 시간이었지만 그래도 충분히 서로를 믿을 수 있었고, 꽤 마음이 통했다.

"고민이라도 있는 얼굴이네?"

"그러는 공자님이야말로 고민이 가득한 얼굴인데요?"

"먼저 말해 봐."

"아까 말씀 안 드렸나요? 오늘 진추방을 봤다고."

"진추방? 예전 금향각을 배신하고 도망갔다던 그놈?"

"예."

화예지는 잠시 입술을 깨물어 화를 다독였다. 진추방을 떠올리는 것만으로 분노가 온몸을 잠식해 들어갈 것만 같았다.

"그놈을 못 잡았어요."

"그래? 의외네? 이번에 사해방을 거의 괴멸시킨 걸로 아는데. 사령주도 잡지 않았나?"

"다 잡았죠. 이번 일을 벌인 일곱 가문의 후계자들도 다 잡았어요. 한데 그놈만 없었어요."

"약삭빠른 놈이로군."

"어쩌면 어딘가에서 또 무슨 일을 꾸밀지도 모르죠."

"그럴 가능성이 크겠지."

금철휘는 고개를 끄덕이며 말을 이었다.

"걱정할 거 없어. 어차피 또 걸릴 테니까. 다음에는 나한테 말해. 내가 단번에 잡아줄 테니까."

화예지가 생긋 웃었다.

"공자님만 믿을게요."

금철휘는 흐뭇한 표정으로 화예지의 미소를 바라봤다. 왠지 마음이 한결 가벼워졌다.

"이제 공자님 차례에요."

"뭐가?"

"뭐가 걱정이신데요?"

"그런 거 없다."

"정말 이러실 거예요?"

금철휘가 빙긋 웃었다. 모든 것을 떨쳐 낸 홀가분한 표정을 짓고서 손가락으로 자신의 얼굴을 가리켰다.

"이게 걱정이 있는 사람의 얼굴 같아?"

화예지는 입을 다물었다. 전혀 그렇게 보이지 않았다. 금철 휘는 그런 화예지를 향해 술잔을 슬쩍 들어 올렸다.

"덕분에 기분이 많이 나아졌어. 요즘 왠지 좀 힘이 빠졌었거든."

"그런가요? 다행이네요."

화예지가 또 생긋 웃었다. 금철휘는 그녀의 미소가 참으로 예쁘다고 생각하며 술잔을 비웠다.

다음 날 해가 중천에 떴을 때가 되어서야 잠에서 깬 금철휘는 느긋하게 금룡장으로 향했다. 금룡장은 싸움의 뒤처리로 밤새 시끄럽다가 이제야 조금씩 소란이 가라앉고 있었다.

금철휘가 금룡장에 들어서자 사방에서 그를 보며 수군거렸다. 금룡장의 소장주라는 사람이 대체 간밤에 어딜 갔었단 말인가. 가문에 이런 큰일이 벌어졌는데 말이다.

금룡장에 있는 대부분의 사람들은 금철휘에게 소장주의 자격이 없다고 여겼다. 금일청은 어젯밤 싸움이 벌어졌을 때, 직접 나서서 사람들에게 든든함을 안겨줬다. 한데 금철휘는 어딘가로 도망쳐서 자신의 안위만 살폈으니 누가 좋아하겠는가.

물론 금철휘는 그 모든 것을 고스란히 들으면서도 아무렇지도 않게 안으로 쑥 들어갔다. 어차피 아무리 그래 봐야 달라지는 것은 없다. 금철휘는 금일청의 외아들이다. 게다가 금철휘는 이미 금룡장의 진짜 재산을 모두 물려받았다. 일이 어떻게 돌아가든 아쉬울 게 전혀 없었다.

금철휘가 가장 먼저 향한 곳은 아버지가 있는 곳이었다.

금일청은 밤새 싸움의 뒤처리를 지켜보고 보고받다가 아침이 되어서야 잠들었고, 잠깐 눈을 붙인 후 다시 일어나 업무를 보고 있었다. 금철휘는 금룡장에 들어서자마자 천령신공을 이용해 금일청이 일하고 있다는 걸 확인하고는 그쪽으로 향한 것이다.

"저 왔습니다."

금철휘는 당당히 집무실로 들어가 적당한 자리에 앉았다. 금일청은 그런 금철휘를 힐끗 쳐다보고는 다시 업무에 열중했다. 하지만 그의 입가가 살짝 말려 올라간 걸로 그의 기분이 어떤지 알 수 있었다.

"너무 무리하지 마시고 좀 쉬었다 하시죠?"

금철휘의 말에 금일청이 다시 그를 힐끗 쳐다봤다. 그리고는 서류를 한 번 보고는 붓을 들어 뭔가를 적었다. 그다음 자리에서 일어나 금철휘 앞에 앉았다.

어느새 시비가 나타나 차 두 잔을 각각 금철휘와 금일청 앞에 내려놓았다.

"왠지 예전이랑은 달라진 거 같구나. 설마 그 팔찌 때문은 아니겠지?"

그 말에 금철휘가 씨익 웃으며 팔찌를 쓰다듬었다.

"뭐, 쓸모는 있더군요."

"허허허."

금일청은 허탈함과 어이없음이 뒤섞인 묘한 웃음을 흘렸

다. 천하에서 그 팔찌를 그런 식으로 말하는 사람은 아마 금철휘뿐이리라. 자신조차 그렇게 받아들이지 못했으니 말이다.

"뭐, 어차피 네게 준 거니 국을 끓여 먹든 구워 먹든 마음대로 해라. 하지만 함부로 여기지는 말았으면 좋겠구나."

"뭘 그리 걱정하십니까? 벌써 하나 득 보지 않았습니까."

"득? 뭘 득 봤단 말이냐?"

"설마 이번 싸움이 그렇게 쉽게 끝난 게 금룡장이 대단해서 그렇다고 믿으신 건 아니시죠?"

금일청의 눈이 살짝 커졌다.

"금향각을 움직인 것 외에 또 있단 말이더냐?"

"금향각 자체가 이미 큰 도움이죠. 한데 금향각의 도움만으로 싸움이 그렇게 쉽게 끝났을 거 같습니까?"

"그건 아니지."

금일청도 냉정하게 상황을 파악하고 있었다. 그리고 이번 싸움으로 얼마나 피해를 볼지, 또 주변의 문파들에게 어느 정도 도움을 받고 얼마나 보상을 해줄 것인지 미리 계산을 뽑아 놨다.

한데 결과적으로 그 계산은 하나도 맞지 않았다. 완전히 틀린 것이다. 피해가 너무 적었고, 주변 문파들의 도움도 예상보다 많이 받을 필요가 없었다.

"하면 그걸 네가 했단 말이더냐?"

"뭐, 그렇게만 알고 계시면 됩니다."

금일청은 새삼스러운 눈으로 금철휘를 바라봤다. 금룡장의 진짜 재산을 물려준 것은 금철휘를 믿었기 때문이기도 했지만 만일의 사태에 대비하기 위함이 컸다. 한데 지금 보니 금철휘의 능력 자체가 대단하지 않은가.

"아무튼 잘 계시는 걸 봤으니 됐습니다. 차도 다 마셨고 이만 가보죠. 아직 만날 사람들이 몇 명 더 있어서요."

금철휘가 빙긋 웃으며 자리에서 일어났다. 그리고 금일청에게 인사를 하고 밖으로 나갔다. 금일청은 한동안 묘한 눈으로 그런 금철휘의 뒷모습을 바라봤다.

금철휘가 다음으로 향한 곳은 사예린이 머무는 전각이었다.

사예린은 전각 안에서 거의 죽은 듯이 지내고 있었다. 금철휘가 어머니의 독을 제거해준 대가로 자신이 가지고 있던 차용증을 가져간 후, 혹시라도 일곱 가문이나 사해방으로부터 해코지를 당할까 마음 졸이며 살았다.

금철휘가 전각에 들어서자, 사예린이 후다닥 나와 그를 맞이했다. 지금 무서운 것들로부터 자신을 지켜줄 수 있는 사람은 금철휘가 유일하다고 여긴 것이다.

"뭐야? 잘 지내라고 했더니 왜 그렇게 겁에 질려 있어?"

"오, 오셨어요?"

사예린의 말투조차 겁에 질려 있었다. 금철휘는 대번에 눈살을 찌푸렸다.

"아직 얘기 못 들었어? 네 뒤에 있던 가문들 다 끝났어. 그 뒤에 있던 사해방도 마찬가지고."

"아, 알아요."

"그런데 왜 그래?"

"아직 실감이 나지 않아요. 금방이라도 그들이 들이닥칠 것 같아서 두려워요."

금철휘는 그 모습을 보며 턱을 쓰다듬었다. 솔직히 말하면 이해할 수 없었다. 금철휘는 지금까지 그런 두려움 자체를 가져본 적이 한 번도 없었으니까 말이다. 심지어는 죽는 그 순간조차도 두렵지 않았다. 그러니 사예린의 마음을 이해할 수 있을 리 없었다.

하지만 다행스럽게도 금철휘에게는 상식이라는 것이 약간이나마 존재했다. 그는 보통 사람은 그런 경우 충분히 두려울 수도 있다는 걸 지식으로 알고 있었다.

"정확히 어떤 상황이 두려운 건데?"

사예린은 잠시 머뭇거렸다. 왠지 말하기가 꺼려진 것이다. 하지만 이내 결심을 굳히고 말했다. 어쨌든 한 번은 말해야 한다. 또한 지금 이 순간 그녀가 가장 믿을 수 있는 사람은 어머니를 제외하면 금철휘뿐이었다.

"아버지 때문에 두려워요."

"아버지? 왜? 또 팔아먹을까 봐?"

"솔직히 이곳에 와서 편한 생활을 하고 있긴 하지만 원하던 만큼 큰돈을 벌지는 못했거든요. 언제 무슨 일을 할지 알 수 없어요."

"흐음. 그래? 뭐, 별거 아니군. 내가 알아서 처리할 테니까 넌 걱정 말고 편히 지내. 어쨌든 가끔 우리 아버지가 보러 오실 텐데 그렇게 우중충한 얼굴을 하고 있으면 그분도 편치 않으실 테니까."

사예린의 표정이 조금 편해졌다. 금철휘가 한다고 했으니 분명히 처리될 거라 믿었다. 짧은 시간이었고, 또 몇 번 겪어 보지 않았지만, 금철휘가 하고자 해서 못 한 일은 지금까지 한 번도 없었다. 이번에도 그렇게 될 거라 생각하니 갑자기 마음이 편해졌다.

"좋아. 바로 그 표정이야. 그럼 앞으로 편히 잘 지내라고."

금철휘는 뒤돌아서서 살집 두툼한 손을 번쩍 들어 한 번 흔들어준 후 뒤뚱뒤뚱 밖으로 나갔다. 참으로 우스꽝스러운 걸음이었다.

하지만 사예린은 그것이 결코 우습지 않았다. 아니, 오히려 너무나 대단해 보였다. 그리고 멋져 보였다. 사람에게는 외모보다 그 안에 있는 것이 훨씬 중요하다는 점을 벌써 몇 번이나 경험했기에 할 수 있는 생각이었다.

금철휘가 다음으로 향한 곳은 유혜련이 있는 홍련각이었

다. 일단 유혜련을 만난 뒤 다시 채명화를 만나고, 마지막으로 백검화와 한서연을 만날 생각이었다. 아칠과 곽한이 제대로 수련하는지도 살피고 말이다.

"이거 바쁘네."

하나하나 정리가 되어가는 듯해서 홀가분하긴 한데, 할 일이 너무 많았다. 이거 말고도 할 일이 태산이었다. 사해방이 뿌린 혈룡귀갑대의 비급은 차치하고, 도망간 진추방도 잡아야 하고, 또 자신의 예전 몸으로 몹쓸 장난을 친 놈도 잡아야 한다.

그 두 가지 일만으로도 머리가 터질 것처럼 복잡했다. 그러니 지금 하는 일들은 왠지 자잘하면서 신경만 쓰이게 만드는 듯한 기분이었다.

투덜거리다 보니 금세 홍련각에 도착했다. 요즘은 천령신공이 상당히 자연스러워서 적당한 반경 내의 기운들은 딱히 의식하지 않아도 알아서 뇌리에 새겨졌다.

"어라? 또 같이 있네? 비슷한 일을 계속 겪어서 정들었나?"

금철휘는 씨익 웃으며 걸음을 서둘렀다. 뒤뚱뒤뚱 우스꽝스러운 걸음으로 홍련각에 들어선 금철휘는 망설임 없이 두 여인이 만나고 있는 방으로 불쑥 들어갔다.

"잘 있었어?"

"꺄악!"

금철휘의 갑작스러운 등장에 유혜련과 채명화는 화들짝

놀라 비명을 질렀다. 그녀들의 호위인 설소영과 화영이 날카로운 눈으로 금철휘를 바라봤다. 그리고 안도하며 다시 기세를 풀었다.

"오호, 잠깐 안 보는 사이에 조금씩 무공이 늘었네?"

금철휘는 그렇게 말하고 두 여인을 한꺼번에 볼 수 있는 자리로 가서 털썩 앉았다. 그리고 능글능글한 눈으로 유혜련과 채명화를 번갈아 쳐다봤다.

"여긴 왜 온 거죠?"

유혜련이 눈살을 찌푸리며 물었다. 사실 요즘에는 그녀도 물불 가릴 처지가 아니었다. 그냥 눈 딱 감고 금철휘에게 안길까 하는 생각도 가끔 할 정도였다. 그리고 그것은 채명화 역시 마찬가지였다.

돈을 빌려 하려던 일은 이제 끝나 버렸다. 받은 돈을 투자해 차린 객잔과 주루가 허공에 날아갔다. 한마디로 사기를 당한 것이다. 사기 한 방에 금 만 삼천 냥을 날렸으니 그야말로 쫄딱 망했다고 해도 과언이 아니었다. 상황이 이러니 오히려 더 금철휘에게 사근사근하기가 어려웠다.

그나마 다행인 것은 돈을 빌려준 자들이 불과 어제 망한 일곱 가문이라는 사실이었다. 그녀들은 사예린에게 돈을 빌렸지만 그 배후에 일곱 가문이 있다는 사실을 알아내고는 몇 번이나 가슴을 쓸어내렸는지 모른다.

"이거 시선이 너무 삐딱한데? 나 그냥 갈까?"

금철휘가 이렇게 나오자 두 여인은 왠지 불안해졌다. 언제 부터인가 금철휘가 이런 식으로 나올 때마다 뭔가 일이 생겼다. 그녀들은 갑자기 심장이 두근거렸다.

　"무, 무슨 일인데요?"

　그제야 조금 말투가 누그러졌다. 억지로나마 사근사근한 말투를 쓰려 애썼다. 어쨌든 지금 금철휘에게 잘 보여 둬서 나쁠 건 없었으니까. 또 이렇게 조금이라도 친하게 해 둬야 나중에 안길 때 눈곱만큼이라도 편해질 것 아닌가.

　금철휘가 두 여인을 번갈아 쳐다봤다. 그리고 씨익 웃었다. 그 웃음이 어찌나 불길해 보였는지 두 여인이 마른침을 꿀꺽 삼켰다. 금철휘는 품에서 종이 두 장을 꺼내 두 여인 앞에 펼쳤다.

　"차, 차용…… 증?"

　"언제 쓴 건지 기억나지?"

　"그, 그런…… 그건 이미 일곱 가문이 끝나면서……."

　"그 전에 내가 샀지."

　두 여인의 안색이 파리하게 질렸다. 금철휘는 기분 좋게 그 모습을 보며 씨익 웃었다.

　"이제부터 평생 나한테 돈을 갚으면서 살아야겠네?"

　유혜련과 채명화는 한동안 멍하니 아무런 말도 하지 못했다. 하지만 시간이 지나니 너무나 화가 치밀어 올랐다. 대체 자신이 무슨 잘못을 했기에 이렇게 처절히 당해야 한단 말인가.

"그래서 어쩌라고요! 몸이라도 팔아서 갚을까요?"

금철휘의 눈이 번득였다. 유혜련은 그것을 보고 급히 입을 다물었다. 갑자기 너무나 두려워져서 아무것도 할 수가 없었다. 그것은 채명화 역시 마찬가지였다.

금철휘는 두 여인을 보며 말없이 두 장의 차용증을 찢어 버렸다.

찌이익! 찌익! 찍! 찍!

처음에는 천천히 찢다가 나중에는 아주 박박 찢어발겼다. 두 여인은 대체 무슨 일인지 영문을 모르고 그것을 지켜보기만 했다. 자신들을 옭아맬 차용증이 사라지는데도 그것이 좋기는커녕 두렵기만 했다. 그만큼 금철휘의 몸에서 풍기는 분위기가 장난 아니었다.

차용증이 거의 가루가 되다시피 했다. 두 여인은 벌벌 떨면서 그 광경을 지켜봤다. 금철휘는 무서운 눈으로 두 여인을 보며 말했다.

"이제 더 이상 쓸데없는 짓은 그만해. 날 귀찮게 하지도 말고. 경고는 이게 마지막이다. 알아들었어?"

두 여인은 입을 꾹 다문 채 정신없이 고개를 끄덕였다. 마치 지금 대답을 하지 않으면 죽을 것 같은 두려움이 밀려왔다. 그녀들은 금철휘의 눈빛이 풀어질 때까지 끊임없이 고개를 끄덕였다.

짝!

금철휘가 손뼉을 쳐서 분위기를 전환시켰다. 두 여인이 그제야 움직임을 멈추고 금철휘를 바라봤다. 눈빛에 떠오른 두려움은 여전했다.

"좋아. 이제 대충 끝났군. 앞으로 잘 해보자고. 괜히 쓸데없는 생각하면 알지?"

두 여인이 고개를 끄덕이자, 금철휘가 만족스럽게 웃으며 자리에서 일어났다.

금철휘가 밖으로 나간 뒤에도 두 여인은 제대로 정신을 차리지 못했다. 사실 두려움에 잠식당한 것은 유혜련과 채명화뿐이 아니었다. 설소영과 화영도 공포에 잠겨 몸이 굳어 있었다.

'무, 무서운……!'

특히 화영은 금철휘의 그 가공할 분위기에 완전히 압도당해 버렸다. 화영의 눈빛 깊은 곳에 지독한 두려움이 깔렸다. 그녀는 자신도 모르게 중얼거렸다.

"갖고 싶어……."

방 안에 있던 세 여인의 시선이 일제히 화영에게로 돌아갔다. 화영은 그제야 정신을 차리고 표정을 수습했다. 하지만 불행하게도 이미 늦어 버렸다.

제2장
백검화와 한서연

黄金公子

　금철휘는 뒤뚱뒤뚱 가벼운 발걸음으로 걸어갔다. 백검화가 머무는 이설각에서 가장 활발한 곳은 전각에 딸린 연무장이었다. 누군가는 항상 그곳에서 수련을 했기에 이설각에서 사람을 보려면 일단 연무장으로 가는 것이 가장 빨랐다.

　"호오. 오늘은 제법 사람이 많은데?"

　금철휘는 기대감 어린 눈으로 이설각의 연무장으로 접어들었다. 천령신공이 자연스럽게 발현되며 채 연무장에 들어서기도 전에 누가 있는지 뇌리에 확확 새겨졌다.

　쩌저저저정!

　연무장에 들어서자마자 본 광경은 검기와 검기가 충돌하며 사방이 폭발에 휘말리는 광경이었다. 금철휘는 크게 고개를 끄덕이며 자신에게 날아오는 검기의 파편들을 툭툭 쳐냈다. 마치 손을 휘둘러 파리를 쫓아내는 듯한 모습이었다.

연무장은 난장판이었다. 곳곳에 구덩이가 보였고, 담장도 군데군데 무너져 보수가 시급했다. 또한 그 모든 곳을 제외한 부분에 칼자국이 거미줄처럼 나 있었다. 얼마나 격렬히 수련을 했고 대련을 했는지 알 수 있는 광경이었다.

"후우우."

백검화가 납검하며 길게 숨을 토해 냈다. 그녀의 주위에 남아 있던 백검의 잔향이 훅 날아가 버렸다. 그렇게 비무를 정리한 백검화가 환하게 웃으며 돌아섰다.

"오셨어요?"

백검화는 금철휘를 향해 사뿐사뿐 걸어갔다. 그녀의 뒤로 참상이 펼쳐져 있었다.

아칠과 곽한은 연무장 한구석에 널브러진 채 피를 게워냈고, 한서연은 머리와 옷이 흐트러질 대로 흐트러진 상태로 주저앉아 질린 눈으로 백검화를 바라보고 있었다. 그리고 그 중간쯤에 무영객이 창백하게 질린 얼굴로 서서 비틀거리고 있었다.

모두 한꺼번에 백검화에게 덤벼들었다가 나가떨어진 것이다. 백검화의 모습은 조금 전 비무를 하던 사람이라고는 생각할 수 없을 정도로 멀쩡했다. 땀 한 방울 흘리지 않았고, 호흡 또한 흐트러지지 않았다.

"기별도 없이 웬일이세요?"

"내가 언제 기별하고 왔나? 그나저나 다들 수련이 많이 모자라나 보네."

백검화가 생긋 웃었다. 앞에서 보고 있는 금철휘에게는 고혹에 더 가까운 미소였지만, 옆에서 그녀를 곁눈질로 힐끗거리는 사람들에게는 소름 끼치는 웃음이었다.

"그래서 앞으로 매일 이렇게 비무를 할 계획이에요. 실전을 경험하면 더 좋겠지만, 그게 힘드니 실전에 최대한 가까운 비무를 해보려고요."

금철휘가 백검화를 힐끗 쳐다봤다.

"넌?"

"예? 저요? 전 당연히 이들의 상대를……."

금철휘는 고개를 돌려 연무장에 널브러진 사람들을 슥 훑어봤다.

"다들 자기 앞가림은 알아서 하라고 해. 넌 네가 하고 싶은 일을 하는 게 낫지 않겠어? 이제 슬슬 널 위한 인생을 살아도 되지 않을까?"

백검화의 눈이 화등잔만 해졌다. 너무 놀라 그대로 몸이 굳어 버렸다. 그리고 속으로 확신했다.

'이 사람, 분명히 그분과 관계가 있어!'

그런 백검화의 생각을 아는지 모르는지 금철휘는 그녀를 쑥 지나쳐 연무장 중심으로 걸어갔다. 그리고 백검화에게 나가떨어진 사람들과 하나하나 눈을 마주치며 혀를 찼다.

"쯧쯧, 고작 그런 실력으로 지금까지 잘도 살아남았네. 요즘 무림 참 좋아진 모양이야. 이렇게 어설픈 데도 아직 죽지 않고 살아들 있는 거 보면 말이야."

금철휘의 독설에 다들 이를 악물었다. 특히 무영객와 한서연은 그 말을 그대로 받아들일 수 없었다.

"그래도 처음에 비하면 이제 제법 잘한답니다. 성장이 빠른 편이에요."

백검화가 변명하듯 말하자 금철휘가 고개를 끄덕였다.

"그런 사람, 딱 한 명인 것 같은데?"

백검화가 어색하게 웃었다. 확실히 경이적인 발전 속도를 가진 사람은 딱 한 명이다. 하지만 그렇다고 다른 사람들이 못하다는 건 아니었다.

"한이가 정상을 벗어난 범주에 든 거예요."

"하긴, 빠르긴 빠르지?"

"네. 어쩌면 몇 년 내에 서연이를 넘어설지도 모르겠어요."

금철휘가 눈을 동그랗게 떴다.

"그 정도야?"

"공자님께서 한 번 가르쳐 보세요. 아마 보는 것과 다르다는 걸 느끼실 수 있을 거예요."

금철휘가 손을 한 번 내저었다.

"내가 그런 거 알아서 뭐해? 난 그냥 앞으로도 지금처럼 금

돼지로 살 거야. 큭큭큭."

금돼지라는 말을 자신이 하고도 재미있어서 키득거리던 금철휘가 문득 떠올랐다는 듯 백검화를 쳐다보며 말했다.

"보약 좀 보내 줄까? 몸보신하기 좋은 거 몇 개가 창고에서 썩어 가는 모양이던데."

백검화가 환하게 웃으며 고개를 끄덕였다. 그리고 슬그머니 금철휘 옆으로 다가가 팔짱을 끼었다.

"공자님께서 보내 주시는 거라면 뭐든 좋아요."

"어허, 소름 끼치게 갑자기 왜 애교를 떨고 그래? 나이를 생각하라고, 나이를."

금철휘가 나이 얘기를 꺼내자 백검화의 표정이 살짝 굳었다. 하지만 억지로 미소를 유지했다. 그런 백검화를 향해 금철휘가 씨익 웃으며 자신을 손가락으로 가리키며 말했다.

"스물하나."

이번엔 손가락 끝이 백검화에게로 향했다.

"서른셋."

백검화의 얼굴이 그대로 딱딱하게 굳어 버렸다. 금철휘는 히죽 웃으며 연무장을 슥 둘러보고는 전각으로 향했다. 이제 다들 전각으로 돌아올 테니 굳이 여기 있을 필요가 없었다.

금철휘는 여전히 굳어 있는 백검화의 어깨를 툭툭 두드려 주었다. 힘내라는 듯이.

사실 금철휘의 실제 나이는 백검화보다 훨씬 많다. 몸의 나이가 적은 것뿐이지 정신으로 따지면 스무 살도 더 위다.

'그래서 나도 가끔 잊는단 말이지. 내가 훨씬 더 어리다는 걸 말이야.'

금철휘는 속으로 자신은 스물한 살이라고 몇 번이나 되뇌며 이설각 안으로 들어갔다.

그리고 백검화는 가만히 그 모습을 지켜보다가 천천히 돌아섰다. 연무장 곳곳에서 침 삼키는 소리가 들려왔다. 백검화의 몸에서 휘몰아치는 심상치 않은 분위기가 연무장을 그대로 뒤덮어 버렸다.

"휴식이…… 너무 긴 것 같지 않나요? 그래서 언제 제대로 된 무사가 될 수 있겠어요?"

백검화가 검을 뽑았다.

창!

검풍이 연무장을 크게 휩쓸었다. 연무장에 널브러진 사람들은 온몸을 훑는 칼바람에 소름이 오싹 돋았다. 전혀 반응할 수 없었다. 만일 그게 진짜 공격이었다면 이곳에 있는 사람들은 모두 죽었을 것이다.

"아직도 누워 있는 사람이 있네요? 살기 싫다는 건가요?"

백검화가 검을 위로 들어 올렸다. 수백 개의 꽃잎이 검 끝에서 송이송이 피어나 사방으로 흩날렸다. 그야말로 검기의 폭풍이었다. 그것을 본 모든 사람들이 기겁하며 사방으로 몸을 날렸다. 이미 자신의 몸 상태 따위는 문제 되지 않았다. 그들은 정말로 죽음을 마주했다.

꽈과과과광!

검기가 연무장 곳곳에 떨어지며 폭발했다. 연무장에 있던 사람들은 비명을 지르며 사방으로 흩어졌다. 그리고 그야말로 살기 위해서 죽을 각오를 하고 백검화에게 덤벼들었다. 도망가는 건 의미가 없었다. 만일 도망치면 가장 먼저 죽을 거란 사실을 본능적으로 받아들인 것이다.

그 뒤로 한 시진에 가깝게 검기의 폭풍을 일으킨 백검화는 그제야 좀 가라앉은 눈으로 미안한 표정을 지었다.

"좀 심했나요? 하지만 그만큼 도움이 되었을 거예요."

후련한 얼굴을 한 백검화가 이설각으로 들어갔다.

연무장은 더 이상 연무장이라고 말하기 미안할 정도가 되었다. 처참했다. 그리고 그 연무장보다 더 처참한 사람들이 곳곳에 널브러져 있었다.

그들의 모든 원망은 금철휘에게 향해 있었다. 백검화를 건드려 폭발시킨 건 금철휘였으니까.

"그러다가 미움받는다."

금철휘의 말에 백검화가 입술을 삐죽 내밀며 고개를 획 돌려 버렸다. 금철휘는 그 모습을 보며 씨익 웃었다. 계속 이런 식이니 자신이 나이를 잊는 것 아닌가.

"불안해?"

백검화가 결국 한숨을 흘렸다.

"하아. 맞아요. 불안해요. 당신과 함께하려면 저 정도로는 너무 모자라요. 최소한……."

"최소한?"

백검화가 손가락으로 자신을 가리키며 결연한 표정을 지었다. 금철휘가 고개를 절레절레 저었다.

"너무 기준이 높은 거 아냐?"

백검화가 단호히 고개를 저었다.

"아뇨. 요즘 너무 불안해요. 이렇게 불안할 때면 꼭 무슨 일이 벌어졌어요."

"무슨 일이 벌어지긴 했지. 어제 제대로 싸웠잖아?"

"그게 무슨 싸움인가요? 제대로 된 무기조차 들지 못한 적을 일방적으로 몰아붙인 건데."

백검화는 잠시 뜸을 들이며 망설이다가 말을 이었다.

"예전 주화입마에 빠지기 직전에 이런 느낌이 들었어요. 그래서 요즘 자꾸 그때의 일이 떠올라요."

백검화가 금철휘를 바라봤다. 걱정과 호감이 적절히 뒤섞인 눈빛이었다. 그녀의 눈이 촉촉하게 젖었다.

금철휘는 백검화의 눈을 보고는 흠칫 놀랐다. 순간적으로 가슴이 살짝 흔들렸다. 정말로 아름다웠다.

사실 냉정하게 기준을 세워 보면 한서연이 가장 아름답다. 그녀의 미모는 누구도 따를 수 없을 정도로 대단했다. 하지만 한서연은 항상 백검화에게 가려 보이지 않는다. 백검화는 미모를 뛰어넘는 뭔가를 가지고 있었다.

"그리고 보니 요즘 주변에 여자가 많네."

전생에는 여자와 엮일 일이 거의 없었다. 대부분의 삶을 싸움으로 보냈으니 여자를 차분히 만날 시간이나 있었겠는가. 전생에 금철휘가 만난 여자의 수는 손가락에 꼽을 수 있을 정도였다. 그리고 그중 백검화와의 인연이 가장 깊었다.

'그저 우리를 따라다니던 여자일 뿐이었지만.'

그리고 높다란 벽을 부수기 위해 따라온 여자일 뿐이었지만 그래도 금철휘는 그녀를 꽤 좋아했다. 당연히 이성적인 사랑은 아니었다. 그저 반짝반짝 빛나는 모습과 마음이 좋았다.

그러니 지금 백검화가 이렇게 가까이서 끊임없이 자신의 존재를 드러내려 애쓰는데 마음이 아예 흔들리지 않을 리 없었다.

"복잡하네."

자신의 마음을 자신이 모르는 참으로 복잡한 상태였다. 주변에 여자가 너무 많았다. 그리고 하나같이 다들 매력적이었다. 백검화는 물론이고 요즘 항상 붙어 다니는 화예지는 또 어떠한가. 거기에 한서연과 최근 접근 중인 화영까지, 하나하나 대단한 여인들이었다.

"거기에 부인은 둘이나 있고……."

사실상 육체적으로 그 어떤 접촉도 없는 사이이긴 했지만 그래도 명목상 부부 아닌가. 언제 무슨 일이 벌어져도 전혀 이

상할 것 없었다.

"여복 터졌네, 터졌어."

금철휘의 중얼거림에 옆에서 금철휘만 빤히 바라보고 있던 백검화가 또 입을 삐죽였다.

"여복 많아서 좋으시겠어요."

"뭐, 내 잘못은 아니잖아?"

백검화가 발끈했다.

"아니긴요! 공자님이 계속 여지를 주시니까……!"

백검화는 말을 하다가 말고 입을 다물었다. 생각해 보니 자신이 너무 주제넘게 나서고 있는 듯했다. 냉정히 말해 그녀는 금철휘에게 계속 도움을 받아 왔다. 주화입마도 고쳤고, 또 금룡장에 들어와 아무런 걱정 없이 살고 있다. 셋째 부인이라는 명목까지 얻어서 말이다.

'그래, 명목일 뿐이지. 맞아.'

혼란스러웠다. 대체 어떻게 해야 할지 알 수가 없었다. 그녀는 답답한 마음에 문을 열고 방에서 나갔다. 마침 우르르 몰려오는 사람들이 보였다. 한서연을 비롯해 오늘 함께 수련을 한 사람들이었다. 보아하니 지금까지 움직이지도 못하고 연무장에 누워 있다가 이제야 간신히 올라오는 듯했다.

"심란할 때는 수련이 최고지."

백검화의 목소리는 아주 작았지만 모두의 걸음을 단번에 멈추게 할 정도로 효과적이었다. 백검화는 온몸이 경직되어 움직이지도 못하는 사람들에게 생긋 웃어 주었다. 다들 울상이 되었다.

"애들을 아주 잡네, 잡아."

금철휘는 창가에 서서 느긋하게 연무장을 쳐다봤다. 백검화를 제외한 모두가 죽어나가는 중이었다. 백검화는 정말 딱죽기 직전까지 그들을 몰아붙였다.

"뭐, 금방 강해지겠네. 복 받은 것들. 자기들이 얼마나 대단한 기연을 얻고 있는지는 알까?"

백검화 정도 되는 고수가 저렇게 열성적으로 수련을 도와준다는 건 기연이나 다름없었다. 게다가 백검화는 감이 뛰어나 어느 정도로 굴려야 한계를 넘어가는지 정확히 파악했다.

"다들 죽을 맛이겠지."

아마 오늘 수십 번씩 한계를 넘나들었을 것이다. 그리고 그렇게 한계를 넘나들다 보면 자신도 모르게 경지가 훌쩍 올라가게 된다. 금철휘는 반 시진 정도 지켜보면서 그들이 얼마나 빠른 속도로 강해지고 있는지 금세 알 수 있었다.

"정말 대단하네. 아주 타고났어."

강한 사람이 봐준다고 무조건 좋은 게 아니었다. 강한 사람과 잘 가르치는 사람은 엄연히 다르다. 백검화는 후자였다. 가르치는 것만 따지면 십대고수들을 훨씬 능가할 것이다.

"그럼 여기는 대충 된 거 같고……."

이제 슬슬 금룡장 쪽에는 손댈 부분이 없는 듯했다. 가장 말썽이던 두 부인의 기를 확 꺾어 다시는 엉뚱한 짓을 하지 않게 만들었고, 또 백검화를 중심으로 다들 잘 뭉쳐서 위로 열심히 기어 올라가고 있으니 말이다.

또한 금룡장을 적대하던 항주의 일곱 가문이 몰락하면서 더 이상 금룡장을 위협할 만한 곳도 없으니 정말로 홀가분했다. 이제부터는 진짜 자유를 만끽하면서 하고 싶은 모든 일을 즐기기만 하면 된다.

"아니, 그 전에 그놈을 찾아야지."

기분을 더럽게 만든 놈, 자신의 예전 몸으로 이상한 짓을 한 그놈을 찾아야만 한다. 그래서 응분의 대가를 치르게 만들 것이다. 충분히 가능하다. 금철휘에게는 금향각이라는 천하제일의 정보조직이 있으니 말이다.

금향각이 완벽하게 자리를 잡으려면 아마 최소한 반년은 걸릴 것이다. 최근 사해방의 하부조직들을 완전히 무너뜨리고 흡수했다. 만일 금향각만 따로 떨어뜨려 놓고 생각하면 그걸 모두 수습하는데 최소 삼 년은 필요하다. 하지만 금향각에는 금철휘가 붙어 있다.

돈으로 할 수 있는 일은 많다. 그중 가장 금철휘가 중요하게 여기는 일은 바로 시간 단축이었다. 돈을 쓰면 어떤 일이든 시간을 줄일 수 있다. 금향각도 거기서 자유롭지 않다.

금철휘는 금향각을 안정시키는데 무한정 돈을 쏟아부을

생각이었다. 그리고 그렇게 쏟아부은 돈은 몇 년 안에 모두 회수할 수 있다. 그것이 바로 정보의 힘이었다.

"슬슬 막바지네?"

연무장의 수련이 끝으로 치닫고 있었다. 다들 마지막으로 죽음을 다시 한 번 경험하며 수련이 끝났다. 백검화를 제외한 모두가 죽은 듯 바닥에 누워 멍하니 하늘을 바라보고 있었다.

"금방 강해지겠어. 저렇게 한 달만 굴리면 실전보다 더하겠는데?"

금철휘는 당사자들이 들으면 입에 게거품을 물 만한 이야기를 아무렇지도 않게 중얼거리며 방을 나섰다. 그리고 언제나와 같이 향화루로 향했다. 금룡각이 완공되기 전까지는 향화루가 금철휘의 집이나 다름없었다.

*　　*　　*

한서연은 억지로 몸을 가눴다. 백검화의 제자로 몇 년을 살아왔지만 지금처럼 수련이 힘들었던 적은 처음이었다. 매번 백검화의 의지가 가슴에 전해지니 어설픈 마음으로 수련을 할수도 없었다. 한서연은 이를 악문 채 버티고 또 버텼다.

털썩.

침상에 도착하자마자 쓰러진 한서연은 가만히 눈을 감았다. 온몸이 욱신거렸다. 아무리 힘들더라도 운기조식을 하고

자야만 한다. 아니면 내일 수련을 버티지 못할 것이다. 한서연은 그런 생각을 하며 몸을 일으키고자 했지만 몸이 말을 듣지 않았다. 그리고 정신도 그녀의 편이 아니었다. 그냥 이대로 자고 싶었다.

그 순간, 갑자기 청량한 기운이 등을 통해 쏟아져 들어오기 시작했다. 정신이 번쩍 들었다. 그 기운은 한서연의 몸 구석구석을 순식간에 한 번씩 다독이고 사라졌다. 한서연은 벌떡 일어나 돌아섰다.

"사부님……."

"많이 힘들어 보이는구나."

한서연이 웃으며 고개를 저었다.

"아뇨. 힘들지 않아요. 요즘은 정말로 즐거운걸요."

그 말은 진심이었다. 요즘은 부쩍부쩍 강해지는 느낌이 들어서 매일매일이 즐거웠다. 특히 아침에는 그 충만감을 이루 말로 표현할 수 없을 정도였다.

백검화도 그 마음을 누구보다 잘 알기에 빙긋 웃었다.

"금 공자가 조만간 떠날 것 같더구나."

"예?"

한서연은 깜짝 놀라 백검화를 바라봤다. 백검화가 말하는 금 공자는 금철휘가 분명하다. 한데 그 금철휘가 대체 어디로 떠난단 말인가.

"어디로 간다던가요?"

"그런 말을 한 적은 없다. 하지만 예감이 그렇구나. 그리고 왠지 느낌이 좋지 않다."

한서연은 백검화의 말에 표정이 굳었다. 느낌이 좋지 않다는 말이 무서웠다. 그 말을 듣고 백검화가 주화입마에 들지 않았던가.

잠시 침묵이 감돌았다. 한서연은 대체 백검화가 왜 이런 말을 하는지 궁금했다.

"네 마음을 듣고 싶구나."

"제 마음이요?"

"그래. 앞으로 어쩔 셈이냐?"

한서연은 영문을 몰라 백검화를 바라보기만 했다. 백검화는 그런 한서연을 똑바로 쳐다보며 말을 이었다.

"금 공자에게 전혀 마음이 없느냐?"

한서연은 그제야 백검화가 무슨 말을 하는지 알 수 있었다. 사실 그녀는 예전 금철휘의 셋째 부인이 될 뻔했다. 물론 백검화 때문이었지만 어쨌든 아예 마음이 없었다면 그럴 생각 조차 하지 않았을 것이다. 백검화도 그것을 알기에 이렇게 묻는 것이고 말이다.

"그는…… 좋은 사람이에요."

"그래. 나도 그렇게 생각한다."

"전…… 전 잘 모르겠어요. 뭘 어떻게 해야 하는지. 또 제 마음이 정확히 어떤지, 하나도 모르겠어요."

백검화는 빙긋 웃으며 고개를 끄덕였다. 그 정도면 충분했다.

"시간이 필요하구나. 하면 이번에 금 공자가 떠날 때 너도 따라가거라."

"예에?"

한서연이 깜짝 놀라 눈을 동그랗게 떴다. 하지만 백검화는 단호했다.

"사부로서의 명이다. 반드시 그를 따라가거라. 아마 별다른 일이 없는 한 그가 널 지켜줄 게다. 하지만 너무 무거운 짐이 되어선 안 되겠지. 그때까지 훨씬 강해져야 할 거다."

"예……."

한서연은 백검화의 단호한 태도에 자신도 모르게 대답하고 말았다. 박력에 밀린 것이다. 또한 백검화의 눈빛을 보고는 앞으로의 수련이 얼마나 힘들지 어렴풋이 짐작할 수 있었다.

그녀의 예상은 정확히 맞았다. 다음 날부터 백검화는 거의 귀신이 되어 한서연을 몰아쳤다. 그리고 한서연과 함께 수련하는 사람들도 덩달아 죽음의 문턱을 넘나들어야만 했다.

그렇게 금룡장의, 아니, 더 정확히는 금철휘의 식객들이 하루가 다르게 강해져 갔다.

제3장
초대

"예? 그래서 저보고 거길 가라고요?"

"네가 저지른 일이니 끝까지 네가 책임져야 하지 않겠느냐?"

금철휘는 입을 다물었다. 할 말은 많지만 할 수가 없었다. 그 일을 저지른 건 자신이 아니라 이 몸의 주인이라고 말할 수는 없지 않은가.

"양쪽에서 거의 동시에 초대가 왔으니 각각 한 달 정도 예정으로 잡으면 될 게다."

금철휘는 머리를 긁적였다. 솔직히 두 부인에 대해서는 별 생각이 없었다. 어차피 남이나 다름없는 사이 아닌가. 그리고 부인들의 가문에서도 금철휘에게 바라는 건 아무것도 없었다. 그들이 원하는 건 돈뿐이었다. 굳이 금철휘를 초대하고 말고 할 이유가 없지 않은가.

'하긴 이번 기회에 항주를 떠나서 다른 곳을 돌아보는 것도 나쁘지 않겠지. 그리고 패천보는 안휘에 있으니 남궁세가의 분위기도 살필 수 있고.'

유혜련의 가문은 소주 유가장이고, 채명화의 가문은 안휘에 있는 패천보였다.

유가장은 근방에 특별히 위협이 될 만한 존재가 없기에 거의 독보적인 세력을 구축하고 있었다. 원래는 거의 몰락 직전이었는데 금룡장과 인연을 맺으며 엄청난 자금이 유입되어 다시 살아난 것이다.

패천보는 안휘에서 남궁세가의 위세에 눌려 거의 빈사 직전에 몰려 있었다. 하지만 역시 금룡장으로 딸을 시집보내며 막대한 자금을 동원해 되살아났다.

유가장도 패천보도 아직은 시작에 불과했다. 하지만 몇 년 후에는 분명히 그 지역의 패자로 우뚝 서게 될 것이다. 돈의 힘으로 말이다.

"언제 출발할 생각이냐?"

"내일 가죠. 뭐, 뜸 들여서 좋을 거 없잖습니까."

"그래. 하면 그렇게 알고 준비시키마. 빈손으로 갈 수는 없지 않느냐."

"잡다한 물건 많아지면 움직이기 불편하니 전표로 준비하죠. 제가 알아서 하겠습니다."

"그럼 그렇게 해라. 어차피 네 인연이니까."

금일청은 냉정하게 선을 그었다. 솔직히 아직도 유혜련과 채명화가 마음에 안 들었다. 그리고 가끔 후회하곤 했다. 그때 자신이 개입을 했어야 하는 게 아닌가, 하고 말이다.

"제가 적당한 선에서 정리할 테니까 너무 걱정 마세요. 뭐, 잘 뜯어보면 괜찮은 구석도 있는 여자들이니까."

그 말에 금일청이 황당한 눈으로 금철휘를 바라봤다. 고작 그런 평가를 할 거면서 대체 혼례는 왜 올렸단 말인가.

"왜 그러세요? 아들이 너무 자랑스러워서 견딜 수가 없으세요?"

"정확히 그 반대다. 정말 널 이해할 수가 없구나."

금철휘가 씨익 웃었다.

"제가 좀 아팠잖아요."

금철휘는 그 말을 끝으로 자리에서 일어났다. 일단 결정한 이상 최대한 서둘러야 했다. 생각보다 준비할 것이 많았다. 돈이야 흑백총관을 통해 조달한다 해도, 그 외에 유가장이나 패천보에 대한 자잘한 정보들을 알아 둬야 나중에 어떤 상황이 닥치건 제대로 대처할 수 있을 테니까 말이다.

'그리고 대체 왜 나를 찾는지도 알아봐야 하고.'

짐작 가는 것은 있지만, 확실한 게 좋았다. 금철휘에게는 그것을 확실하게 해줄 금향각이라는 존재가 있으니 말이다.

금철휘는 정말로 단출하게 떠났다. 아무도 데려가지 않고 혼자서 그 뚱뚱한 몸을 이끌고 출발했다. 사람들은 사실 잘 모르지만 금철휘는 세상 그 누구보다 빨리 달릴 수 있었다. 설사 아무리 몸이 무겁더라도 말이다. 그야말로 순식간에 항주를 벗어난 금철휘는 일단 소주로 향했다.

"정말 웃기는 놈들이란 말이지."

금철휘는 금향각으로부터 유가장과 패천보에 대한 수많은 정보를 받았다. 그리고 좀 더 명확한 사실들을 알 수 있었다. 또한 왜 지금에 와서 자신을 부르는지도 말이다.

그들이 원하는 건 돈이었다. 그것도 지금까지 꾸준히 받은 것보다 훨씬 많은 돈을 말이다. 즉, 차기 금룡장의 주인이 되고자 했고, 그러기 위해 금철휘를 휘어잡을 필요가 있다고 판단한 것이다.

누가 뭐라고 해도 차기 금룡장의 주인은 금철휘다. 그러니 금철휘를 제대로 휘어잡은 쪽이 금룡장의 주인이 되는 것이 당연한 일이다. 만일 예전의 금철휘였다면 그들의 판단은 옳다. 하지만 그들은 바뀐 금철휘에 대해 몰라도 너무 몰랐다.

"나만 오라는 게 돼? 미친놈들."

가장 어이없는 일이 바로 그것이었다. 최소한 혼인을 했으면 함께 가는 것이 정상이다. 한데 그들은 금철휘만 초대했다. 물론 금철휘도 함께 가고 싶은 생각은 없었지만 행태를 보면 괘씸했다.

"뭐, 같이 가자고 했어도 안 간다고 했겠지?"

유혜련이나 채명화에겐 아예 말도 꺼내지 않았다. 어쩌면 지금이라면 금철휘의 말을 들을지도 모른다. 기를 완전히 확 꺾어 놨으니 말이다. 하지만 그녀들 역시 각각의 가문으로부터 은밀히 연락을 받았을 것이다.

"뭐, 어쩌나 한번 두고 봐야지."

금철휘는 씨익 웃었다. 왠지 앞으로 어떤 일이 벌어질지 기대가 되었다. 유가장이나 패천보에서 자신을 어떻게 여기고 있는지 잘 알기에 더 기대되었다. 그들이 얼마나 당황할지 생각하니 절로 웃음이 나왔다.

그렇게 이런저런 생각을 하며 천천히 걷고 있는데, 멀리서 아주 익숙한 기운이 느껴졌다. 천령신공의 화후가 깊어져 이젠 백여 장 밖의 기운도 아주 자연스럽게 느껴졌다. 반경 백여 장은 이제 금철휘의 감각권 안이었다.

"뭐야? 설마 날 따라온 건가?"

익숙한 기운은 하나가 아니었다. 둘이었다. 그중 하나는 정말 의외였기에 조금 놀랐다. 금철휘는 일단 걸음을 멈추고 다가오는 두 사람을 기다렸다.

잠시 후, 온 힘을 다해서 달려오는 여인이 보였다. 한서연이었다. 그녀는 금철휘를 발견하고 더 힘을 내서 달렸다. 그리고 금철휘 앞에서 손으로 무릎을 짚고 숨을 몰아쉬었다.

"하악. 하악. 대체 뭐가 그렇게 빨라요?"

한서연은 숨을 고른 뒤 살짝 눈을 흘기며 금철휘를 바라봤다. 정말 죽을 고생을 했다. 설마 금철휘가 그렇게 빨리 달려갈 줄은 몰랐다. 어찌나 빠른지 몇 발 쫓아가기도 전에 사라져 버렸다.

"여긴 왜 온 거야?"

"왜 오긴요. 함께 가려고 왔죠."

"나랑?"

"그럼 누구랑 가나요?"

"네가 왜?"

"그러니까……."

갑자기 대답이 궁색해졌다. 따지고 보면 정말 할 말이 없었다. 예전 같으면 셋째 부인이라고 우기기라도 할 텐데 지금은 그조차 아니니 말이다.

"뭐, 재미는 있겠네."

금철휘가 그렇게 말해주자 한서연은 안도하며 금철휘의 눈치를 살폈다. 어쨌든 이렇게 함께 갈 수 있는 명분을 얻었다.

"한데 왜 안 가시나요? 저 때문이라면 이제 괜찮아요."

충분히 쉬어서 기력을 다시 회복했으니 이제부터는 얼마든지 다시 갈 수 있었다. 금철휘가 처음처럼 빠르게 달리면 얘기가 좀 달라지겠지만, 눈치를 보아하니 그럴 생각은 없는 듯했다.

"잠시만 기다려. 너 말고 또 오는 사람이 있으니까."

"예? 또 누가 온다고요?"

한서연은 의아한 표정으로 금철휘의 시선이 향한 곳으로 몸을 돌렸다. 그리고 멀리서 달려오는 한 사람을 발견할 수 있었다.

"화영?"

한서연의 표정이 살짝 굳었다. 최근 화영의 태도가 묘하다는 걸 알기에 더 기분이 나빠졌다.

"설마…… 미리 만나기로 약속하신 건가요?"

그렇게 빨리 항주를 벗어난 금철휘가 굳이 여기에서 기다리고 있다는 자체가 사전에 약속이 되어 있다는 증거였다. 그리고 우연히 자신을 만났고 말이다. 한서연의 표정이 싸늘해졌다. 그녀는 입을 꾹 다물고 한기가 풀풀 날리는 눈으로 달려오는 화영을 쳐다봤다.

이내 화영이 도착했다. 그녀도 어찌나 열심히 달렸는지 온몸에 먼지가 가득했다. 한서연은 그녀의 모습을 보고 나서야 자신을 돌아봤다. 그리고 얼굴이 새빨개졌다. 자신은 화영보다 더했다.

"어머? 설마 함께 오신 건가요?"

화영이 놀란 눈으로 금철휘와 한서연을 번갈아 바라봤다. 하지만 이내 다 알겠다는 듯 그녀의 눈이 초승달처럼 휘어졌다.

"우연히 만난 모양이네요."

한서연의 옷에는 먼지가 잔뜩 묻어 있었고, 금철휘는 깨끗
했다. 함께 왔다면 둘의 옷이나 몸 상태가 비슷했을 것이다.
화영은 살살 눈웃음을 치며 금철휘에게 한 발 다가갔다.

"저 잘렸는데, 혹시 일자리가 없을까 하고 왔어요."

화영의 너무나 당당한 말에 한서연이 크게 당황했다.

"잘렸다고요? 대체 왜……, 아, 그럼 미리 약속한 게 아닌
모양이네요?"

화영이 잠깐 한서연을 바라보다가 이내 입을 가리고 교소
를 터트렸다.

"호호호호! 설마 금 공자님과 제 사이를 의심한 건가요?"

화영은 한참 웃다가 환하게 웃으며 크게 고개를 끄덕였다.

"하긴, 우리 사이가 그리 멀지는 않죠. 어쨌든 우리는 서로
몸을 확인했으니까요."

미리 약속한 게 아니라는 사실에 풀어졌던 한서연의 얼굴이
다시 굳었다. 서로 몸을 확인했다니 그게 무슨 뜻이란 말인
가.

"호호호! 이거 너무 재미있네요. 공자님 좋으시겠어요. 이런
예쁘고 귀여운 여자가 곁에 있어서요."

화영은 그렇게 말하고는 한서연을 바라봤다.

"별 의미 없답니다. 그러니 그리 심각하게 여기시지 말아요.

그저 옷을 벗었다는 뜻이니까요."

한서연의 얼굴에서 핏기가 사라졌다. 그리고 찬바람이 쌩 불었다. 금철휘는 화영의 말을 들으며 어이가 없었다. 오해를 푸는 게 아니라 만들고 있지 않은가.

"쓸데없는 말 그만하고 가자. 그 더러운 옷도 갈아입고, 목욕도 해야 하지 않겠어?"

금철휘의 말에 두 여인은 입을 다물고 동시에 고개를 끄덕였다. 한서연은 방금 전 화영이 한 말에 대한 진위나 변명을 금철휘에게 듣고 싶었지만 나서서 물어볼 수가 없었다.

'사부님이라면 물어보셨을 텐데.'

이 순간 갑자기 백검화가 부러워졌다. 그리고 한서연은 그제야 깨달았다. 자신의 생각보다 금철휘에 대한 마음이 작지 않다는 것을 말이다.

"먼지 날려줄까?"

두 여인이 상념을 접었다. 그리고 의아한 눈으로 금철휘를 바라봤다. 살짝 짓궂은 미소를 짓고 있었다.

"자아, 받아라!"

금철휘가 크게 손부채를 부쳤다. 그러자 놀랍게도 바람이 불었다.

휘잉!

정말 어마어마하게 강한 바람이었다. 한서연과 화영은 반사적으로 천근추의 수법을 펼쳐 몸을 바닥에 고정시켰다. 하마터면 몸이 날아갈 뻔했다.

바람이 멎었다. 한서연과 화영은 멍하니 금철휘를 바라봤다. 무슨 손바람이 이렇게 세단 말인가. 전설에 나오는 파초선도 아니고 말이다.

"어때? 이제 아주 깨끗하지?"

두 여인은 금철휘의 말에 몸을 내려다봤다. 그리고 얼굴이 새빨개지며 두 손으로 몸을 가렸다.

"꺄악!"

바람이 어찌나 셌는지 옷이 몽땅 흐트러졌다. 군데군데 속살이 보였는데, 두 여인은 서둘러 옷을 수습했다. 그리고 적지 않게 감탄했다. 정말로 옷에 묻은 먼지가 말끔히 사라진 것이다. 바람이 세게 불었다고 먼지가 떨어지지는 않는다. 분명히 바람 외에 다른 뭔가가 숨겨져 있는 것이다. 그게 뭔지는 모르겠지만 말이다.

"몸에 붙은 먼지도 싹 닦였네요?"

화영이 감탄하며 금철휘를 바라봤다. 그녀의 눈이 반짝반짝 빛났다. 그녀는 일부러 옷매무새를 완벽히 가다듬지 않았다. 아주 은밀하고 유혹이 뻗칠 만한 곳을 일부러 더 드러냈다.

한서연이 자신의 옷을 모두 정리한 뒤, 그것을 발견하고는 강제로 화영의 옷을 만져주었다. 화영이 몸을 비틀어 피하려 했지만 최근 급격히 강해진 한서연의 손길을 쉽게 벗어날 수 없었다. 그리고 그렇게 움직이는 동안 옷이 더욱 이상하게 흐트러져 버렸다.

"아이, 정말."

화영은 다시 옷을 만졌다. 그리고 한서연이 재빨리 그 옆에 붙어 아주 꼼꼼하게 그녀의 몸을 가려주었다.

"다 됐으면 가자."

금철휘가 뒤뚱뒤뚱 걸음을 옮겼다. 그러자 두 여인이 후다닥 그 뒤를 따랐다.

미녀 둘을 데리고 여행을 하는 건 생각보다 즐겁고도 귀찮은 일이었다.

일단 눈이 즐거웠다. 그리고 둘 사이의 은근한 눈치와 기싸움을 구경하는 것도 재미있었다. 또 화영이 사근사근 유혹하는 걸 보는 것도 나름 괜찮았고, 그걸 어떻게든 방해하려는 한서연의 모습 또한 즐거웠다.

그러나 그 외의 모든 것이 귀찮았다.

세 사람은 항주와 소주 중간쯤에 위치한 큰 마을로 들어섰다. 그리고 그곳에서 가장 크고 화려한 객잔을 찾아갔다. 돈이야 썩어 넘칠 만큼 있으니 돈에 구애되지 않았다. 보통 금철휘는 마을에 들를 때마다 수백 냥의 금을 뿌렸다. 어떤 마을의 경우 단숨에 경기가 뒤바뀌는 일도 있었다.

"저 객잔이 괜찮겠군. 딱 보니까 이 마을 최고야."

금철휘의 말에 화영도 고개를 끄덕였다. 금철휘만큼은 아니지만 그녀의 안목도 상당했다. 그녀가 보기에도 이 마을에서 저 객잔을 넘어설 곳이 별로 없어 보였다.

　"가만, 저쪽 기루가 더 괜찮아 보이는데?"

　금철휘의 말에 두 여인이 살짝 아미를 찌푸렸다. 아무리 그래도 기루에 함께 갈 수는 없지 않은가.

　"그래서, 우리는 객잔에 머물고 공자님 혼자 기루에 가시게요?"

　"아니? 왜 따로 떨어져? 같이 기루로 가면 되지."

　"기루에 가면 거기 있는 사내들이 우리를 가만둘 것 같아요?"

　금철휘가 피식 웃었다.

　"가만 안 두면? 너희들은 그냥 가만히 당하고 있을 거고?"

　"그게 아니라 괜한 분란에 휘말릴까 봐 그래요. 굳이 객잔 놔두고 기루로 갈 이유가 없잖아요?"

　"흐음."

　금철휘가 턱을 쓰다듬으며 생각에 잠겼다. 사실 기루로 가려던 이유가 있었다. 천령신공으로 살펴본 바에 의하면 오히려 지금은 기루보다 객잔이 더 귀찮을 것 같았다. 객잔에 머무는 몇몇 사내들의 기운이 혼탁하기 그지없었다. 만일 그들이 한서연과 화영을 보면 절대 가만히 있지 않을 것이다.

　"내 생각에는 기루가 더 나을 것 같지만, 너희들 생각이 그렇다면 충분히 존중을 해주지."

금철휘의 말에 담긴 묘한 어감에 두 여인은 자신도 모르게 서로를 바라봤다. 물론 눈이 마주치자마자 즉시 코웃음 치며 고개를 돌려 버렸지만.

세 사람은 결국 객잔으로 향했다. 그리고 당연히 객잔에 있는 모든 사람들의 주목을 받았다. 객잔에 있는 모든 사람들은 금철휘와 두 미녀를 보고 같은 생각을 했다.

'돈 진짜 많은 놈이로구나.'

금철휘는 일단 손짓을 해서 점소이를 불렀다. 사람들의 시선을 오랫동안 받을 생각은 없었다. 분란이 두려운 건 아니지만 정말로 귀찮았다. 한두 번이면 재미삼아 즐겼겠지만 지금까지 들른 마을마다 분란이 생기니 슬슬 짜증이 날 지경이었다.

점소이가 황홀한 눈으로 한서연과 화영을 바라보다가 쪼르르 달려 금철휘 앞에서 꾸벅 허리를 숙였다. 거의 이마가 땅에 닿을 정도로 깊이 인사를 했다.

"어서 옵쇼!"

"됐고, 별채로 안내해라."

"별채 말입니까?"

금철휘 일행을 지켜보던 사람들이 그럼 그렇지 하는 눈으로 고개를 끄덕였다. 이런 큰 객잔의 별채는 상당히 비싸다. 한데 망설임 없이 그것을 빌리는 걸 보면 정말로 돈이 많다는 증거였다.

"이쪽으로 오십쇼."

점소이는 일단 별채로 금철휘 일행을 안내하려 했다. 하지만 그는 채 몇 발 움직이기도 전에 멈춰야 했다. 다섯 명이나 되는 사내들이 앞을 가로막았기 때문이다.

"우리도 별채에 묵어야겠는데?"

"예? 하지만 별채는 하나뿐인뎁쇼?"

점소이가 당황하자 사내들이 음흉한 눈으로 한서연과 화영의 온몸을 훑으며 말했다.

"저 돼지가 양보할 테니 넌 걱정할 거 없다."

점소이는 아무런 말도 하지 못했다. 사내들이 뿜어내는 기운과 분위기가 너무나 흉흉해서 자칫하면 목숨이 달아날 수도 있겠다는 위기감이 든 것이다.

"거기 아름다운 소저들은 어떻소? 우리와 함께 별채로 가는 건? 그 돼지새끼보다 훨씬 더 황홀한 밤을 약속드릴 수 있소만."

한서연이 차가운 눈으로 사내들을 노려봤다. 그리고 화영은 눈가에 살짝 비웃음을 달고 사내들을 하나하나 훑어보고는 고개를 저었다.

"아무리 봐도 우리 공자님보다 밤을 황홀하게 해주실 분은 없는 것 같은데요? 그렇게 부실한 몸으로 뭘 할 수 있겠어요?"

화영은 그렇게 말하며 노골적으로 금철휘의 팔을 감싸 안으며 몸을 밀착시켰다. 그녀의 가슴이 금철휘의 팔에 지그시 눌렸다. 사내들은 그 모습을 보며 침을 꿀꺽 삼켰다. 그야말로 뇌쇄적이었다.

"으흐흐흐. 길고 짧은 건 대봐야 하지 않겠소? 그러니 오늘 밤은 우리와 함께 보냅시다. 난 괜히 누군가를 다치게 하고 싶지 않소."

사내 중 하나가 기세를 개방해 금철휘를 압박하며 말했다. 금철휘는 한숨을 푹 내쉬며 고개를 저었다. 금철휘의 고갯짓에 따라 기세가 사방으로 흩어졌다.

"우리 이러지 말자. 나 정말 조용히 있다가 가고 싶거든? 그러니 좋게 말할 때 가라."

물론 금철휘는 자신이 그렇게 말하고도 저들이 그냥 갈 거라고는 생각하지 않았다. 만일 그걸 원했다면 말을 이런 식으로 하지 않았을 것이다. 차라리 이럴 때는 제대로 힘을 한 번 보여주는 편이 나았다.

"이 돼지새끼가 대체 뭐라고 지껄이는 거야?"

사내들이 살기 짙은 눈빛으로 금철휘를 노려보며 허리춤에 매단 도를 만지작거렸다. 언제든 뽑아 베어 버릴 수 있다는 위협이었다. 당연히 금철휘는 물론이고 한서연이나 화영조차 그 모습에 겁을 먹지 않았다.

금철휘는 주위를 슥 둘러봤다. 객잔 안에 있는 모든 사람들의 시선이 모여 있었다. 금철휘의 손이 가볍게 한 번 움직였다.

뻐억!

손에 닿지도 않았는데 가장 앞에 선 사내가 그대로 엎어졌다. 그의 뒤통수에서 피가 줄줄 흘렀다. 머리가 깨진 것이다.

"뭐, 뭐야!"

사내들이 당황했지만 금철휘는 귀찮은 표정으로 재차 손을 휘둘렀다. 마치 허공에 있는 파리를 쳐 내는 듯했다. 그리고 그때마다 뭔가가 부서지는 소리가 났다.

빠악! 빠악! 빠악! 빠악!

정확히 네 번 소리가 났고, 남은 네 명의 사내들도 뒤통수가 깨진 채 바닥에 엎어졌다.

싸늘한 적막이 흘렀다. 상상을 초월하는 광경을 봐서 다들 충격을 받은 것이다. 대체 금철휘가 뭘 어떻게 했는지 아무도 알지 못했다. 그저 손으로 허공을 친 것뿐인데 어떻게 멀리 떨어진 곳에 선 사내들의 뒤통수가 깨진단 말인가.

"자, 얘들 얼른 치워라."

금철휘가 바닥에 엎어진 사내들을 손으로 쓸 듯 가리키며 말하자, 점소이가 차렷 자세로 크게 대답했다.

"옛!"

바닥에 쓰러진 사내들은 이 일대에서 상당히 유명한 자들이었다. 지저분한 짓을 잘하기로도 유명했고, 또 무공이 고강해 아무도 그들을 제지하지 못한다는 걸로도 유명했다. 그리고 그들의 뒤에 꽤 커다란 무림방파가 있다는 소문으로도 유명했다.

그런 유명인을 손짓 몇 번에 쓰러트린 금철휘가 얼마나 대단해 보이겠는가. 그리고 얼마나 무섭겠는가. 점소이는 금철휘 일행을 최대한 공손하고 정중하게 별채로 안내했다.

"여기 별채 괜찮은데?"

"그러게요. 그나저나 괜찮을까요?"

한서연이 걱정스런 표정을 지으며 말하자, 화영이 그 말을 받았다.

"아까 그놈들 뒷배가 만만치 않다고 하던데요?"

"그런 말은 또 어디서 들었어?"

"후훗. 주변에서 말하는 걸 들었죠. 두천방이 뒤에 있다더라고요."

"두천방?"

"뭐, 저도 거의 처음 들어봐요. 그런 걸 보면 별거 아니지 않을까요?"

"글쎄."

금철휘는 상당히 묘한 위화감을 느꼈다. 아까 그자들은 금철휘라서 쉽게 상대했지, 만일 한서연이나 화영이 나섰다면 그렇게 간단히 상황이 끝나지 않았을 것이다. 그 정도 되는 고수들의 뒤를 봐주는 방파가 녹록할 리 없었다. 한데 막상 방파 자체가 별로 알려지지 않았으니 이상했다.

"어쨌든 조만간 알게 되겠지."

"미리 준비해 놓는 게 좋지 않을까요?"

화영이 은근한 목소리로 말했다. 그녀는 금철휘가 가진 또 다른 힘이 궁금했다. 금철휘가 기본적으로 굉장한 고수라는 건 안다. 사실 믿기 어려웠지만 직접 몇 번이나 그 힘을 목격 했으니 이젠 믿지 않을 도리가 없었다. 하지만 화영이 원하는 건 그런 무력이 아니었다.

'과연 얼마나 대단한 정보력과 금력을 가지고 있을까?'

정보와 돈이 제대로 조화를 이루면, 또 그 힘이 상당하면 때에 따라서는 무림맹이나 혈무련도 상대할 수 있다. 물론 정 말로 상상을 초월할 정도로 많은 돈과 천하를 촘촘히 아우 르는 정보망이 있다면 말이지만.

어쩌면 이번에 그런 금철휘의 또 다른 힘을 볼 수 있을지도 모른다고 생각하니 상당히 기대가 되었다.

"일단 알아보긴 해야겠군."

금철휘는 그렇게 중얼거리며 슬그머니 자리에서 일어났다. 한서연은 믿을 수 있어도 아직 화영은 믿을 수 없었다. 물론 나중에는 어찌 될지 모르겠지만 말이다.

제4장
두천방

　금철휘는 화영과 한서연이 따라오지 못하게 한 뒤 조용한 곳으로 향했다. 그리고 그곳에서 팔찌에 내력을 넣어 쓰다듬었다. 사실 살짝 반신반의했다. 이곳은 항주에서 상당히 떨어진 곳이다. 한데 과연 흑백총관들이 여기까지 올 수 있을까 하는 생각이 들었다.

　"정말 놀랍군."

　금철휘는 진심으로 감탄했다. 어느새 흑총관이 금철휘 앞에 부복하고 있었다. 대체 어떻게 나타났는지 알 수 없었다. 정말로 그냥 앞에 생겨났다. 금철휘는 이것이 자신의 인지능력을 넘어설 정도로 흑총관이 빠르고 은밀해서 그런 건지, 아니면 정말로 눈앞에 생겨난 건지 알 수가 없었다.

'어쨌든 둘 중 하나라는 뜻이긴 하지.'

흑총관은 금철휘가 명을 내리기 전까지 미동도 하지 않았다. 금철휘는 흑총관을 본 김에 다시 한 번 그의 몸을 살폈다. 그리고 고개를 갸웃거렸다. 아무리 봐도 살아 있는 사람으로 느껴지지가 않았다.

'역시 제대로 파악하려면 일곱 번째 단계에 오르는 수밖에 없군.'

아무리 살펴봐도 기운의 흐름 외에는 알 수 없었다. 그것도 어렴풋이 짐작하는 정도였다. 흑총관의 경지는 분명히 금철휘보다 낮은데, 내부의 기운을 살필 수가 없었다. 단순히 몸 밖의 흐름을 토대로 내부를 짐작하는 게 할 수 있는 전부였다.

그리고 그것으로만 판단해도 흑백총관은 살아 있는 사람이라고 하기 어려웠다.

'뭐, 지금 중요한 건 그게 아니지.'

금철휘는 흑총관을 내려다보며 말했다.

"근처에 금향각 지부가 있나?"

"있습니다."

"네가 움직일 수 있는 문파는?"

"세 군데가 있습니다."

"세 군데? 꽤 많네?"

"작은 문파들입니다. 용미파, 순우방, 묵영장입니다."

"이 마을 안에 있는 문파들인가?"

"그렇습니다. 용미파는 파락호들이 모여 만든 사파이고, 순우방은 용미파와 대적하는 상계의 문파입니다. 그리고 묵영장은 제가 만들어 둔 가상의 가문입니다."

"호오, 그런 것도 만들었어?"

"필요할 때, 신분 세탁을 하실 수 있도록 곳곳에 준비해 뒀습니다. 백오십 개쯤 됩니다."

"백오십 개?"

금철휘는 상상을 초월하는 규모에 깜짝 놀랐다. 아무리 가상으로 만든 문파나 장원이라지만 그래도 그곳에서 일하는 사람이 있을 것이고, 또 그곳에 상주하는 무사들도 있을 것이다. 당연히 유지비도 만만치 않게 들어갈 텐데 그런 곳이 무려 백오십 군데나 있다니 얼마나 대단한가.

"원하신다면 더 늘릴 수도 있습니다. 다만, 생각보다 시간이 오래 걸린다는 점을 이해해 주십시오."

신분 세탁을 위한 거라면 당연하다. 어느 정도 역사가 있고 주변에 문파를 알릴 기반을 마련해야 하니 일정 시간이 걸릴 수밖에 없었다. 그리고 적당한 신분을 마련해 그의 존재도 사람들에게 각인시켜야 하니 결코 쉬운 일이 아니었다.

"그 문파들 역시 금룡장의 수입원 중 하나입니다. 백총관과 긴밀히 연락해 그들이 살아갈 방도를 마련해야 하기에 예상하시는 것보다는 시간이 조금 더 걸린다고 보시면 됩니다.

그리고 만일 원하시는 지역이 있으시다면 말씀해 주십시오. 경우에 따라 시간이 더 소요될 수 있습니다."

마치 소꿉장난하는 것처럼 말하니 왠지 현실감이 떨어졌다. 금룡장의 저력을 하나씩 알아갈 때마다 정말 굉장하다는 생각만 들었다. 어쩌면 천하를 상대로 싸웠던 혈룡귀갑대보다 금룡장이 더 굉장하지 않을까?

"무림맹이나 혈무련 근처에도 그런 게 있나?"

"있습니다. 각각 다섯 군데씩 있으니 언제든 필요하실 때 말씀하십시오."

금철휘는 잠시 생각하다가 물었다.

"하면 그들을 이용해 싸우는 것도 가능한가?"

"가능한 곳도 있고 그렇지 않은 곳도 있습니다. 하지만 대부분 가능하다고 보시면 됩니다. 가능하게 만들면 되니까요."

가능하게 만든다는 말을 하는 흑총관의 분위기가 형언할 수 없을 정도로 섬뜩했다. 금철휘는 다시 한 번 흑백총관들의 정체가 궁금해졌다.

"좋아. 일단 내가 말했던 것들만 처리하자고. 금향각 지부에 연락을 미리 넣어줘."

"알겠습니다."

"참."

금철휘는 막 사라지려던 흑총관을 불렀다. 흑총관이 무슨 일이냐는 듯 바라보자, 금철휘가 묘한 표정을 지었다. 흑총관은 의문을 가지는 법이 없었다. 마치 호기심이 없는 사람 같았다.

"궁금해서 묻는 건데, 만일 이 팔찌, 다른 사람에게 빼앗기면 어쩌지?"

"전혀 관계없습니다. 팔찌를 빼서 던져 보십시오."

"던져?"

금철휘는 꺼림칙한 표정으로 팔찌를 뺐다. 그리고 될 대로 되라는 심정을 담아 힘껏 던져 버렸다. 어찌나 세게 던졌는지 던진 순간 이미 보이지 않았다.

순간 흑총관의 눈이 묘한 빛을 뿜었다. 금철휘가 의아하게 바라보자, 언제 그랬냐는 듯 원래대로 돌아갔다.

"배포가 크신 걸로 받아들이겠습니다. 지금까지의 주인님들과는 많이 다르군요."

흑총관의 말에 금철휘가 인상을 살짝 찌푸렸다.

"그게 무슨 뜻이지?"

"팔찌에 담긴 능력 하나가 처음으로 드러난다는 뜻입니다."

금철휘가 물끄러미 쳐다보자 흑총관이 말을 이었다.

"회수라고 말씀해 보십시오."

"내공 담아서?"

"내공은 필요 없습니다. 그저 말에 담긴 힘을 끌어낼 뿐이니까요."

"그래? 회수."

금철휘는 그렇게 말하고 깜짝 놀랐다. 회수라고 말한 순간, 팔목에 팔찌가 채워졌다. 말 그대로 그냥 나타난 것이다.

"그 팔찌의 주인은 오직 주인님뿐이십니다. 주인님께서 완벽한 자의로 양도하지 않는 한, 영원히 주인님의 것입니다."

금철휘는 묘한 표정을 지었다. 천령신공이 발휘되며 팔찌를 파고들었다. 하지만 아무것도 알 수 없었다. 그저 특이한 재질의 팔찌일 뿐이었다. 그리고 묘한 기의 흐름이 내재되어 있었다. 그 외에는 정말로 별다를 게 없었다.

'아무래도 화후가 더 깊어져야 알 수 있는 모양이군.'

참으로 즐거웠다. 목표가 또 하나 생긴 것이다. 목표조차 없이 부유하는 삶이 얼마나 무기력하고 재미없는지 알기에 이렇게 새로운 목표가 하나씩 생길 때마다 즐겁기 그지없었다.

금철휘는 다시 엎드려서 다음 명령을 기다리고 있는 흑총관을 쳐다봤다. 참으로 묘한 자였다. 어찌 이렇게 충성을 바칠 수가 있단 말인가. 사람도 아닌 팔찌에 말이다.

"돌아가."

금철휘의 명이 떨어지기 무섭게 흑총관이 사라졌다. 팔찌가 돌아온 것처럼, 또 흑총관이 처음 나타났던 것처럼, 아무런 기척도 낌새도 없이 그대로 사라진 것이다.

"정말…… 신기하군."

금철휘는 어떻게든 흑백총관과 팔찌의 비밀을 알아내고 말겠다고 다짐했다. 새로운 목표는 언제나 의욕을 불태우는 법이다.

"늦으셨네요."

화영이 의미심장한 눈으로 금철휘를 바라봤다. 왜 이렇게 늦었냐는 추궁이 아니라, 자신을 믿지 못하는 것에 대한 섭섭함을 나타낸 것이다.

"모여 봐."

금철휘는 화영의 말에 일일이 반응하지 않고 자리에 앉았다. 화영은 입술을 삐죽이며 금철휘 옆에 바짝 붙어 앉았다. 그 모습을 본 한서연이 입술을 지그시 깨물며 되도록 금철휘와 가까운 쪽에 앉으려 애썼다.

"구려."

"예?"

"구리다고. 두천방인지 뭔지 아주 구린내가 풀풀 풍기는 곳이야."

한서연과 화영은 반짝이는 눈으로 금철휘의 말에 집중했다. 어쩌면 앞으로 분란이 생기게 될지도 모를 곳이다. 뒤가 구린 조직이라면 더더욱 문제가 생길 여지가 높다. 그러니 잘 들어 둬야 한다.

"일단 이놈들 예전 사해방과 관계된 곳이야."

"사해방이요? 이제 망한 곳이잖아요?"

"망했지. 하지만 망했다는 것을 아는 사람은 몇 안 되지."

사해방의 빈자리는 물론이고 사해방이 미처 손을 뻗지 못한 곳까지 빠르게 금향각이 자리를 잡았다. 하지만 굳이 사해방이 망했다는 사실을 알리지는 않았다. 아니, 오히려 그 소문이나 정보를 최대한 차단했다. 만일 사해방의 자리가 비었다는 사실이 퍼지면 어중이떠중이 몽땅 몰려들어 정보판이 흐려질 테니까 말이다.

사해방은 자신의 영향력 안에 있는 방파를 다룰 때 결코 자신을 드러내지 않았다. 사해방이라는 것만 알리고, 필요한 일이 있을 때마다 연락을 해서 그들을 관리했다. 그렇기에 대부분의 방파들은 사해방이 몰락했다는 사실을 거의 알지 못했다.

하지만 두천방은 그런 다른 방파들과 많이 달랐다. 금향각이 그곳을 주목한 이유도 그 때문이었다.

"이놈들 전력이 엄청나. 항주의 그 일곱 가문이 한꺼번에 덤벼도 끄떡없을 정도야."

두 여인의 눈이 화등잔만 해졌다.

"예?"

"그 정도면 거의 오대세가 급인데요?"

금룡장에 대항했던 항주의 일곱 가문도 결코 만만치 않은 곳이었다. 비록 항주의 무가들이 좀 약한 편이라 하지만 대신 그들은 탄탄한 재력을 기반으로 하는 저력이 상당했다.

금룡장도 그들 모두가 작정하고 덤비면 쉽지 않은 싸움이 될 텐데 이름도 알려지지 않은 두천방이 그들 모두를 가뿐히 이길 수 있을 정도의 전력을 갖췄다는 건 정말로 놀라운 일이었다.

"이름은 알려지지 않았지만 굉장한 고수들이 잔뜩 있는 모양이야."

"한데 그런 대단한 곳이 왜 군이 그딴 파락호들의 뒤를 봐준 거죠?"

"알아보니 뒤를 봐준 게 아니라 아예 신경을 안 썼어."

"예에?"

화영이 황당한 눈으로 금철휘를 바라봤다. 파락호들이 이름을 더럽히고 있는데 아무런 신경도 안 쓰다니, 대단하다는 힘에 비하면 너무 허술하지 않은가.

"그럼 우리도 군이 신경을 쓸 필요 없겠네요?"

한서연의 핵심을 찌르는 말에 화영이 눈을 동그랗게 뜨고 그녀를 바라보며 고개를 끄덕였다. 하지만 금철휘는 그런 두 여인의 기대를 무참히 밟아 버렸다.

"아니지. 신경 써야지."

"예? 왜요?"

금철휘가 씨익 웃으며 자신을 가리켰다.

"내가 관심이 생겼으니까."

한서연과 화영이 똑같은 눈빛으로 금철휘를 바라봤다. 두 사람은 지금 이 순간 생각까지 완벽하게 일치했다.

'폭군 돼지!'

*　　*　　*

상평 객잔의 주인은 히죽히죽 웃으며 손에 들린 금원보를 이리저리 돌려 확인했다. 아무리 봐도 진짜 금이었다. 사기가 아니라는 뜻이다.

'금원보라니!'

완전히 팔자가 펴 버렸다. 고작 별채 며칠 빌리면서 이렇게 큰돈을 내놓다니, 재신이 강림한 것이다.

"별채까지 가는 길 다 쓸었어? 쉬지 말고 얼른얼른 일해! 별채 손님께 눈곱만큼이라도 폐를 끼치면 내 절대 가만두지 않아!"

점소이들이 분주하게 움직였다. 객잔주는 그 모습을 흐뭇한 얼굴로 지켜봤다. 드디어 팔자가 필 모양이라 생각하니 절로 웃음이 실실 나왔다.

"여기 다 어디 갔어?"

객잔주는 갑자기 들려오는 거친 목소리에 화들짝 놀라 객잔 입구를 바라봤다. 어제 뒤통수가 깨졌던 다섯 사내가 붉으락푸르락한 얼굴로 천천히 들어오고 있었다.

"어제 그 돼지새끼 당장 불러!"

다섯 사내들이 고래고래 소리를 지르자, 객잔에 남아 있던 손님들이 동요했다. 다섯 사내들은 안으로 성큼 들어오며 버럭 소리쳤다.

"다들 안 꺼져?"

손님들이 우르르 몰려 나갔다. 다섯 사내가 미리 입구 쪽의 길을 터 두었기에 순식간에 다들 나가 버렸다. 그렇게 모두 나가고 나자, 피처럼 붉은 옷을 입은 중년인 둘이 천천히 안으로 걸어 들어왔다.

다섯 사내가 즉시 허리를 숙였다.

"오셨습니까!"

두 혈의인은 사내들의 인사를 받는 둥 마는 둥 하며 객잔 한가운데 섰다.

"그놈은?"

"잠시만 기다려 주십시오. 제가 즉시 가서 끌고 오겠습니다."

다섯 사내들이 눈을 번득이며 점소이를 찾았다.

"가서 그 돼지새끼 끌고 오라는 말 안 들려? 빨리 안 뛰어?"

점소이가 후다닥 별채로 달려갔다. 그러자 두 혈의인이 점소이의 뒤를 따라 움직였다. 다섯 사내 역시 그들을 따라가지 않을 수 없었다.

　　　　*　　　　*　　　　*

　　점소이가 후다닥 달려가며 외쳤다.

　　"큰일 났습니다! 어서 피하십시오!"

　　점소이의 외침에 별채 안에서 한서연과 화영이 제비처럼 날
렵한 동작으로 뛰어나왔다. 그 동작이 어찌나 유려하고 아름
다운지 점소이는 일순 말을 잊었다.

　　한서연이 무슨 일인지 물으려 했지만 그럴 필요가 없었다.
점소이 뒤로 혈의인 두 명이 유령처럼 다가간 것이다.

　　"호오. 굉장하구나."

　　혈의인들의 눈이 번득였다. 그들의 눈빛에 욕정과 살기가
뒤섞였다. 한서연도 화영도 그런 눈빛의 의미를 너무나 잘 알
고 있었다. 범하고 죽이겠다는 뜻이었다.

　　혈의인이 손을 슬쩍 휘둘러 점소이의 목을 낚아챘다.

　　"케엑!"

　　점소이의 얼굴이 새빨개졌다. 혈의인은 섬뜩하게 웃으며 한
서연을 향해 점소이를 내밀며 말했다.

　　"벗어."

　　그의 손에 점점 힘이 들어갔다. 이대로라면 목이 부러지고
말 것이다. 사실 혈의인은 한서연이 벗든 말든 상관없이 점소
이를 죽일 생각이었다. 점소이가 처음 이곳에 뛰어 들어오며
외친 말이 그의 운명을 결정지었다.

한서연은 이러지도 저러지도 못하고 머뭇거렸다. 그녀가 그렇게 머뭇거리는 동안 나머지 혈의인이 다시 객잔으로 돌아가 객잔주의 목을 잡아서 끌고 왔다. 그리고 이번에는 화영을 향해 객잔주를 내밀며 똑같이 말했다.

"벗어."

화영은 한서연에 비해서는 단호한 성격이지만 그래도 마음이 편치 않았다. 자신들 때문에 두 명이 죽을 위험에 처한 것 아닌가. 화영은 자신이 어떤 짓을 하더라도 객잔주와 점소이의 목숨을 살릴 수 없다는 걸 알고 있었다.

"이상한데?"

별채 전각 안에서 금철휘가 비대한 몸을 이끌고 슬며시 나왔다. 금철휘는 장난처럼 손을 몇 번 휘저으며 고개를 갸웃거렸다.

"큭!"

두 혈의인이 마치 약속이라도 한 듯 동시에 점소이와 객잔주를 놓으며 뒤로 물러났다. 갑자기 아랫배를 찌르는 듯한 예기가 느껴져 어쩔 수 없었다.

"역시 보통 놈이 아니로군."

혈의인이 살기를 마구 뿜어내며 말했다. 그리고 그즈음 다섯 사내가 장내에 등장했다. 그들도 상당한 단련을 거친 무인이었다. 장내에 흐르는 분위기나 기세를 읽고는 조용히 서서 눈치를 살폈다. 어쩌면 이 자리가 자신들의 무덤이 될 수도 있다는 느낌이 든 것이다.

"일단 너희들은 좀 맞고 시작해야지?"

금철휘가 그렇게 말하며 예전에 그랬듯 허공을 다섯 번 내리쳤다. 마치 파리를 쳐서 바닥에 떨어뜨리듯이 말이다.

쩍! 쩍! 쩍! 쩍! 쩍!

비명도 지르지 못하고 다섯 사내가 바닥에 얼굴을 처박았다. 그 광경을 지켜본 혈의인들의 등줄기에 소름이 오싹 돋았다. 뭐가 어떻게 된 상황인지도 모르고 다섯이 쓰러졌다. 저렇게 가벼운 손짓에 말이다.

금철휘가 이번에는 좌우로 손을 휘저었다. 그러자 혈의인들 앞에 있던 점소이와 객잔주가 휙 날아 별채 후원 구석에 내동댕이쳐졌다. 두 사람은 그렇게 한 번 구르고 나서야 정신이 번쩍 들어 후다닥 도망쳤다. 금철휘가 있는 쪽으로.

"도망갈 생각은 하지도 마라. 소용없을 테니까. 그냥 덤비는 게 그나마 가장 살 수 있는 가능성이 높을 거야."

금철휘의 말에 혈의인들이 움찔했다. 정곡을 찔린 것이다. 상대가 안 될 것 같으면 도망가서 후일을 도모하거나 아니면 동료를 더 불러와야 하니 말이다. 혈의인들은 서로 눈짓을 보냈다. 한 명이라도 도망갈 수 있게 시간을 벌면 될 것 같았다.

그 모습을 본 금철휘가 피식 웃으며 한서연과 화영에게 손짓을 했다.

"넌 거기, 넌 저기. 가만히 서 있기만 해."

금철휘의 말에 한서연과 화영이 즉시 움직였다. 이럴 때는 고민할 필요가 없다. 그저 시키는 대로 하는 게 최선이다.

한서연과 화영이 지정된 자리에 서자, 주변이 한차례 진동했다. 기의 흐름이 흔들리며 급격히 바뀐 것이다.

"설마 진법?"

혈의인이 어이없는 눈으로 금철휘를 바라봤다. 진법까지 쓸 수 있을 줄은 몰랐다. 게다가 그 수준이 꽤 대단해 보였다. 허공이 진동했을 뿐이지만 급격한 기의 흐름을 보건대 결코 쉬운 진법이 아니었다.

"자, 이제 진짜 도망 못 갈 테니까 덤벼 봐."

금철휘의 말에 혈의인 중 한 명이 금철휘에게 덤벼들었다. 그리고 그와 동시에 나머지 한 명이 몸을 돌려 도망쳤다. 길을 따라갈 필요도 없었다. 별채의 담장을 그저 훌쩍 넘었다.

쩡!

"크윽!"

혈의인이 당황하며 뒤로 주춤주춤 물러났다. 마치 담장 위에 벽이라도 있는 것처럼 부딪혔다. 아무것도 없다고 생각했는데 부딪히는 바람에 그 충격이 상당했다. 혈의인은 고개를 흔들어 일단 정신을 차렸다. 그의 눈에 금철휘를 열심히 공격하는 동료의 모습이 보였다.

'아직 시간이 있다.'

혈의인의 눈에 이번에는 한서연과 화영의 모습이 들어왔다.

그리고 단번에 이 상황을 반전시킬 수 있는 방법이 떠올랐다. 한서연과 화영을 잡으면 되는 것이다. 그럼 굳이 도망갈 필요도 없다. 보아하니 두 여인이 진법의 축을 이루고 있는 것 같으니 일단 제압하면 진도 풀릴 것이다.

더 이상 생각할 것도 없었다. 혈의인은 일단 화영에게 몸을 날렸다. 한서연보다 더 약한 화영을 먼저 공략하는 것이 성공 확률이 훨씬 높을 테니까 말이다.

혈의인이 달려들자, 화영이 깜짝 놀라 눈을 크게 떴다. 그리고 즉시 검을 뽑아 자세를 갖췄다. 하지만 그 자리에서 움직이지는 않았다.

혈의인이 회심의 미소를 지으며 화영의 허벅지에 검을 그대로 꽂았다. 화영은 반응조차 못 하고 그대로 허벅지를 꿰뚫렸다. 그 순간, 혈의인의 눈이 화등잔만 해졌다.

'이런!'

허벅지를 분명히 찔렀는데, 검에 아무것도 걸리는 느낌이 들지 않았다. 마치 허공을 벤 듯했다. 그리고 날카로운 예기가 옆구리에 느껴졌다. 혈의인은 그래도 몸을 옆으로 굴리며 그것을 피해냈다.

싸악!

옆구리의 옷자락이 갈라졌다. 아무런 기척도 없이 다가온 검이라 정말 간신히 피했다. 바닥을 몇 바퀴 구른 혈의인이 황당한 눈으로 화영을 바라봤다. 화영은 그 자리 그대로였다.

검을 든 채 싸늘하게 웃고 있었는데, 혈의인은 그것을 보며 침을 꿀꺽 삼켰다. 정말 만만치 않았다.

'저렇게 강한 사람이었나? 그 정도 느낌은 아니었는데……'

혈의인은 다시 한 번 몸을 날려 화영을 공격했다. 하지만 결과는 같았다. 허공을 베고, 허벅지를 공격당했다. 이번에는 아주 가볍긴 했지만 생채기가 났다.

'이대로면 당한다. 다행히 달려들지는 않으니 포기하고 물러나는 수밖에.'

혈의인은 뒤로 슬며시 물러나는 척하다가 이번에는 한서연에게 달려들었다. 느낌만 믿었다가 화영에게 된통 당했으니 이번에는 한서연의 실력도 확인해 봐야만 했다. 만일 당해 낼 수 없다면 정말 방법이 없었다.

혈의인의 검이 한서연의 아랫배를 꿰뚫었다. 하지만 손맛은 없었다. 혈의인의 얼굴이 구겨졌다. 그리고 상대의 공격을 파악하기 위해 모든 감각을 집중시켰다.

'옆구리!'

옆구리 쪽에서 예기가 느껴졌다. 혈의인은 즉시 몸을 날렸다. 하지만 이번에는 피할 수가 없었다.

피슉!

"큭!"

옆구리가 크게 갈라지며 피가 촤악 쏟아졌다. 분명히 피했다고 여겼는데 피하지 못했다. 상대가 휘두른 검의 속도가 예상을 훌쩍 벗어난 것이다.

"젠장……."

역시 화영보다 한서연이 더 강했다. 그 차이가 이렇게 나타난 것이다. 혈의인은 인상을 쓰며 옆구리를 손으로 꽉 쥐었다. 기운을 돌려 억지로 지혈을 했지만 너무 상처가 커서 쉽게 지혈이 되지 않았다. 혈의인은 한서연의 눈치를 살피며 뒤로 주춤주춤 물러났다. 그리고 등이 뭔가에 턱 닿았다.

"다 놀았어?"

혈의인이 슬그머니 뒤를 돌아봤다. 산처럼 비대한 사내가 떡 버티고 서 있었다. 자신의 등이 부딪힌 곳은 사내의 배였다. 혈의인은 반사적으로 고개를 돌려 동료를 찾았다. 처참하게 널브러진 동료의 몸이 보였다. 죽지는 않은 것 같았지만 차라리 죽는 게 낫지 않을까 할 정도로 처참했다.

"저렇게 될래? 아니면 협조 좀 할래?"

혈의인이 그대로 검을 휘둘렀다. 아무리 처참한 꼴을 당한다 하더라도 순순히 항복할 수는 없었다. 이건 최소한의 자존심 문제였다.

쩡!

혈의인의 검이 금철휘의 손바닥에 부딪히며 두 동강 났다. 그의 눈이 휘둥그레졌다. 금철휘는 씨익 웃으며 사내의 머리를 퍽 내리쳤다.

"꽥!"

혈의인이 개구리처럼 바닥에 엎어졌다. 그리고 그대로 정신을 잃었다. 뇌리를 한바탕 휘저은 기운 때문에 버틸 수가 없었다.

금철휘는 손을 탁탁 털었다.

"자, 상황 끝! 이놈들 묶어."

금철휘의 명령에 뒤에서 조용히 숨어 있던 점소이와 객잔주가 부산하게 움직였다. 끈을 찾고 혈의인과 다섯 사내를 꽁꽁 묶느라 무진 애를 썼다. 그리고 그들은 그렇게 꽁꽁 묶이는 데도 전혀 정신을 차리지 못했다.

"대체 언제 진을 깔아 두신 거죠? 아니, 진법은 언제 공부하신 거예요?"

화영은 정말로 궁금했다. 금철휘가 뭘 익혔는지, 얼마나 강한지, 또 대체 얼마나 부자인지 말이다. 하지만 가장 궁금한 건, 금철휘 자체였다. 대체 정체가 뭔지, 어떻게 생겨 먹은 사람이기에 이런 일들이 가능한 건지 너무나 궁금했다.

"지금 중요한 건 그게 아니잖아?"

금철휘가 그렇게 말하며 턱으로 한쪽을 가리켰다. 그곳에는 일곱 명의 사내가 사이좋게 꽁꽁 묶여 있었다. 당연히 내공을 제압해 제대로 힘을 쓸 수 없는 상태였다. 물론 아직 깨어나지도 못했으니 내공이 있다 하더라도 도망갈 수는 없겠지만 말이다.

"저 다섯 놈은 네가 맡아. 난 저 두 놈을 맡지."

금철휘는 그렇게 말하고 혈의인 두 명을 덥석덥석 잡았다. 그리고 어딘가로 훌쩍 사라져 버렸다.

화영은 그것을 보며 나직이 한숨을 내쉬었다. 여전히 자신을 믿지 못하는 모습을 보니 입맛이 썼다. 하지만 그 역시 자신이 만든 결과였다. 수긍하고 바꿀 수 있도록 애쓰는 수밖에 없었다.

"자아, 그럼 나도 오랜만에 한번 해볼까?"

화영이 사악 웃으며 다섯 사내들에게 다가갔다. 그들은 정신을 잃은 와중에도 왠지 모를 한기에 몸을 부르르 떨었다.

금철휘는 만신창이가 된 두 사람을 바닥에 내던졌다. 그와 동시에 그들을 묶은 끈이 가닥가닥 끊어졌다. 혈의인들이 바닥을 데굴데굴 구르다가 정신을 차리고 벌떡 일어났다.

"정신 차렸으면 이리 와서 좀 앉지?"

금철휘는 바위에 걸터앉으며 앞을 가리켰다. 혈의인들은 슬금슬금 서로의 눈치를 살폈다. 내상도 심하고 외상도 제법 만만찮았다. 게다가 내공이 완전히 막혀서 지금은 도망가고 싶어도 도망갈 수가 없었다.

혈의인들은 결국 금철휘 앞으로 다가와 땅바닥에 털썩 주저앉았다. 그들의 얼굴에 체념이 살짝 떠올랐다. 남은 건 이대로 자결하는 건데, 지금 상황에서는 그조차 쉽지 않았다.

"괜히 자살하네 마네 하면서 애쓰지 말고 그냥 내가 묻는 몇 가지 말에만 성실히 대답해. 별거 아닐 테니까."

금철휘는 그렇게 말하고는 잠시 뜸을 들였다. 금철휘의 비대한 덩치와 맞물려 엄청난 답답함을 두 사람에게 전해주었다.

"너희 두천방에서 왔지?"

"맞소."

그거야 비밀이랄 것도 없다. 그 다섯 사내의 뒤를 봐주는 것이 두천방이라는 소문이 마을에 파다했으니 아무 말을 안 하더라도 그 정도 추론은 얼마든지 가능했다.

"너희 거기서 몇 번째야?"

두 사람은 입을 다물었다. 사실 둘의 실력은 상당했다. 현재 오대세가의 장로쯤 되면 아마 이들과 비슷할 것이다. 금철휘는 최근 금향각을 자주 이용하며 예전 자신이 혈룡귀갑대주일 때와 지금 무공 수준의 간극을 거의 없앴다.

그렇기에 금철휘도 지금 눈앞에 있는 두 사람이 현재를 기준으로 하면 어느 정도인지 대충 파악을 했다. 한데 분위기를 보니 이들이 두천방의 수뇌에 가깝지 않은 것 같아서 조금 놀랐다. 지금 그걸 확인하고자 하는 것이다. 어쩌면 금향각이 조사한 것보다 두천방이 가진 힘이 훨씬 더 대단할 수도 있었다.

"설마 제일 아래는 아니겠지?"

"우릴 모욕하지 마시오. 우리도 당당한 무사요."

"파락호 애들 뒤나 봐주는 것들이 무사는."

금철휘가 피식 웃자, 두 사람은 아무런 대꾸도 할 수 없었다. 그저 죽일 듯한 눈으로 금철휘를 노려보기만 했다.

"그러니까 똑바로 대답해 봐. 너희들 거기서 제일 약하지?"

둘은 대답하지 못했다. 그게 사실이었기 때문이다. 금철휘는 속으로 상당히 놀랐다. 두 혈의인의 실력은 정말로 대단했다. 상대가 금철휘였기에 간단히 제압당했지, 실제로 이들이 마음먹고 웬만한 문파를 친다고 하면 간단히 막을 수 있는 곳은 그리 많지 않을 것이다.

"그럼 쓸데없는 얘기는 그만하고 슬슬 중요한 대화를 나눠 볼까?"

금철휘가 씨익 웃자, 두 혈의인이 몸을 부르르 떨었다.

다음 날, 금철휘는 일행을 이끌고 바로 마을을 떠났다. 금철휘가 심문하던 두 명의 혈의인은 금향각에서 데려갔다. 더 많은 정보를 캐고 그들의 빈틈을 찾기 위함이었다.

"이제 어쩌시려고요?"

화영이 걱정스런 표정으로 물었다. 함께 묻지는 않았지만 한서연 역시 비슷한 얼굴이었다. 막상 두천방이 금향각의 조사보다 훨씬 더 대단하다는 사실을 알아내고 나니 일단 두려움이 들었다. 대체 어떤 속셈을 가지고 있기에 그렇게 은밀히 힘을 키운단 말인가.

"내가 궁금한 건, 과연 이 두천방 같은 문파가 여기 하나냐는 거야."

"예? 그게 무슨 말씀인가요?"

금철휘의 말에 화영과 한서연이 깜짝 놀라며 물었다. 두천방만 해도 나타나기 어려운 문파다. 오대세가보다 훨씬 대단한 힘을 감추고 있으면서 그것을 전혀 드러내지 않는다는 것이 얼마나 힘든 일인가. 한데 그런 문파가 또 있다면 그건 정말로 문제가 심각해진다.

"아직 밝혀진 건 아무것도 없지만, 감이라는 게 있거든. 저건 수많은 꼬리 중 하나에 불과한 거 같단 말이지. 따라가다 보면 엄청난 몸통이 따로 도사리고 있지 않을까?"

"설마요."

두천방 같은 다른 문파가 있는 것도 아니고, 두천방이 고작 꼬리라니, 그건 더 허황된다. 만일 그런 조직이 있다면 그들은 이미 천하를 장악했을 것이다.

"설마가 항상 사람을 잡지. 그리고 아무래도 촉이 좋지 않아. 이거 아주 싸하단 말이지."

금철휘가 이렇게 말하는 것은 계속 전생의 일이 떠올랐기 때문이다. 그때 혈룡귀갑대가 천하와 싸우게 된 것이 어쩌면 거대한 음모의 한 조각이 아니었을까 하는 생각이 든 것이다.

금철휘는 묵묵히 걸음을 옮기며 전생의 일을 하나하나 꿰맞추기 시작했다. 각종 음모를 덧씌워 보고 모든 가능성을 타진했다. 만일 전생의 금철휘였다면 결코 불가능했을 일이다. 하지만 지금의 금철휘는 전생과는 다르다. 게다가 천령신공이 있다.

천령신공의 시작은 자신의 관조이고 스스로를 장악하고 통제하는 것이다. 즉, 몸의 구성을 자기 마음대로 조절하는 게 가능하다는 뜻이다. 그렇기에 마음대로 살을 찔 수도 뺄 수도 있고, 피부를 철판같이 만들 수도 있다.

그러니 두뇌 회전이 빠르도록 만드는 게 불가능할 리 없다. 물론 몸의 다른 부위에 비해 상당히 어렵고 위험하다. 하지만 가능하다.

금철휘는 지극히 조심스럽게 두뇌를 건드려 왔다. 그리고 지금은 상당한 능력을 갖추게 되었다. 이렇게 수많은 사건들을 짜 맞추고, 또 과거와 현재의 정보를 읽어서 뭔가를 도출해 내는 것이 가능해질 정도로 말이다.

지금 금철휘는 자신이 가진 모든 능력을 이용해 거대한 그림을 그리고 있었다. 그것은 진짜 음모를 파헤치는 시작이 될 수도 있었고, 또 금철휘가 세상을 상대로 한 판 음모를 짜는 것이 될 수도 있었다.

그렇게 그들은 소주로 들어섰다.

제5장
소주 유가장

소주 유가장은 상당한 역사를 가진 명문 무가였다. 그리고 그 위세는 한차례 몰락을 겪고 다시 일어선 지금, 예전보다 훨씬 더 커졌다. 그러면서도 한편으로는 딸을 팔아 가문을 일으켰다는 악의 어린 소문도 감수해야만 했다.

그 소문은 현재 유가장의 주인인 유일환이 가진 몇 안 되는 근심 중 하나였다. 그리고 그 몇 안 되는 근심 중 하나이자, 유가장의 밥줄이기도 한 금룡장의 소장주가 막 소주에 들어섰다.

유일환은 보고를 받으며 손가락으로 관자놀이를 톡톡 두드렸다. 생각에 잠길 때 하는 그의 버릇이었다.

"아버지, 뭘 그렇게 고민하십니까? 그냥 기 한 번 확 눌러 주면 다 알아서 할 겁니다. 이번 기회에 심복 하나를 그놈 옆에 붙이면 그 뒤로는 별로 문제 될 게 없을 겁니다."

"내 걱정은 그게 아니다. 과연 소장주에게 그 정도 권한이 있을 것인가 하는 거지."

"당연히 있지요. 충분히 알아보셨지 않습니까. 한 달에 금 육천 냥의 집행권을 가지고 있습니다. 그 정도면 충분합니다."

"쯧쯧, 그 육천 냥을 고스란히 가져올 수 있을 것 같으냐? 패천보는 가만히 두고 본다더냐? 내 알기로 이번에 패천보에서도 그놈을 초대했더구나. 그게 무슨 뜻이겠느냐?"

유일환의 장남인 유충원은 더 대꾸하지 못하고 입을 다물었다. 조금만 더 일찍 이 정보를 알았다면 패천보보다 한발 먼저 움직였을 것이고, 그렇다면 훨씬 좋은 상황이 되었을 텐데, 참으로 안타까웠다. 그리고 이 정보를 제대로 알려주지 않은 유혜련에게 짜증이 났다.

"련이 그 녀석이 미리 이 정보를 알려줬으면 좋았을 텐데, 참으로 괘씸합니다."

"그런 말 하지 마라. 그 아이는 나름대로 스스로를 희생해서 가문을 살렸다."

"하지만 너무 아깝지 않습니까."

"우리가 잘하면 된다. 넌 그놈을 어떻게 압박해서 돈을 뜯어낼지나 궁리해라. 그리고 그놈에게 과연 얼마나 더 여력이 있을지 파악하고 말이다."

"예."

유충원은 일단 대답한 뒤 조심스럽게 입을 열었다.

"한데 아버지. 차라리 금룡장을 직접 공략하는 건 어떻습니까? 생각해 보면 돈밖에 없는 가문인데……."

"금룡장에 대해 얼마나 아느냐?"

"예? 그야 항주에서 돈이 제일 많은……."

"그래. 항주에서 가장 돈이 많지. 하면 천하에서는 몇 번째일 것 같으냐?"

"열 손가락 안에는 들지 않겠습니까?"

"항주 사람들은 항주제일이 곧 천하제일이라고 믿고 있더구나."

"하면……."

"내가 판단하기로는 천하에서 다섯 손가락 안에는 들지 않을까 한다. 어쩌면 더 대단할 수도 있지."

"정말 굉장하군요. 그런 곳이 우리 손에 들어온다면……."

"그래. 들어온다면 좋겠지. 하지만 허튼수작은 통하지 않는다. 넌 돈의 힘을 조금 가볍게 여기는 경향이 있는데, 결코 좋지 않다. 우리 가문이 몰락하게 된 것도 다 돈 때문이었음을 잊지 말거라."

"예. 명심하겠습니다."

유일환은 아들의 태도에 내심 만족하며 고개를 끄덕였다. 무가가 지나치게 돈을 밝히면 좋지 않다. 하지만 돈을 경원시하면 문제가 커진다. 뭐든 적당한 선이 존재한다. 아마 조만간 유충원이 그 선을 찾을 것 같아 기분이 훨씬 나아졌다.

'자, 그건 그렇고, 그놈을 어떻게 요리한다⋯⋯.'

금철휘는 소주를 느긋하게 구경하며 걸었다. 여기저기 즐비하게 늘어선 기루를 보며 문득 얼마 전 결심했던 일이 떠올랐다.

"그러고 보니 슬슬 기루에서 즐기기로 했었지?"

금철휘의 중얼거림을 들은 한서연과 화영이 샐쭉한 표정으로 살짝 눈을 흘겼다.

"이렇게 예쁜 여자들을 옆에 두고 기루라는 말이 나와요?"

"소주에서 제일 유명한 기루가 어디지? 소주에서 재미삼아 기루 몇 개 운영해 볼까? 기루란 게 원래 애들 예쁘면 잘 되는 법이잖아?"

"흥, 기루 운영이 그렇게 단순한 줄 아세요?"

"운영이야 단순하지 않겠지. 하지만 본질은 그거 아닌가? 예쁜 여자가 왕처럼 대접해주면 어떤 남자가 싫어하겠어?"

너무 정곡을 찌르니 할 말이 없었다. 화영은 더 대꾸하지 못하고 고개를 휙 돌리며 입술을 삐죽였다.

"그래서 정말로 여기 기루를 여실 거예요?"

금철휘가 손가락을 까딱였다. 그러자 흑의인 하나가 금철

휘 옆에 슬며시 모습을 드러냈다. 금향각에서 보내준 연락책
이었다. 한서연과 화영은 깜짝 놀랐다. 설마 사람이 근방에
은신해 있을 거라고는 생각도 못한 것이다.

"이제 제법 쓸 만해졌네."

금향각의 정보원들은 금철휘가 전해준 보법을 익힌 이후로
능력이 몇 배나 늘어났다. 특히 은신에 관해서는 타의 추종을
불허할 정도였다. 물론 금철휘가 보기에는 아직도 걸음마 수
준이었지만 말이다. 다만 지금 금철휘의 연락책을 맡은 정보
원은 제법 괜찮은 수준에 올라 있었다. 화영이나 한서연의 실
력으로는 아예 눈치도 못 챌 정도로 말이다.

"최고의 기루 열 개를 알아보고, 가장 낮은 수준의 기루도
열 개 알아봐. 인수가 가능한지, 또 돈이 얼마나 들어갈지, 향
후 운영을 한다면 어떻게 될지 몽땅."

흑의인이 고개를 조아린 뒤 다시 모습을 감췄다. 한서연과
화영은 멍하니 그 광경을 지켜보다가 눈을 빛내며 금철휘를
바라봤다.

"금향각이 원래 이렇게 대단한 곳이었나요? 저도 감각에는
꽤 자신이 있었는데, 아예 알아차리지도 못했어요. 게다가 방
금 그 사람, 금향각에서 그리 높은 위치에 있지 않죠?"

화영이 말을 쏟아내자, 한서연이 옆에서 살짝 거들었다.

"공자님께서 또 뭔가를 주신 거죠?"

"자, 거의 다 왔다. 서두르자."

금철휘는 굳이 대답해주지 않고 걸음을 빨리했다. 두 여인이 그런 금철휘를 향해 곱게 눈을 한 번 흘긴 후, 서둘러 따라갔다.

"호오. 유가장이 제법 대단하군."

유가장 앞에 선 금철휘는 유가장의 정문을 보며 고개를 끄덕였다. 생각했던 것보다 규모도 크고 느껴지는 분위기도 상당했다. 웬만해서는 갖추기 어려운 것들이었다.

"유가장도 꽤 역사가 깊은 곳이니까요."

"하긴, 웬만한 역사가 아니라면 이런 분위기를 내기 쉽지 않지. 돈을 우습게 알다가 망할 뻔했으니 앞으로는 그러지도 않을 거고, 생각보다 발전 가능성이 큰데?"

"글쎄요. 돈을 중히 여기게 된 건 맞지만, 그들이 의존하는 건 전적으로 금룡장이에요. 더구나 오늘 공자님을 초대한 의도를 짐작해 보면 공자님께 기댈 생각인 거죠. 정말 안타깝게도 이들은 사람을 잘못 봤네요."

화영의 말에 한서연이 크게 고개를 끄덕였다. 금철휘를 옆에서 쭉 지켜봤기에 그가 한 번 움직이면 어떤 일이 벌어지는지, 또 그가 마음먹으면 어떤 일을 할 수 있는지 알기에 절절히 공감할 수 있었다.

"객쩍은 소리 그만하고 일단 들어가자고."

금철휘는 뚱뚱한 몸을 뒤뚱거리며 유가장 정문으로 다가

갔다. 한서연과 화영이 양옆에서 살짝 뒤쳐져 따라갔다. 정문을 지키는 무사들은 다가오는 세 사람을 보며 눈을 떼지 못했다.

일단 어마어마하게 비대한 금철휘의 모습에 절로 눈살이 찌푸려졌다. 하지만 금철휘를 따라오는 한서연과 화영의 미모에 입이 벌어졌다. 소주에도 미인이 많기로 유명하지만 맹세코 다가오는 두 여인보다 아름다운 사람은 한 번도 본 적이 없었다.

정문을 지키는 무사들은 금철휘와 두 여인을 번갈아 바라봤다. 그리고 속으로 결론을 내렸다.

'돈 많은 돼지새끼로군.'

갑자기 짜증이 확 났다. 보아하니 나이도 그리 많지 않은 듯했다. 즉, 부모 잘 만나서 저따위 호사를 누리고 있다는 뜻 아닌가.

"멈추시오!"

무사 둘이 앞을 가로막았다. 정문을 지키는 무사는 모두 다섯이었는데, 둘이 문 앞을 굳건히 지켰고, 한 명이 전체적인 상황을 살피며 무사들을 지휘했다. 나머지 둘이 다가오는 사람을 상대하는 것이다.

금철휘는 일단 걸음을 멈췄다. 그러자 화영이 알아서 앞으로 나섰다. 그녀는 생긋 웃으며 일단 무사들의 혼을 한 번 빼났다.

"금룡장의 소장주님께서 오셨다고 전해주시겠어요?"

"아! 금룡장!"

그제야 무사들은 금철휘의 정체를 알고는 새삼스러운 눈으로 바라봤다. 그들의 표정은 놀람에서 곧 경멸로 바뀌었다. 그들의 입장에서 보면 금철휘는 돈을 무기로 그들의 아가씨를 낚아채 간 놈일 뿐이었다.

"일단 안으로 드십시오."

무사들은 미리 들은 명령이 있기에 금철휘를 장원 안에 있는 접객당으로 안내했다.

접객당에 들어선 금철휘는 적당한 자리에 털썩 앉았다. 함께 온 무사의 눈에는 영락없이 비대한 몸을 주체하지 못하는 걸로 보였다.

"여기서 기다리시면 됩니다."

무사는 딱 그렇게만 말하고 즉시 방에서 나갔다. 마치 아무 말도 듣지 않겠다는 듯한 태도였다. 그것을 본 화영의 눈이 묘하게 빛났다.

"아무래도 꽤 오랫동안 기다리게 할 모양인데요?"

"그 정도 수는 써야 유가장이라 할 수 있지."

금철휘는 대수롭지 않게 말하곤 화영에게 지시를 내렸다. 너무나 자연스러웠다.

"가서 요 앞을 지키는 무사한테 말해. 우린 일정상 별다른 일이 없다면 내일 아침에 출발할 거라고."

화영이 금철휘의 의도를 알아채고는 생긋 웃었다. 그리고는 부리나케 밖의 무사에게 그 사실을 알렸다. 잠시 후, 밖이 부산스러워졌다.

"어쩌려는 것 같아?"

"일단 기를 꺾어야 하니, 무사들을 늘리겠죠?"

"머리 좋네. 그리고?"

"우리가 못 나가게 막겠지요. 최소한 이틀은 여기서 기다려야 기가 꺾일 거라고 여길 테니까요. 아마 중간 중간 무력도 좀 과시해주고 그러겠죠?"

금철휘가 이번에는 한서연을 쳐다봤다. 한서연은 그 시선에 흠칫 놀랐지만 이내 차분한 표정으로 입을 열었다.

"유가장이 뭔가 새로운 일을 벌이려는 것 아닐까요?"

"이유는?"

"돈이 필요하니 공자님을 핍박하는 거겠죠."

"좋아. 대충 견적이 나왔군."

화영과 한서연이 반짝이는 눈으로 금철휘를 바라봤다.

"그래서 이제 어쩌실 건가요? 설마 밖에 있는 무사들을 몽땅 때려눕히실 생각은 아니시죠?"

"그럼 재미가 없잖아. 이놈들도 똥줄 한번 타 봐야지."

금철휘가 짓궂은 눈으로 한서연과 화영을 번갈아 쳐다봤다. 그의 입가에 어린 미소도 점점 눈빛을 닮아 갔다.

     *   *   *

쿠당탕!

"사라졌습니다!"

아들의 말에 유일환이 인상을 확 찌푸렸다.

"경박스럽게!"

유일환은 아들이 유가장을 이어받아 가세를 더 키우려면 위엄을 세워야 한다고 생각했다. 그래서 그 생각을 항상 강요해 왔다. 한데도 유충원은 좀처럼 나아지지 않았다. 조금 급박한 일이 있을 때마다 이렇게 온 장원이 떠들썩하도록 경망을 떠는 것이다.

"아, 아버지, 큰일입니다. 그놈들이 사라졌습니다!"

"그놈들이라니, 설마 금철휘 말이더냐!"

"예. 그놈들이 감쪽같이 사라졌습니다!"

"대체 다들 뭐 하고 있었기에 사라지는 것도 몰랐단 말이냐!"

"철통같이 지키고 있었습니다! 제가 직접 지휘를 했기에 확신할 수 있습니다. 개미 새끼 한 마리 빠져나가지 못할 정도로 지켰습니다. 너무 과하다 싶을 정도로 인원을 투입했는데도……"

"됐다! 그만하고 어서 소주를 샅샅이 뒤져라. 어떻게든 그놈을 찾으란 말이다! 대체 처가에 와서 도망을 가다니, 그게 말이나 되는 소리더냐! 그놈이 나를 무시하지 않고서야······!"

"저, 아버지······. 한데······."

유일환이 또 눈살을 찌푸렸다. 이렇게 말을 늘일 때마다 꼭 일 하나씩을 터트려 왔기에 이번에도 예감이 좋지 않았다. 더구나 금철휘의 일과 관계있을 테니 더더욱 기분이 나빴다.

"무슨 일인지 똑바로 말하지 못하겠느냐!"

유충원이 품에서 서찰 하나를 꺼내 슬그머니 내밀었다.

"사실 어젯밤에 그놈으로부터 통보를 하나 받았습니다."

"통보?"

"일정 때문에 아침 일찍 떠나겠다고······."

유일환의 얼굴이 사정없이 일그러졌다. 그런 중요한 보고를 왜 안 한단 말인가. 물론 그런 보고를 받았다 하더라도 즉시 금철휘를 만나주지는 않았겠지만 말이다. 유일환은 서찰을 펼쳤다. 그리고 손을 부들부들 떨었다.

"아침 일찍 떠나겠다고? 일정 때문에 어쩔 수가 없다고? 곧장 패천보로 가겠다고? 이 돼지새끼가 이제 보이는 게 없는 모양이로구나."

유일환의 눈에서 섬뜩한 살기가 줄기줄기 쏟아져 나왔다. 유충원은 화들짝 놀라 납작 엎드렸다. 이럴 때 섣불리 말을 꺼내면 정말 죽기 일보 직전까지 두드려 맞는다는 사실을 경험적으로 알고 있었다.

"어서 가서 잡아 오지 않고 뭐 하는 게냐! 직접 움직여라!

가문의 모든 무사를 써서라도 반드시 잡아! 이놈이 우리 가
문에 들렀다가 패천보로 가면 어떤 일이 벌어질지 생각을 하
고 서두르란 말이다!"

"예, 아, 알겠습니다."

유충원이 황급히 대답을 하고 후다닥 밖으로 나갔다. 유
일환은 잠시 화를 삭이고는 자리에 털썩 앉았다.

만일 금철휘가 패천보에 도착하면 일이 커진다. 유가장과
는 아직 아무런 협의가 되지 않은 상태다. 물론 추후에 패천
보와 협상을 벌일 여지가 있긴 하지만 그때는 엄청나게 숙이
고 들어갈 수밖에 없다.

"기를 죽이려다가 빈틈을 보이고 말았군."

망신도 이런 망신이 없다. 고작 금룡장의 돼지새끼 하나 지
키지 못했다는 소문이라도 돌면 유가장의 평판은 끝장이다.
패천보는 또 얼마나 유가장을 우습게 여기겠는가. 차후 금룡
장을 둘러싸고 벌일 패권 다툼에서도 상대적으로 뒤처질 게
뻔했다.

"그러니 잡아야지. 반드시 잡아야 돼."

유일환은 으스러져라 주먹을 쥐며 이를 으드득 갈았다.

*　　　*　　　*

유가장이 발칵 뒤집히고 장원에 거주하는 대부분의 식솔

들이 나서서 금철휘 일행을 찾아다녔다. 무사들만으로는 모자란다고 판단해 일하는 하인이나 시비들까지 몽땅 동원해서 소주를 그야말로 이 잡듯 뒤졌다.

그렇게 유가장이 발칵 뒤집힌 동안 유가장의 접객실에는 세 사람이 느긋하게 밖의 소란을 지켜보고 있었다.

"장원이 텅텅 비니 조용하고 좋네."

"정말 대단하세요. 이 근방에 펼친 진법은 대체 뭐죠?"

"뭐, 간단한 환영진이야. 시야를 살짝 교란시키는 건데, 별거 아냐. 예전에 도망칠 일 있을 때 가끔 썼던 거야."

"도망칠 일이요?"

"뭐, 그런 게 있었어."

이 환영진은 귀갑환영진이라는 이름이 붙은 진법으로 혈룡귀갑대가 모두 힘을 모아 만들어 낸 진법들 중 하나였다. 당시 이 환영진을 펼쳐서 눈을 속여야 하는 상대가 어마어마한 고수들이었으니 그 진법이 평범할 리 없었다. 당연히 유가장 정도에서 진법의 실체를 꿰뚫어 볼 수 있는 사람이 있을 리도 없었다.

"이제 어쩌실 거죠?"

"글쎄. 고민 중이야. 그냥 이대로 떠날지 아니면 한 번 만나나 볼지."

"밖에 사람들이 쫙 깔렸을 텐데 어떻게 나가죠?"

"내가 마음먹으면 다 돼. 다만 너희는 좀 문제가 되겠다."

"예? 그럼 저희들은 아예 생각도 안 하신 거예요?"

"방법이 없는 건 아니지."

금철휘의 말에 화영이 살짝 불안한 눈으로 물었다.

"그게 뭔데요?"

"내가 둘 다 안고 가는 거지."

그렇게 말하며 금철휘가 손으로 허공을 주물럭거렸다. 한서연이 그것을 보며 기겁을 했다.

"웃기지 마요! 절대 안 돼요!"

하지만 화영의 반응은 정반대였다. 그녀는 손뼉까지 치며 좋아했다.

"어머, 그러면 되겠네요. 정말 좋은 생각이에요."

금철휘가 여전히 손을 주물주물 하며 한서연을 쳐다봤다. 금철휘의 얼굴에 씨익 떠오른 미소가 한서연의 등에 소름을 만들어냈다. 그녀는 주춤 뒤로 물러났다.

"다, 다가오지 마요!"

"그럼 혼자 남든가. 자, 혼자 남으면 어떻게 될까?"

금철휘가 화영을 보며 물었다. 화영은 생긋 웃으며 차분히 설명했다.

"그래도 유가장이 정파의 기치를 내걸고 있으니 겉으로는 정중히 대하겠지요. 하지만 이런 곳이 뒤로는 훨씬 구린 구석이 많은 게 보통 아니겠어요? 아마…… 거친 사내들에게……"

"그, 그만!"

한서연이 두 팔로 몸을 감싸며 부르르 떨었다. 상상만 해도 치가 떨렸다. 설마 유가장이 그런 일을 할까 싶으면서도 그동안 워낙 별의별 사람들을 다 봐 왔기에 화영의 말이 허투루 들리지 않았다.

"하, 할게요."

"응? 뭐라고?"

"하, 한다고요."

"잘 안 들리는데?"

"한다니까요!"

한서연이 빽 소리를 지르자, 그제야 금철휘가 능글능글 웃었다.

"하긴 뭘 한다는 거야? 그러니까 내 품에 안기겠다, 뭐 그런 거야?"

"그게 아니잖아요!"

"그럼 도망가는 걸로 결론을 내리는 건가?"

금철휘가 한서연을 보며 물었다. 한서연은 순간 뭔가 이상한 느낌이 들어 반문했다.

"예? 그걸 왜 제게 묻는 거죠?"

"네가 방금 결정했잖아."

"제, 제가 언제요!"

"나한테 안기겠다며? 그게 그 말이지. 여길 떠나자는 말이잖아?"

한서연은 순간 말문이 막혔다. 뭐 이런 사람이 다 있단 말인가.

"이렇게 유가장의 운명이 결정됐군."

"자, 잠깐만요!"

금철휘가 움직이려 하자, 한서연은 다급히 손을 들어 말렸다. 유가장이 어떻게 되든 솔직히 그녀와는 아무런 상관이 없었다. 하지만 이건 아니었다. 자신의 결정으로 유가장에 피해를, 그것도 엄청나게 큰 피해를 주기는 싫었다.

"이렇게 그냥 가도 되는 건가요? 대체 어쩌실 건데요?"

"어쩌긴, 앞으로 유가장에 주는 지원금을 좀 내는 거지."

"지원금을요?"

"하는 짓 봐라. 너 같으면 저런 놈들한테 돈 주고 싶겠냐?"

"하지만 저들은 공자님의 처가잖아요?"

"처가? 과연 처가라고 할 수는 있으려나?"

금철휘는 씨익 웃고는 성큼 걸어 한서연을 덥석 집었다. 금철휘의 두툼하고 커다란 손이 한서연의 가느다란 허리를 안아 올리자, 그녀가 깜짝 놀라 비명을 질렀다.

"꺅!"

"가만있어!"

금철휘가 그녀의 허리를 단단히 안았다. 그러자, 화영이 환하게 웃으며 금철휘의 품으로 답삭 안겼다. 금철휘는 살짝 옆으로 몸을 틀어 가슴으로 달려오는 그녀를 역시 나머지 손으로 척 잡아챘다. 화영이 아쉬운 표정을 지었다.

"안겨서 갈 수 있었는데, 아쉽게 됐네."

화영의 말에 한서연이 질린 표정을 지었다. 어떻게 이런 순간까지 저런 생각을 할 수 있단 말인가. 그러면서 다른 한편으로 살짝 오기가 솟았다. 한서연은 용기를 내서 금철휘의 허리를 양손으로 꽉 안았다. 살이 워낙 두툼해서 안는 것도 쉽지 않았다.

"손길 한번 나긋나긋하구나."

금철휘가 씨익 웃으며 발을 한 번 굴렀다.

쿵!

기의 파동이 물결치듯 사방으로 퍼져 나갔다. 그리고 바닥이 한차례 강하게 울렸다. 시야가 이리저리 흔들리다가 제자리를 찾았다. 진이 깨진 것이다.

"흔적을 남기고 갈 수는 없으니까."

금철휘는 그 말을 남기고 귀혼보를 펼쳤다. 극성의 귀혼보에 천령신공의 공능이 스며들었다. 금철휘의 몸이 허공에 그대로 녹아들었다.

한서연과 화영은 상상도 하지 못했던 광경에 눈 한 번 깜빡이지 않고 이리저리 주위를 살폈다. 금철휘의 팔에 안긴 채

이동 중이었는데, 귀혼보가 얼마나 대단한 보법인지, 또 금철휘가 얼마나 대단한 능력을 가졌는지 여실히 알 수 있었다.

세상이 기묘하게 일그러졌다. 금철휘가 움직이는 방향으로 세상이 쭉 늘어났다가 다시 수축되는 과정이 반복되었다. 또, 방향을 틀 때마다 시야가 활처럼 휘었다. 그 모든 것이 어우러지니 완전히 다른 세상이 되어 버렸다.

두 여인은 문득 궁금증이 들었다.

'대체 이렇게 보이는데 어떻게 길을 찾아 움직이시는 걸까?'

자신들은 죽었다 깨도 이런 시야 속에서 멀쩡히 움직일 수는 없을 것 같았다. 섣불리 움직이다가는 어디 한 군데 부딪혀 그대로 세상 하직할 것 같았다. 그러니 이런 시야 속에서 자유자재로 움직이는 금철휘가 얼마나 대단해 보이겠는가.

그렇게 두 여인의 시야가 일그러지고 다시 퍼지기를 수백 번 반복했을 때, 금철휘가 서서히 속도를 줄였다. 몇 바퀴 뱅글뱅글 돌던 시야가 이내 제자리로 돌아왔다.

"으윽!"

두 여인은 금철휘의 품에서 내리며 비틀거렸다. 그리고 속에서 치밀어 오르는 구토를 억지로 참았다. 여기서 그런 지저분한 꼴을 보여주기 싫었다.

"정신이 하나도 없네요. 여기가 어디죠?"

화영의 물음에 금철휘가 대수롭지 않게 대답했다.

"합비."

"그렇군요. 합비군요. 참 멀리도 왔네요."

화영이 웃으며 그렇게 말했다가 대번에 표정이 굳었다. 그리고 경악한 얼굴로 다시 금철휘를 바라봤다. 한서연 역시 같은 표정, 같은 눈빛이었다.

"뭐라고요? 어디요? 합비?"

이게 말이 되는가. 소주에서 합비까지 거리가 대체 얼마인가. 천 리가 훨씬 넘는다. 게다가 관도를 타고 가면 훨씬 더 먼 길로 돌아가야만 한다. 한데 지금 고작 얼마나 달렸다고 벌써 합비란 말인가.

"장난하시는 거…… 아니죠?"

한서연이 떨리는 목소리로 물었다. 만일 이게 장난이 아니라면 금철휘에 대해 그동안 내렸던 모든 평가를 처음부터 다시 해야만 한다. 물론 그런 평가 자체가 그녀에게는 아무 의미 없었지만 말이다.

"장난 같은 소리 하네. 내가 얼마나 오랫동안 달려왔는데 그 소리야?"

둘은 아무 말 못 했다. 그녀들이 느끼기에는 정말 짧은 시간이었다. 물론 그렇다고 해서 한두 시진 정도로 짧은 시간은 아니었지만 그래도 충분히 견딜 만한 시간이었다.

"얼마나 지났는데요?"

"네 시진."

두 여인이 입을 다물었다. 네 시진 만에 소주에서 합비까지

오다니, 그게 인간이란 말인가. 그것도 그 비대한 몸으로 여자 둘을 안고서 말이다.

잠시 침묵과 혼란의 시간이 지나갔다. 그리고 현실을 받아들인 두 여인이 정신을 차렸다. 정신을 차리고서 제일 먼저 든 생각은 금철휘에 대한 것이 아니라 의외로 소주 유가장에 대한 것이었다.

"한데 유가장은 이제 어쩌고 있을까요?"

"그러게. 궁금하네. 한번 알아볼까?"

금철휘가 히죽 웃으며 걸음을 옮겼다. 일단 합비에서 가장 크고 화려한 객잔을 찾는 게 먼저였다. 뜨거운 물에 몸을 좀 풀어주고, 맛있는 음식과 술을 양껏 먹고 마시는 게 우선이었다.

두 여인은 잠시 멍하니 금철휘의 뒷모습을 바라봤다. 뒤뚱뒤뚱 걷는 모습은 우스꽝스럽기 그지없었다. 주변에서 금철휘를 보는 시선은 하나같이 예외가 없었다. 다들 비웃었고, 피식피식 흘러나오는 웃음을 참지 못했다.

하지만 두 여인만큼은 결코 웃을 수 없었다. 요즘처럼 외모로 사람을 판단하지 말라는 말이 마음 깊이 와 닿은 적이 없었다. 다들 웃지만, 금철휘는 결코 우스운 사람이 아니었다.

두 여인이 입을 앙다물고 금철휘의 뒤를 따랐다. 세 사람은 이내 합비에서 가장 비싸다고 소문난 객잔으로 들어섰다.

"아직도 못 찾았단 말이냐!"

유일환의 외침에 유충원이 고개를 푹 숙였다. 유충원뿐 아니라 유가장의 총관도 그 옆에서 면목 없는 표정으로 시선을 피했다. 유가장의 사람들이 몽땅 동원되었는데도 찾지 못했으니, 고개를 들 수가 없었다.

"우리 유가장이 고작 이 정도밖에 안 된단 말이냐?"

"면목 없습니다."

유일환은 속으로 분을 삼켰다. 더 역정을 내봐야 얻는 것도 없다. 이럴 때는 깔끔하게 포기하고 다음 단계로 나아가는 게 훨씬 낫다.

"어떻게든 그놈을 찾을 방법을 마련해라. 사해방에 의뢰라도 넣으란 말이야."

유일환의 말에 총관이 조심스럽게 입을 열었다.

"저…… 장주님. 사해방은 이제 없습니다."

"뭐라? 그게 무슨 말인가? 내 불과 몇 달 전에도 그들에게 중요한 의뢰를 맡겨 놓았는데!"

"완전히 종적을 감춘 지 좀 되었습니다. 연락책도 사라졌습니다."

유일환의 얼굴이 붉으락푸르락해졌다.

콰앙!

탁자가 산산조각 났다. 분기를 참지 못한 유일환의 몸에서 가공할 기파가 줄기줄기 쏟아져 나왔다.

"그놈들에게 들어간 돈이 얼마인데!"

총관이 고개를 푹 숙였다. 유일환은 눈에서 날카로운 예기를 뿜어내며 물었다.

"좋아. 그건 그렇다 치고, 사해방이 없어졌다면 그 빈자리를 채우는 놈들이 반드시 있을 텐데, 미리 알아 뒀나?"

"예. 금향각이라는 정보조직이 그 자리에 들어간 것 같습니다."

"금향각? 사해방에 비해서 왠지 작아 보이는 느낌이군. 뭐, 어쨌든 좋아. 그놈들에게 다 떠넘겨."

"예?"

총관이 놀란 눈으로 유일환을 바라봤다. 유일환은 차가운 얼굴로 말했다.

"어차피 그놈들이 사해방의 빈자리를 차지했으니, 사해방이 하던 일을 계속하라고 강짜를 놓으란 말이야. 소주에서 우리 유가장을 거스르고 제대로 정보활동을 할 수 있다고 보나?"

"그, 그건……."

"그놈들도 생각이란 게 있다면 할 거야. 역량을 좀 보자고. 앞으로 어떤 일을 맡길 수 있는지, 또 얼마나 커갈지. 그리고 금철휘를 찾으라고 의뢰를 넣어. 그건 의뢰비를 확실히 지불

하도록. 내 말 무슨 뜻인지 알겠나?"

"예. 그렇게 이행하겠습니다."

만일 상대가 사해방이었다면 감히 이런 결정을 내리지는 못했을 것이다. 사해방은 천하를 아우르는 조직이었으니까. 하지만 금향각은 생전 처음 들어 보는 이름이다. 신생 정보조직일 확률이 높았다. 그러니 이런 강짜를 부리는 것이다.

사해방을 무너뜨린 조직이 바로 금향각이었지만, 금향각은 그 사실을 잘 감췄다. 또한 사해방도 그 사실을 감췄다. 아직까지 걸려 있는 이권들이 있었기 때문이다. 사해방이 망했다는 사실조차 아직 제대로 알려지지 않은 것도 금향각과 사해방의 이해득실이 잘 맞아떨어졌기 때문이다. 지금처럼 말이다.

어쨌든 유가장은 그렇게 돌이키기 어려운 결정을 내렸다.

*　　　*　　　*

"유가장, 아주 끝내주는 곳이군."

"왜요? 뭔가 새로운 소식이라도 들어왔나요?"

화영이 궁금한 얼굴로 물었다. 직접 묻지는 않았지만 한서연도 궁금한 기색이었다. 금철휘는 웃으며 유가장에서 벌어진 일을 알려주었다. 그러자 한서연과 화영은 황당함을 금치 못했다.

"저, 정말 유가장이 그랬다고요? 거짓말!"

"저도 믿기 어렵네요. 그들이 그런 결정을 내릴 이유가 없어요."

"상식과 현실은 종종 다른 경우가 있지."

두 여인은 말없이 생각에 잠겼다. 유가장이 그런 상식 밖의 행동을 한 데에는 분명히 이유가 있을 것이다.

"그나저나 유가장도 참 운이 없네요. 하필이면 금향각에 공자님의 위치를 묻다니, 대답해줄 리가 없는데 말예요."

"알려줬어."

"예?"

"알려줬다고, 돈 준다는데 마다할 필요는 없잖아?"

"그들이 믿던가요?"

"안 믿지. 그래서 내기 진행 중이야."

내기라는 말에 두 여인이 입을 다물었다. 아마 분명히 금철휘의 지시였을 거라 확신했다. 그동안 금철휘가 벌여 온 일들이 있으니 행동 방식이나 그 정도 생각쯤은 예측할 수 있었다.

"오늘 중으로 패천보에 들어가려고. 패천보 근처에는 항상 유가장에서 보낸 세작들이 활동하거든."

패천보와 유가장은 서로에게 세작을 보낸다. 사이에 금룡장이 걸려 있는 만큼 서로에 대해 조금이라도 더 알아내려 애쓰고 있다. 그 세작들을 이용하면 금철휘가 패천보에 들어갔다는 사실을 유가장이 즉시 알게 될 것이다.

더불어 그렇게 되면 패천보도 혼란에 빠질 것이다. 그리고 결론을 내릴 것이다. 유가장에 들어간 금철휘는 가짜라고 말이다.

"과연 패천보는 어떻게 나올지 궁금한데?"

"유가장에 세작을 보냈으면 조심하겠죠. 괜한 기 싸움을 벌여 봤자 도움 될 게 하나도 없다는 걸 깨달았을 테니까요."

"과연 그럴까?"

"패천보가 바보라면 안 그러겠죠?"

금철휘의 입가에 미소가 맺혔다.

"그런데 말이야. 사람들은 종종 그런 짓을 저질러. 상대가 자신보다 못하다고 여기거든."

그 말에 두 여인이 그럴 수도 있겠다는 듯 고개를 끄덕였다. 하지만 패천보는 그러지 않을 거라 확신했다. 세작을 풀어 활동한다면 유가장이 금철휘를 찾기 위해 얼마나 애썼는지 알 것이고, 또 웬만한 능력으로는 금철휘를 잡지 못한다는 것도 알 테니까 말이다.

*　　　*　　　*

"그놈이 패천보에 들어갔습니다."

"뭐?"

"금향각의 정보가 정확했습니다."

유일환은 황당한 표정을 감추지 못했다.

"하면 여기 있던 놈은 대체 뭐냐?"

"인상착의를 보면 그놈이 그놈 맞습니다."

"넌 그게 말이 된다고 생각하느냐?"

유충원은 입을 다물었다. 자신이 생각해도 말이 되지 않는다. 금철휘가 아무리 일찍 잘 빠져나갔다 하더라도 패천보가 있는 안휘의 합비까지 갈 수 있는 시간은 열 시진 정도에 불과하다. 그 뚱뚱한 몸을 이끌고 과연 열 시진 만에 합비까지 갈 수 있었을까?

"절대 불가능합니다."

"하면 대체 이게 어찌 된 일이냐?"

한참을 궁리하던 유충원이 억지로 입을 열었다.

"돈을 엄청나게 들이면 가능하지 않을까요?"

"돈? 돈으로 뭘 할 수 있다고 생각하느냐?"

"고수들을 사서 부리면 되지 않겠습니까?"

"고수? 과연 그들이 돈으로 움직이겠느냐? 그것도 그 돼지 새끼를 들고 달리는 천한 일을?"

"돈이 꼭 필요한 고수들을 찾으면 가능하지 않겠습니까?"

유일환은 그도 일리가 있다고 생각했다. 하지만 소주에서 열 시진 만에 합비까지 갈 수 있는 고수를 찾는 것도 그리 쉬운 일은 아니었다. 그런 고수를 하나도 아니고 여럿을 구해야 가능한 일인데, 과연 그것이 가능할까를 생각하니 절로 고개가 흔들렸다.

"모르겠구나. 어쨌든 그놈은 그걸 해냈지. 그리고 우리는 곤란해졌고."

결과는 그것뿐이었다. 유일환의 미간이 일그러졌다. 유충원은 그런 아버지의 눈치를 살피며 조심스럽게 몸을 사렸다. 유일환은 한참 동안 궁리에 궁리를 거듭했다. 그리고 천천히 입을 열었다.

"금향각 쪽은 어떻게 처리하기로 했느냐?"

"그래도 일단 내기를 했으니 합당하게 정리를 하기로 했습니다."

"잘했다. 앞으로도 써먹을 구석이 많은 놈들이야. 앞으로 지속적으로 거래할 선을 하나 만들어 놓도록 해라."

"사해방처럼 말입니까?"

"그래. 하지만 사해방처럼 허술하게 일을 처리해선 안 된다. 확실히 해라. 알겠느냐?"

"예, 염려 마십시오. 확실히 처리하겠습니다."

유일환은 잠시 뜸을 들였다가 섬뜩한 눈으로 아들을 바라봤다. 유충원은 흠칫 놀랐지만 물러나고 싶은 마음을 꾹 눌러 참았다.

"패천보에 심은 세작들을 움직여라."

"세, 세작들을 말입니까?"

"패천보가 결코 금철휘에게 호의를 보여선 안 돼. 그렇지 않느냐?"

"그렇습니다."

"반드시 그렇게 되어야 한다."

"처리하겠습니다."

유충원이 고개를 조아린 뒤 물러갔다. 유일환은 여전히 살기등등한 눈빛으로 생각에 잠겼다. 이대로는 절대 안 된다.

"아무래도 금철휘 그놈을 잡아야겠어. 무리를 해서라도 말이야."

유일환의 눈빛에 어린 살기가 더욱 깊어졌다.

제6장
패천보

　금철휘는 패천보에서 마련해준 방을 슥 둘러보고는 피식
웃었다. 금철휘와 함께 들어간 한서연과 화영의 표정도 금철
휘와 별반 다르지 않았다.

　"대접 한번 끝내주네요."

　"어때? 내 말이 맞지?"

　"그러네요."

　패천보에서 금철휘에게 내준 방은 참으로 초라했다. 게다
가 방 주변에 엄청나게 많은 무사들이 진을 치고 있었다. 조
금도 빈틈을 보이지 않겠다는 의지가 확연히 느껴졌다. 유가
장보다 더 많은 무사들을 배치한 것이다. 게다가 수준도 한

결 높았다.

"패천보가 유가장보다 훨씬 강하군?"

"당연하죠. 안휘에서 남궁세가와 세력 다툼을 하는 곳인데요. 이 정도도 안 되면 곤란하죠."

"어쨌든 중요한 건 그게 아니지."

"뭐가 중요한데요?"

"패천보든 유가장이든 다음 달부터는 지원금을 한 푼도 못 받는다는 거지."

"정말 그러실 건가요? 금룡장이 곤란을 겪을 수도 있어요."

"진짜 그렇게 생각해?"

화영은 더 이상 말할 수 없었다. 그럴 리 없지 않은가. 금철 휘가 있는데 말이다. 그녀는 금철휘의 능력을 옆에서 지켜봤다. 금철휘가 마음먹으면 대체 얼마나 대단한 힘을 발휘할지 기대하는 것만으로도 가슴이 두근거렸다.

"그런데 넌 괜찮아?"

금철휘가 화영을 보며 묻자, 화영이 생긋 웃었다.

"뭐가요?"

"너 원래 여기 사람이잖아. 나랑 같이 있으면 안 좋은 일 당하는 거 아냐?"

"괜찮아요. 제 존재를 아는 사람은 우리 아가씨랑 보주님 밖에 없거든요."

"그래? 의외네."

화영은 더욱 고혹적인 미소를 지었다.

"제가 원래 좀 특별하거든요. 비밀도 좀 있고요."

금철휘가 선선히 고개를 끄덕였다.

"그런 거 같더라. 그래서 나도 널 안 믿고 있지."

"대놓고 그런 말씀 하시면 저 상처 받아요."

"퍽이나."

화영이 고개를 옆으로 살짝 돌리고 입을 삐죽였다. 금철휘가 그 모습을 보며 꽤 귀엽다는 생각을 했다. 슬슬 함께 지내는 시간이 길어지니 거리가 가까워진 것이다.

"하여튼 그러니까 패천보주 오기 전에 나가는 게 낫겠네?"

"그야 그렇죠."

화영이 환한 표정으로 금철휘를 바라봤다.

"그럼 저야 정말로 감사하죠."

금철휘가 놀리듯 씨익 웃었다.

"역시 보주는 보고 가는 게 낫겠어. 그렇지?"

"하아. 역시 그러실 줄 알았어요. 하지만 전 정말 섭섭하네요."

"너도 여기까지 생각하고 온 거잖아? 아닌가?"

화영은 대답하지 않고 입술만 삐죽였다. 사실 금철휘의 말대로 패천보에서 보주를 만날 일까지 생각하고 왔다. 아니, 보주를 반드시 만날 생각으로 왔다. 이제 슬슬 패천보와의 일을 정리할 시점이 되었기 때문이다.

'그게 모두 당신 때문이랍니다.'

금철휘 때문에 패천보의 앞날이 불투명해졌다. 패천보의 힘 중 상당 부분이 매달 금룡장으로부터 받는 지원금에 달렸다는 사실을 잘 알기에 화영은 단번에 결정을 내릴 수 있었다.

"너 뒤에 누가 있는 거야?"

금철휘의 난데없는 말에 화영이 속으로 깜짝 놀랐다. 하지만 겉으로 그걸 표시 내지는 않았다.

"그래 보이나요?"

금철휘가 빙긋 웃었다.

"그래 보이는 게 아니라, 확신하는 거야."

화영이 화사하게 미소를 지었다.

"정말 확신하시나요?"

금철휘가 회심의 미소를 지으며 말했다.

"설화문."

화영의 표정이 대번에 굳었다. 설마 그 이름을 꺼낼 줄은 몰랐다. 지금까지 단 한 번도 드러낸 적도 접촉한 적도 없는데 대체 어떻게 알아냈단 말인가. 이건 금향각의 힘을 빌린다 하더라도 결코 알아낼 수 없는 사안이었다.

"설화문이라니, 처음 듣는 문파로군요."

화영은 서둘러 표정을 수습하고 말했다. 표정이 굳었던 것도 찰나의 일인지라 웬만해선 알아채기 힘들었다. 상대가 금철휘만 아니었다면 말이다.

"거기 뺨 끝이 흔들린다. 표정 관리 좀 더 해야겠는데?"

금철휘가 능글능글 웃으며 말하자, 화영이 포기한 듯 한숨을 푹 내쉬었다.

"대체 어떻게 아신 거죠? 잘 알려지지도 않은 문파인데."

금철휘는 대답해주지 않고 그저 웃기만 했다. 사실 화영을 처음 봤을 때부터 어렴풋이 눈치를 챘다. 설화문의 문주를 전생에 만난 적이 있기 때문에 상당히 익숙한 느낌을 받은 것이다.

설화문 또한 혈룡귀갑대와 비슷한 처지였다. 다만 천하로부터 핍박을 받은 시기에 조금 차이가 있었다. 설화문이 먼저 핍박을 받았고, 거의 몰락에 가까워졌을 때, 혈룡귀갑대가 등장한 것이다.

결과적으로 설화문은 혈룡귀갑대 덕분에 멸문을 피할 수 있었다. 물론 천하 무림을 피해 음지로 숨어들어야 했으니 거의 멸문이나 다름없었다.

"예전에 설화문의 무공을 접한 경험이 있거든."

"말도 안 돼! 설화문에 남은 문도가 얼마나 되는지나 알고 말하는 건가요?"

"글쎄. 그걸 내가 알아야 하나?"

"공자님의 말이 거짓이라는 증거가 되니까요. 현재 설화문의 문도는 저와 제 사부님밖에 없어요. 한데 사부님께서는 수십 년 전부터 은거하셨으니 만날 일이 없었겠죠?"

딱 두 명 남았는데 사부도 만난 적이 없고 화영도 만난 적이 없으니 당연히 금철휘의 말이 거짓이라는 증거가 된다. 하지만 금철휘는 표정 하나 바뀌지 않고 말했다.

"그걸 네가 어떻게 확신하지? 설화문 무공의 특징 한번 읊어줘?"

"어디 한번 해봐요. 내가 단번에 거짓이라는 걸 밝혀줄 테니까."

금철휘가 손가락을 들어 화영의 가슴을 가리켰다. 화영은 어안이 벙벙한 표정으로 금철휘의 손가락을 바라봤다. 그리고 얼굴이 확 달아올랐다.

"지, 지금 뭘 하는 거죠?"

"그 가슴. 원래는 그보다 훨씬 작지?"

"예에?"

화영은 경악했다. 설화문 무공의 가장 적나라한 특징이 바로 그것이었다. 한데 대체 그걸 어찌 안단 말인가. 그건 설화문도 외에는 아무도 알 수 없는 사실이었다.

설화문의 무공을 익히면 내공이 높아질수록 가슴도 커진다. 물론 그 변화는 상당히 미미했다. 하지만 그 미미함이 모이고 모이면 굉장한 효과를 발휘한다.

지극히 당연한 일이지만 그 특징은 설화문 최고의 비밀 중 하나였다. 한데 그걸 외부인인 금철휘가 알고 있으니 화영이 경악할 수밖에 없었다.

"그 배신자, 누구죠?"

화영이 싸늘한 표정으로 금철휘를 노려봤다. 이건 문 내의 누군가가 배신하지 않는 한, 결코 벌어질 수 없는 일이었다. 고작 가슴에 대한 비밀 때문에 과민 반응한다고 여겨질 수도 있지만, 그런 비밀 하나 지키지 못한다면 다른 더 큰 비밀은 어떻게 지키겠는가. 화영은 설화문의 핵심이 넘어갔을 수도 있다고 판단했다.

"누군지 어서 말해줘요!"

금철휘는 예민한 모습의 화영을 보다가 힐끗 시선을 옆으로 돌려 한서연을 쳐다봤다. 한서연은 이게 대체 무슨 일인가 하고서 멍하니 금철휘와 화영을 바라보고 있었다.

"한 소저라면 믿을 수 있어요. 비밀, 지켜주시겠죠?"

한서연이 급히 고개를 끄덕였다. 지키지 못할 것도 없다. 그리고 흥미진진한 눈으로 금철휘와 화영을 번갈아 바라봤다.

"자, 이제 알려주세요. 그 배신자가 누구인지."

금철휘가 씨익 웃으며 턱으로 화영을 가리켰다. 화영은 처음에는 무슨 의미인지 몰라 의아한 표정을 지었지만, 이내 금철휘가 가리키는 배신자가 자신이라는 걸 깨닫고 얼굴이 새빨개졌다.

"전 지금 장난할 기분 아니랍니다."

화영이 분노 어린 눈으로 금철휘를 노려봤다. 힘으로는 상대가 안 될 게 뻔하니 덤벼들지는 못하고 그저 눈빛만으로 공격할 수밖에 없었다. 그 사실이 너무나 분했다.

"자, 잘 봐."

금철휘는 그렇게 말하며 손가락을 들어 화영의 단전을 가리켰다. 그리고 천천히 움직였다. 금철휘의 손가락이 움직이는 모양새를 본 화영이 화들짝 놀랐다. 그것은 자신이 익힌 무공, 천화신공의 흐름이었다.

"내력을 움직여 봐."

금철휘의 말에 화영은 문득 의아한 표정을 지었다. 그리고 자연스럽게 공력을 일으켜 가장 자신 있는 무공인 설영장을 펼쳤다. 그리고 그 순간 금철휘의 손가락이 천화신공과는 전혀 다른 방향으로 움직였다. 놀랍게도 그것은 설영장을 펼칠 때 움직이는 기의 흐름이었다.

"또 바꿔 봐."

화영은 얼떨떨한 표정을 단전에서 공력을 일으켜 전혀 생소한 기맥을 통해 기운을 움직였다. 평소에 거의 쓰지 않는 기맥을 억지로 기운이 뚫고 지나가니 고통스러웠지만 꾹 눌러 참았다. 그리고 또 한 번 경악했다. 금철휘의 손가락이 정확히 자신의 기운이 흐르는 기맥을 따라 움직이고 있었다.

"어, 어떻게 그럴 수가 있죠? 기의 흐름이 보이는 건가요?"

"정확히는 느껴지는 거라고 해야겠지."

"그럼……."

"예전에 설화문도 하나를 만난 건 사실이야. 이제 답이 좀 되었나?"

화영은 말을 이을 수 없었다. 아니, 할 말이 없었다. 어떻게 이런 사람이 있을 수 있단 말인가.

금철휘는 혼란에 빠진 화영을 보며 씨익 웃었다. 진실은 방금 금철휘가 말한 것과 약간 차이가 있다. 금철휘가 만난 설화문도는 바로 문주였다. 물론 전생의 일이었다. 그리고 설화문의 비밀에 대해서는 그때 들었다.

만일 그때도 천령신공의 화후가 지금처럼 깊었다면 화영을 만난 순간 대번에 그녀가 설화문도라는 것을 알아냈을 것이다. 하지만 당시에는 천령신공을 한창 연구하는 단계였다.

"대체…… 대체 공자님 정체가 뭐죠? 사람이긴 한 건가요?"

화영의 질문에 금철휘는 얼른 대답할 수 없었다. 하지만 결론은 금세 났다.

"내가 사람이 아닌 것처럼 보여?"

금철휘의 미소에 화영은 입을 다물었다. 정말로 뚱뚱하고 못생긴 사람인데, 갑자기 묘한 매력이 더해졌다. 사실 불과 얼마 전까지만 해도 화영은 금철휘가 살을 뺐으면 좋겠다고 생각했다. 아무래도 그게 더 보기 좋으니 말이다. 하지만 지금은 조금 생각이 달라졌다.

'저기에 외모까지 잘나면 얼마나 많은 여자들이 달라붙겠어? 차라리 지금이 낫지.'

그래도 지금은 외모 때문에 떨어져 나가는 사람들이 수두룩하다. 심지어는 혼례까지 올린 금철휘의 두 부인들마저도 외모에 떨어져 나가지 않았는가. 화영은 채명화를 옆에서 보필했기에 그 부분에 대해 누구보다 잘 알고 있었다.

"그나저나 그냥 이렇게 기다리는 건 좀 성미에 안 맞지?"

금철휘의 얼굴에 떠오른 짓궂은 미소를 보며 화영과 한서연은 패천보에 다가올 풍파를 예감했다.

"잠시만 기다려 주십시오. 보고를 드리고 답을 받아 오겠습니다."

무사의 말에 금철휘는 눈살을 찌푸렸다.

"내 발로 내가 나가겠다는데, 뭘 기다려? 설마 지금 날 구금하겠다, 이런 건가?"

금철휘의 말에 무사가 고개를 저었다.

"그게 아닙니다. 저희도 명령에 따라야 하니 부디 사정을 봐주십시오."

무사의 말투가 비교적 정중했기에 금철휘는 잠깐 기다려주었다. 무엇을 어떻게 할지는 보고에 대한 답이 내려온 이후에 결정해도 늦지 않았다.

그렇게 반 각이 지나자, 보고를 올리러 떠났던 무사가 경공까지 펼치며 다가왔다. 그리고 금철휘에게 정중히 고개를 숙이며 말했다.

"기다리게 해서 죄송합니다. 나가셔도 좋다는 허락을 받았습니다. 하지만 호위무사 열 명과 함께 가셔야 합니다. 혹시라도 무슨 일이 생기면 저희 패천보의 명예에 문제가 생기니 부디 따라주셨으면 합니다."

"그 정도야 이해할 수 있지."

금철휘는 흔쾌히 허락하며 걸음을 옮겼다. 귀혼보가 미약하게 가미된 걸음이었기에 상당히 빨랐다. 물론 비대한 몸집 때문에 우스꽝스럽게 뒤뚱거리는 건 어쩔 수 없었지만 말이다.

금철휘의 속도가 예상보다 빨라 호위무사로 따라온 감시자들이 살짝 당황했다. 내공을 쓰지 않으면 체력에 문제가 생길 것 같은 미묘한 속도였다. 그들은 금철휘가 수준을 고려해 속도를 미묘하게 조절하고 있다고는 꿈에도 생각지 못했다.

패천보 밖으로 나온 금철휘는 합비 곳곳을 휘젓고 다녔다. 특별히 할 일이 있어서 돌아다니는 게 아니라 일단 합비의 분위기를 살피고 주변에 무슨 일이 벌어지고 있는지 확인하기 위해 나온 것이었다. 더불어 패천보를 한번 뒤집어줄 방법도 궁리하고 말이다.

하지만 따라다니는 호위무사들은 죽을 맛이었다. 야금야금 소모된 내공이 제법 많았다. 하지만 금철휘는 한 번도 걸음을 멈추지 않으니 내공을 회복할 시간이 없었다.

'그거만 아니면 참으로 좋은데 말이지.'

금철휘와 함께 나온 두 여인의 미모 때문에 절로 힘이 났다. 보기만 해도 가슴이 두근거릴 정도의 미녀들이었다. 사실 그들의 임무 중 하나가 금철휘와 그녀들 사이의 관계를 알아내는 것도 포함되어 있었다.

패천보의 여식인 채명화를 이용해 금룡장의 패권을 쥐려 하는데, 금철휘 곁에 있는 또 다른 여인들은 큰 변수가 될 수 있기에 미리 파악해 둬야만 했다.

"공자님, 그런데 우리 어디로 가는 건가요?"

화영이 아찔한 미소를 지으며 물었다. 한서연은 옆에서 그 미소를 보며 속으로 한숨만 푹푹 내쉬었다. 자신은 왜 저런 게 안 되는 걸까 생각하며 금철휘와 화영을 살펴봤다.

"그냥 돌아다니는 거야."

너무나 황당한 답변에 호위무사들이 하마터면 휘청거릴 뻔했다. 그냥 돌아다니다니, 누군 죽을 맛인데 지금 뭐 하자는 건가. 하지만 화영과 한서연의 반응에 그들은 일제히 입을 떡 벌렸다.

"그냥 산책하는 건가요?"

"그래도 목적을 정해 두고 움직여야 흥이 좀 더 나지 않을까요?"

둘은 정말 아무렇지도 않게 받아들였다. 그리고 보아하니 전혀 힘든 기색도 없었다. 호위무사들은 가슴이 서늘해졌다.

'고수!'

금철휘도 그렇지만 이 두 여인 역시 범상치 않은 고수들이었다. 새삼 보주의 당부가 떠올랐다.

일거수일투족, 하나도 놓치지 마라. 그리고 옆에 있는
여자들 역시 마찬가지다. 혹시 무슨 특별한 일이 있으면
즉시 연락하는 걸 잊지 마라.

호위무사들이 다시 정신을 바짝 차렸다. 그러자 기묘한 느낌이 들었다. 조금 전까지 금철휘와 두 여인에 온 신경이 가 있어 알아차리지 못한 미묘한 살기였다.

"조심해!"

호위무사 중 하나가 외치자, 나머지가 즉시 전투태세를 갖췄다. 그들은 일제히 검을 뽑으며 금철휘와 두 여인을 감싸고 방진을 짰다.

피피핏!

공기를 찢는 소리와 함께 수십 개의 비침이 날아왔다. 호위무사들은 상당한 실력을 갖추고 있었기에 어렵지 않게 그 비침들을 모조리 쳐 냈다. 하지만 그것이 바로 함정이었다.

퍼버버벅!

검에 잘려 나간 비침에서 뿌연 가루가 쏟아졌다. 새하얀 가루가 사방을 장악하며 마치 금철휘를 중심으로 안개가 펼쳐진 듯한 광경이 펼쳐졌다.

"모두 숨을 참아!"

즉시 호흡을 멈췄지만 순간적으로 미량의 가루를 마신 건 어쩔 수 없었다. 호위무사들은 어지러운 정신을 다잡으려 애썼다. 그리고 정신없이 검을 휘두르고 장력을 뿜어내 가루를 모조리 날려 버렸다.

"크윽!"

호위무사들은 점점 내공이 흩어지는 걸 느끼며 아득한 기분이 들었다. 적들이 하나둘 모습을 드러내고 있었다. 흑의복면인들이었는데, 한 명도 예외 없이 칼날 같은 기세를 흩뿌리는 강자였다. 암습이 아니었어도 감당하기 어려운 자들이 함정까지 팠으니 자신들이 당해 낼 수 있을 리 없었다.

"저자들 찾으려고 그렇게 돌아다니신 거예요?"

화영이 그렇게 묻자 한서연이 어쩔 수 없는 사람이라는 듯 고개를 저었다. 정황을 보면 확실했다. 저들의 존재를 미리 알고 있었던 게 확실하다. 그리고 그들을 찾아 합비를 이 잡듯 뒤진 게 분명하다.

흑의복면인들이 다가가다가 멈칫했다. 금철휘를 비롯해 한서연과 화영이 아무렇지도 않게 멀쩡히 서 있는 모습에 놀란 것이다. 하지만 변하는 건 없다. 그들은 무려 스무 명이나 왔다. 고작 세 명이 상황을 바꾼다는 건 있을 수 없는 일이었다. 십대고수라도 나타난다면 모를까.

"우리가 시간을 벌 테니 도망치십시오."

호위무사 중 하나가 한서연을 바라보며 말했다. 그러자 다른 호위무사 하나가 화영을 바라봤다.

"제가 시간을 벌 테니 소저도 기회를 봐서 빠져나가십시오."

금철휘는 어이없는 눈으로 그 광경을 지켜봤다.

"뭐야? 니들 나 지키는 거 아니었어? 왜 나한테는 한마디도 안 해?"

그 말에 대한 답은 흑의복면인들의 수장이 앞으로 나서서 해주었다.

"왜냐하면 우리가 널 죽일 생각이 없다는 걸 이들도 눈치챘기 때문이지."

"날 잡아가겠다고? 왜?"

"자세한 얘기는 나중에 의뢰인 앞에서 해라."

그의 말이 끝나는 순간 스무 명의 흑의복면인들이 일제히 몸을 날렸다. 일부는 허공으로 치솟았고, 일부는 직선으로 달려들었다. 그들은 짧은 검을 들고 있었는데, 검에서 푸르스름한 검기가 번득였다.

호위무사들이 죽음을 각오했다. 그들은 이를 악물고 검을 부서져라 꽉 쥐었다. 마지막 일격을 휘두를 수 있기를 바라며 팔에 힘을 주었다.

그 순간 금철휘가 가볍게 발을 굴렀다.

쿵!

거대한 기파가 동심원을 이루며 사방으로 퍼져 나갔다. 그리고 그 기파에 걸린 흑의복면인들은 그대로 피를 토하며 고꾸라졌다.

달려가던 자들은 그나마 나았다. 바닥을 데굴데굴 구르는 걸로 끝났으니까. 하지만 허공에 떠오른 사람들은 피를 토하며 바닥에 뚝 떨어지는 바람에 커다란 충격을 받았다.

"뭣들 해? 가서 도망 못 치게 잡아야지?"

금철휘의 말에 퍼뜩 정신을 차린 호위무사들이 우르르 달려갔다. 어느새 그들의 몸을 잠식해 들어가던 산공독도 모조리 사라져 버린 듯했다. 몸이 가뿐해졌다. 그들은 바닥을 뒹구는 흑의복면인들을 점혈하며 한데 모았다.

금철휘는 흑의복면인들의 수장에게 다가갔다. 호위무사들이 나머지를 제압하는 동안 금철휘는 수장 하나만 덥석 집어들고 다시 움직였다.

금철휘와 두 여인이 그 자리에서 사라졌다. 호위무사들은 습격자들을 제압하느라 아무도 금철휘가 사라지는 광경을 보지 못했다. 물론 봤다 하더라도 막을 수 없었겠지만 말이다.

*　　　*　　　*

"그래서 패잔병처럼 돌아왔단 말이냐!"

패천보주 채운곽은 분노에 몸을 떨며 소리쳤다. 자연스럽게 스며든 내공이 공기를 부르르 진동시켰다.

바닥에 한쪽 무릎을 꿇고 앉은 호위무사 열 명은 고개를 푹 숙인 채 아무런 말도 하지 못했다. 입이 열 개라도 할 말이 없었다. 습격자들을 제압하느라 정신이 팔려 정작 중요한 금철휘를 놓쳤으니 무슨 변명을 할 것인가.

"돌아가서 합비를 샅샅이 뒤져라. 네놈들이 잃어버렸으니 네놈들이 책임지란 말이다!"

보주의 명에 호위무사들이 자리에서 일어났다. 그들은 정중히 포권을 취한 후 물러갔다. 채운곽이 그 모습을 못마땅하게 쳐다봤다.

"보주님, 너무 흥분하시면 건강에 해롭습니다. 마음을 잠시 가라앉히시지요."

채운곽은 어느새 다가와 말을 거는 총관을 보며 언제 역정을 냈느냐는 듯 환하게 웃었다. 패천보의 총관은 특이하게도 여인이었다. 더구나 상당한 미인이었다.

"허허. 어서 오너라. 총관 일하기 어려운 건 없지?"

"저야 항상 보주님께서 뒤를 봐주시는데 어려울 게 있나요. 절 돌봐주시는 보주님이 힘들지요."

"허허허. 내 힘들 게 무어 있겠느냐. 네 얼굴만 봐도 이렇게 기운이 불끈 나는 것을. 허허허허."

보주는 그렇게 말하며 총관의 손을 슬쩍 잡아끌었다. 총관이 못 이기는 척 채운곽에게 다가가 살며시 안겼다. 채운곽은 총관을 꽉 끌어안으며 손으로 그녀의 등과 엉덩이를 쓰다듬었다. 총관이 달뜬 한숨을 흘렸다.

"하아. 보주님, 그런데 금룡장의 소장주는 어떻게 됐나요?"

"도망가서 지금 찾고 있다. 돼지새끼가 도망가는 재주는 제법 되는 모양이야."

"저도 도울게요."

"그러려무나. 다만 지금은 안 된다."

채운곽이 음흉한 미소를 지으며 총관을 쓰다듬던 손에 힘을 꽉 주었다. 총관의 허리가 활처럼 휘었다.

이내 방 안에 뜨거운 바람이 휘몰아쳤다.

*　　　　*　　　　*

"자, 그럼 즐겁게 뒤를 캐 볼까?"

금철휘는 손바닥을 비비며 복면을 벗은 사내를 쳐다봤다. 사내의 눈에는 결연함만 가득했다. 결코 입을 열지 않겠다는 의지가 눈빛을 통해 줄기줄기 흘러나왔다.

하지만 그 의지는 금철휘의 손이 그의 정수리에 닿는 순간 그대로 소멸해 버렸다. 금철휘는 천령신공을 극성으로 운용해 그의 뇌리를 헤집었다.

아직 일곱 번째 단계에 오르지 못해 타인의 몸을 보거나 조절할 수는 없었지만 기운을 통해 그것을 간접적으로 제어할 수는 있었다. 물론 효과적이지도 않고, 위험성도 높았다. 하지만 금철휘는 아쉬울 게 없는 입장이니 마음 놓고 시도했다.

"자아, 아는 걸 불어 봐라. 너 어디 소속이야? 그리고 누구의 의뢰를 받았지?"

사내의 눈이 몽롱하게 풀렸다. 그는 멍한 표정으로 천천히 입을 열었다.

"사령당(死領堂)······."

사령당은 사해방만큼이나 유명한 자객조직이다. 사령당에 의뢰했다는 건 엄청난 비용을 지불했다는 뜻이다. 물론 습격한 자객의 수준을 보면 사령당에서도 일급에 분류되는 자객들을 쓰지는 않은 듯하지만, 그래도 상당한 돈을 썼을 것이다.

"의뢰자는 모른다."

일선에서 직접 일하는 자들에게 배후를 캔다는 것 자체가 어려운 일이었다. 이렇게 진짜 정보는 아예 알려주지 않는 경우가 대부분이었으니까. 하지만 상황을 보면 대충 짐작은 가능하다.

"목적이 날 잡아가는 거라고 했나?"

"그렇다. 금룡장의 소장주 금철휘를 잡아 소주로 데려가

의뢰인에게 넘기는 것이 임무였다."

금철휘가 피식 웃었다. 누가 왜 이런 의뢰를 했는지 너무나 뻔했다. 옆에서 이야기를 듣고 있던 화영과 한서연도 그것을 알아챘기에 황당한 표정을 지었다.

"대체 유가장이 왜 이런 일을 벌이는 걸까요? 아무리 공자 님이 그냥 도망쳤다고 해도 그렇지……."

한서연의 말에 화영이 조용히 고개를 저었다.

"그건 그렇지 않아요. 돈이나 권력에 눈이 멀면 사람은 무 슨 짓이든 할 수 있어요. 우리 공자님 빼고 말이죠."

화영은 그렇게 말하며 금철휘의 팔을 부드럽게 휘감았다. 금철휘는 굳이 팔을 빼지는 않았지만 귀찮다는 듯 투덜거렸 다.

"너도 돈이랑 권력 찾아서 온 거잖아."

"굳이 따지고 또 따지면 그렇게 되겠지요. 하지만 전 한 점 부끄러움이 없답니다. 전 진짜로 공자님께 반하는 중이에요. 아마 조금만 더 하시면 제 마음으로 옷을 벗을 수도 있어요. 의심스러우시면 지금 보여 드릴까요? 여기서?"

화영이 고혹적인 미소를 지으며 금철휘의 귓가에 입을 갖다 대고 속삭였다. 하지만 그 속삭임이 그리 작은 소리가 아니었 기에 한서연도 옆에서 고스란히 들을 수 있었다. 한서연의 뺨 이 붉게 물들었다.

"장난하지 말아요!"

한서연의 외침에 화영이 배시시 웃으며 금철휘의 팔에 자신의 몸을 더욱 밀착시켰다. 그녀의 굴곡진 몸매가 고스란히 금철휘의 팔을 압박했다.

"전 장난 아닌데요? 한 소저는 그렇게 할 수 없으시죠?"

한서연은 대답하지 못했다. 화영이 환하게 웃으며 말을 이었다.

"고작 그 정도 각오도 안 되었으면서 굳이 우리 공자님 옆에 계실 필요 없지 않을까요? 저처럼 몸과 마음을 던지는 여자가 조만간 수도 없이 많아질 텐데 말이에요."

한서연이 입술을 질끈 깨물었다. 화영의 말이 가슴에 아프게 박혔다. 하지만 아무리 마음을 다잡아도 그런 짓을 할 수는 없었다. 그녀는 촉촉해진 눈으로 화영과 금철휘를 바라봤다.

"그래요. 전 그런 거 못해요. 하지만 그게 어쨌다고요? 꼭 그렇게 해야만 마음을 전할 수 있는 건 아니잖아요."

화영이 크게 고개를 끄덕였다.

"물론 다른 방식도 얼마든지 있겠지요. 그런데 결국 나중에는 몸을 던져야 하지 않을까요? 전 그걸 조금 더 빨리하는 것뿐이에요. 그러니 한 소저도 그 정도 각오가 서지 않으면 포기하시는 게 나을 거예요. 전 이분이 어떤 모습을 하건 안길 수 있거든요."

화영이 금철휘를 바라보며 손으로 뺨을 쓰다듬었다.

"너무 사랑스럽잖아요?"

그 말과 행동에 금철휘가 기겁했다.

"야! 너 무슨 짓이야! 얼른 떨어져!"

금철휘가 손을 휘휘 저어 화영을 떼어 냈다. 금철휘는 방금 전 뺨에 화영의 손이 닿았을 때 순간적으로 오싹했다. 그리고 속으로 상당히 놀랐다. 화영의 마음이 진심이라는 걸 알 수 있었기 때문이다.

"자자, 이제 그 얘기는 여기까지. 슬슬 여기 정리하고 뜨자."

금철휘의 말에 화영과 한서연이 정신을 차리고 바닥에 쓰러진 사내를 확인했다. 아직 숨도 붙어 있었고, 상태도 비교적 멀쩡했다.

"이자는 어쩌죠? 죽여야 하나요?"

한서연이 약간 꺼림칙한 목소리로 묻자, 금철휘가 고개를 저었다.

"굳이 죽일 필요 없어. 아마 우리랑 나눈 대화는 기억도 못 할 거야. 정신을 차려도 머리가 예전처럼 빠릿빠릿 돌아가지도 않을 거고. 아마 자객질을 하기에는 너무 평범해져서 다른 일을 찾아야 할 거야."

금철휘의 확신 어린 말에 두 여인은 군소리 없이 고개를 끄덕였다. 금철휘가 그렇다면 그런 것이다. 적어도 지금까지는 그러했다.

"자, 그럼 천천히 패천보로 돌아가 볼까?"

금철휘가 짓궂은 표정으로 씨익 웃었다.

"아무도 모르게 말이야."

*   *   *

합비에 자리 잡은 가문 중 가장 큰 세력을 자랑하는 것은 역시 남궁세가였다. 그리고 패천보가 그 남궁세가를 견제하는 역할을 했다. 물론 패천보 입장에서는 견제가 아니라 남궁세가를 넘어서기 위한 발버둥이었지만 주변에서 보는 사람들의 시선은 그러했다.

그렇기에 사실 패천보는 합비를 마음껏 뒤집을 수 없었다. 남궁세가의 눈치를 볼 수밖에 없기에 한계가 있는 것이다. 하지만 이번에 한해서 패천보는 합비를 그야말로 뒤집어엎었다. 금철휘를 반드시 찾아야만 패천보의 미래가 열리기 때문이었다.

당연히 남궁세가에서 가만히 있을 리 없었다. 남궁세가의 외총관인 남궁명철은 눈살을 찌푸리며 보고서를 읽었다.

"이놈들, 제정신이 아니로군."

남궁세가가 마음먹고 힘을 쓰면 패천보를 무너뜨리는 것도 불가능하지 않다. 다만 명분이 서지 않아 힘을 못 쓸 뿐이었다. 물론 명분이야 만들기 나름이지만, 그래도 제법 그럴듯한 명분을 세우지 않으면 세간에서 쏟아질 견제를 각오해야만 한다.

그리고 패천보의 힘 또한 그렇게 우습지 않다. 남궁세가도 상당한 피해를 감수해야 하기에 그에 걸맞은 각오가 필요하다.

그러니 굳이 패천보가 도발을 해오지 않는 한, 먼저 나서서 건드릴 필요 없이 서로 견제를 주고받는 선에서 균형을 유지하고 있는 것이다. 한데 이번에 패천보의 행보로 인해 그 균형이 조금씩 흔들리고 있었다.

"좋아. 단숨에 일을 벌이면 우리도 부담을 안아야 하니까 아주 조금만 압박을 가해 볼까?"

남궁명철이 차갑게 웃었다. 그리고 그날 남궁세가 무사들이 대거 합비로 풀려나갔다. 당연히 곳곳을 누비는 패천보 무사들과 마주칠 일이 많았고, 그 일은 자연스럽게 패천보의 행동을 제약하는 효과를 가져왔다.

"으득. 때려죽일 남궁세가 놈들!"

패천보주 채운곽은 이를 박박 갈았다. 사실 이번에는 좀 과하게 움직이긴 했다. 하지만 고작 사람 하나 찾고자 하는 일이다. 웬만하면 눈 감아줄 수도 있지 않은가. 한데 굳이 이렇게 날 선 대응을 한다는 건 패천보를 우습게 여긴다는 뜻이 아니면 뭐겠는가.

"이놈들을 내 반드시 넘어서고 만다. 반드시!"

채운곽이 분통을 터트리고 있을 때, 총관, 서가인이 찾아왔다. 채운곽은 거친 손길로 서가인을 안았다. 신기하게도 서가인을 안으면 마음이 가라앉았다. 그리고 그렇게 마음이 불안정할 때마다 어떻게 알았는지 귀신같이 서가인이 찾아와 몸으로 그를 달래 주었다. 그러니 어찌 그녀를 총애하지 않을 수 있겠는가.

"하아. 정말 머저리들이랑 일을 하려니 점점 더 참기가 어려워지는구나."

패천보의 총관 서가인은 짜증 어린 눈으로 투덜거렸다. 하지만 이내 고개를 저었다. 어쩔 수 없다. 이것이 그녀의 임무였으니까. 그리고 그녀를 여기까지 이끌어준 그분에 대한 보답이었으니까.

"아아. 그분께 안기고 싶구나."

서가인은 항상 자신을 안아주던 주인의 품을 떠올리며 몸을 비틀었다. 거의 세뇌에 가까운 교육을 받았기에 떠올리기만 해도 몸이 달아올랐다. 그녀는 안타깝게 한숨지었다. 이렇게 달아오른 몸을 패천보주는 결코 식힐 수 없다. 오직 그녀의 주인만이 가능했다.

"아아."

그녀가 더욱 몸을 비틀며 스스로의 몸을 더듬었다. 그 순간, 그녀의 옷자락 속으로 파고드는 손길이 있었다. 그녀는 소스라치게 놀랐지만 이내 그 손길의 익숙함에 그대로 몸이 따라갔다. 그녀의 시선이 열리고 어느새 몽롱한 표정이 되었다.

"아아, 주인님."

"그래. 여기서 고생이 많구나."

서가인이 맹렬히 고개를 저었다.

"아뇨. 절대 그렇지 않아요. 전 주인님께 도움이 될 수 있다는 사실이 너무나 기쁩니다."

서가인은 황홀한 표정으로 주인의 손길을 즐겼다. 그렇게 한차례 폭풍이 지나갔다. 서가인은 따뜻한 눈으로 자신을 바라보는 주인 앞에 공손히 엎드려 고개를 조아렸다.

"일은 잘되어 가고 있느냐?"

"예. 남궁세가에 대한 반감이 극에 달했습니다."

"조만간 한바탕 터트릴 수 있겠구나."

"예. 드디어 주인님의 곁으로 갈 수 있다고 생각하니 기쁘기 그지없습니다."

"그래. 나도 기대하고 있으마."

서가인이 주인의 말에 고개를 드니, 어느새 주인은 사라지고 없었다. 그녀의 표정이 다시금 몽롱해졌다. 주인을 떠올리려는 순간 또 몸이 달아오르려 했지만 억지로 그것을 참아냈다. 지금은 이럴 때가 아니었다.

"조금 더 서둘러야겠어. 역시 내겐 주인님이 필요해."

서가인이 자리에서 일어나 서둘러 밖으로 나갔다. 그녀가 사라진 자리에 홀연히 그녀의 주인이라던 사내가 나타났다. 그의 표정은 조금 전 서가인을 바라볼 때와는 완전히 딴판이었다. 냉기가 풀풀 풍기는 표정에 얼음장처럼 차가운 눈을 빛냈다.

"그래도 멍청한 머리에 비해 몸은 쓸 만하니 그럭저럭 일을 해내는군. 조만간 남궁세가가 흔들릴 테니 나머지 세가들을 충동질해 봐야겠군. 무림맹과 혈무련도 한 번 건드려 보고."

사내의 입가에 조소가 걸렸다.

"점점 재미있어지는군. 역시 무림은 이래야 제맛이지. 적당히 약한 맛이 있어야 다루기 편하거든. 조만간 몽땅 내 손아귀에 굴러들어 오겠어."

사내가 차갑게 웃으며 몸을 돌렸다. 그리고 그 자리에서 그대로 사라져 버렸다.

*   *   *

합비를 한바탕 뒤흔든 주인공인 금철휘는 패천보에서 제공해준 방의 침상에 누워 뒹굴 거렸다. 물론 겉으로 보기에는 빈둥거리는 것 같지만 사실은 천령신공과 백토신공을 수련하는 중이었다. 두 신공은 수련하면 수련할수록, 또 연구하면 연구할수록 더 파고들 여지가 남았다. 금철휘는 그 부분을 끝없이 파고들고 또 파고들었다.

"정말 등잔 밑이 어둡다는 얘기가 딱 맞네요."

"그러게요."

한서연과 화영은 조금 어이없는 눈으로 금철휘를 바라봤다. 그녀들이 보기에도 금철휘는 빈둥거리는 중이었다. 그 난리를 피운 뒤 고작 침상에서 뒹구니 황당하기 그지없었다.

그런데 더 웃기는 것은 패천보의 무사들이 이 방 근처에 아무도 없다는 점이었다. 심지어는 시비나 하인도 없었다. 한 사람도 없었다. 누군가 있었다면 금철휘의 존재를 위에 알렸겠지만 그렇지 않기에 오히려 금철휘가 숨은 것처럼 되어 버렸다.

"공자님, 대체 언제까지 빈둥거리실 건가요?"

화영의 물음에 금철휘가 실눈을 뜨고 그녀를 쳐다봤다.

"빈둥거리긴 누가 빈둥거려? 나 무공수련 하는 거 안 보여?"

"예에?"

한서연과 화영이 동시에 같은 표정을 지었다. 어이가 너무 없으면 말을 잊게 되는 경우가 있는데 지금이 딱 그랬다. 두 여인은 한동안 멍하니 금철휘를 바라봤다.

"그렇게 편하게 수련할 수 있는 무공이라면 저도 좀 알고 싶네요. 그런 게 있긴 있어요?"

"있지."

금철휘가 저렇게까지 말하면 절대 허튼소리가 아니다. 두 여인의 눈이 반짝였다.

"정말요? 가르쳐주실 수 있나요?"

한서연은 차마 가르쳐달라고 말하지 못했지만 화영은 달랐다. 그녀는 당당히 가르쳐달라고 했다. 금철휘는 흔쾌히 고개를 끄덕였다.

"어렵지 않지. 그런데 이 무공에 단점이 하나 있어."

"단점이요?"

금철휘가 침상에서 몸을 일으키며 대답했다.

"그래. 한 가지를 포기해야 돼."

"뭔데요? 설마 목숨을 포기해라, 뭐 그런 건 아니죠?"

"당연하지. 목숨을 포기하면 무공을 어떻게 익혀?

두 여인이 동시에 대답했다.

"그럼 상관없어요."

"그렇게 편히 무공을 익혀 공자님처럼 강해진다면 뭐든 못하겠어요? 포기하라는 게 몸이라면 참 좋을 텐데."

화영이 곱게 눈웃음을 치며 말하자 금철휘의 눈이 살짝 커졌다.

"어? 어떻게 알았어? 맞아. 몸을 포기해야 돼. 할 수 있겠어?"

금철휘의 황당한 말에 두 여인은 잠시 말문이 막혔다. 하지만 이내 둘이 상반된 반응을 보였다. 화영은 손뼉까지 치며 좋아했다. 그리고 한서연은 안절부절못했다.

"저야 미리 말씀드렸듯이 공자님께라면 얼마든지 몸을 드릴 수 있다고 했잖아요. 문제 될 것도 없네요. 안 그래요? 한 소저?"

화영의 도발에 한서연이 입술을 질끈 깨물었다. 그리고 결연한 표정으로 고개를 끄덕였다.

"맞아요, 할 수 있어요."

무공을 위해 할 수 있다는 건지 아니면 금철휘를 위해 할 수 있다는 건지는 확실히 하지 않았지만 어쨌든 놀랄 만한 일이긴 했다. 화영이 크게 놀라서 한서연을 바라보다가 이내 고개를 휙 돌려 버렸다.

"쳇. 아까워라."

이번 기회에 한서연을 한 번 누르고 갈 수 있다고 생각했는데 이대로라면 자신이 조금 뒤진 느낌이었다. 어떻게 이걸 만회하나 고민하고 있을 때, 금철휘의 목소리가 들려왔다.

"니들 뭔가 착각을 하고 있는 모양인데."

금철휘의 말에 두 여인이 시선을 집중했다. 금철휘는 한서연과 화영을 번갈아 쳐다보며 짓궂은 미소를 지었다.

"내가 포기하라는 몸은 그게 아니라 이거야."

금철휘가 그렇게 말하며 자신의 배를 퉁퉁 두드렸다. 두 여인은 잠시 이해를 하지 못해 고개를 갸웃거렸다. 하지만 이내 경악한 눈으로 금철휘의 배를 바라봤다. 그리고 손가락으로 금철휘를 가리키며 말을 더듬었다.

"서, 설마······."

"그래. 그 설마가 맞아. 몸매나 외모, 이런 거 완전히 포기해야지. 내 몸처럼 될 테니까."

금철휘가 씨익 웃으며 말했다.

"일단 구결을 들으면 머릿속에 새겨져서 저절로 운기가 돼. 아주 안정적이고 끊임이 없지. 경지가 올라가면 자면서도 수련이 가능할지도 몰라. 어때? 불러줄까?"

두 여인의 귀에 그 말이 마치 한 번 빠지면 다시는 헤어날 수 없다는 걸로 들렸다. 들으면 구결이 새겨져 계속 운기가 되고 몸매와 외모가 망가진다니 그런 저주받은 무공이 또 어디 있단 말인가.

두 여인은 동시에 맹렬히 고개를 저었다.

"아뇨! 됐어요! 저희 그거 필요 없어요! 역시 수련은 땀 흘려서 몸으로 해야 진리죠."

금철휘도 이해한다는 듯 가볍게 고개를 끄덕였다.

"그래. 그 말이 맞아. 몸으로 한 수련은 주인을 배신하지 않는 법이니까. 편하게 한 수련은 다 그만큼 독으로 돌아오는 법이거든."

금철휘의 말에 담긴 의미를 두 여인이 새삼 곱씹으며 생각에 잠겼다. 금철휘는 그 모습을 보며 빙긋 웃어 주고는 다시 침상에 누워 천령신공과 백토신공에 대해 파고들었다.

'그나저나 슬슬 패천보주를 만나 보긴 해야지?'

물론 생각만 그렇게 하고, 침상에서 일어나진 않았다. 조만간 패천보에서 이곳에 자신이 있다는 걸 알아차리면 알아서 부를 것이다. 그때까지는 이렇게 뒹굴며 수련이나 하는 편이 나았다.

제7장
총관의 비밀

패천보주는 죽일 듯한 눈으로 금철휘를 노려봤다. 그리고 금철휘 옆에서 마치 금철휘의 연인인 것처럼 바짝 붙어 있는 화영에게도 끊임없이 살기를 보냈다.

"그동안 계속 방에만 틀어박혀 있었다고?"

"뭐, 그간 보여주신 지대한 관심 마음에 잘 새기겠습니다."

패천보주가 이를 갈았다. 지금 남궁세가의 분위기도 심상치가 않다. 이게 다 누구 때문인데 저런 뻣뻣한 태도로 자신을 대한단 말인가.

"자네 지금 자신이 처한 상황을 알고는 있나?"

"물론이죠. 그래서 내일쯤 떠날 생각입니다. 합비가 좀 위험해 보이네요."

금철휘는 그렇게 말하며 씨익 웃었다. 그 웃음이 패천보주의 복장을 완전히 뒤집어 버렸다. 물론 패천보주는 초인적인 인내를 발휘해 폭발하려던 성질을 꾹 눌러 참았다.

"그런가? 우리 가문과 남궁세가의 일에 일조해 줘서 고맙네. 내 마음을 담아 자네에게 호위 한 명을 붙여주고 싶은데 어떤가?"

"글쎄요. 굳이 필요가 있을지 모르겠습니다만……."

"직접 보면 생각이 달라질 걸세."

패천보주가 그렇게 말하며 손뼉을 두 번 짝짝 쳤다. 그러자 문이 열리고 패천보의 총관이 사뿐사뿐 들어왔다. 그녀의 뒤에는 강인한 인상의 사내 한 명이 따라왔는데, 아마 그가 호위인 모양이었다.

금철휘는 총관인 서가인과 그녀의 뒤를 따라 들어오는 사내를 보며 묘한 표정을 지었다.

금철휘의 시선을 오해한 패천보주 채운곽이 날카로운 눈으로 금철휘를 노려봤다.

"우리 보의 총관일세. 음으로 양으로 날 열심히 보필해주고 있지."

그러니 눈독 들이지 말라는 뜻이었다. 금철휘는 채운곽과 총관 사이의 관계를 단번에 눈치채고 속으로 실소를 금치 못했다. 총관이 여자라서 문제가 될 건 없다. 능력만 뛰어나다면 뭐가 문제겠는가. 하지만 몸으로 총관이라는 자리를 따냈다면 그건 충분히 문제가 된다.

'뭐, 아직 저 사람의 능력을 내가 알아본 건 아니지만……'

금철휘는 여전히 묘한 표정으로 총관을 자세히 살폈다. 그 시선이 어찌나 노골적이었는지 금철휘 곁에 있던 두 여인이 얼굴을 붉힐 정도였다.

"저…… 공자님."

"응? 왜?"

금철휘의 이 뻔뻔함은 매번 겪으면서도 적응이 잘 되지 않는다. 여기서 대체 뭐라고 말하겠는가? 총관 좀 그만 쳐다보라고 말할 수는 없지 않은가.

"저, 좀……."

"알았어, 알았어. 자, 이쪽으로들 앉으시죠."

금철휘는 마치 자신이 주인인 양 총관인 서가인과 호위무사에게 말했다. 서가인은 흥미로운 눈으로 금철휘를 바라보며 곱게 눈웃음을 쳤다.

"고마워요. 참으로 듬직하신 분이로군요."

서가인의 반응에 채운곽의 눈에 질투의 불똥이 튀었다. 하지만 옹졸한 사람으로 비치는 게 싫어 그냥 가만히 입을 다물었다.

"일단 호위부터 소개해 드리죠."

서가인의 말에 호위로 따라온 사내가 금철휘에게 정중히

포권을 취했다.

"이막심입니다."

금철휘는 그를 묘한 눈으로 쳐다보며 가볍게 고개를 끄덕였다.

"좋아. 훌륭하군. 제안을 받아들이죠. 아무래도 꼭 필요한 사람이 될 것 같군요."

금철휘가 씨익 웃으며 말하자, 패천보주의 표정이 그제야 조금 풀렸다. 의도한 일 중 하나가 제대로 먹혀들었으니 앞으로는 상당히 편해질 테니까 말이다. 하지만 이어지는 금철휘의 말에 다시 표정이 딱딱하게 굳었다.

금철휘는 서가인을 보며 말했다.

"아름다운 총관님도 개인적으로 꼭 뵈었으면 좋겠군요. 아무도 모르게 할 만한 일이 많을 것 같은데요?"

금철휘의 의미심장한 말에 서가인이 환하게 웃으며 고개를 끄덕였다.

"기쁘게 소식을 기다리죠."

금철휘가 히죽 웃어 준 뒤 자리에서 일어났다.

"하면 전 이만."

금철휘가 밖으로 나가자, 화영이 패천보주를 향해 의미심장한 표정으로 고개를 꾸벅 숙인 뒤 나갔다. 패천보와의 인연이 여기까지라는 의미의 인사였다. 그리고 마지막으로 한서연이 조용히 나가자, 패천보주가 이를 갈았다.

이막심은 패천보주와 서가인에게 동시에 포권을 취해 인사하고는 서둘러 밖으로 나갔다.

"어찌 내 앞에서 이럴 수가 있는가!"

채운곽의 목소리에 어린 질투에 서가인은 배시시 웃으며 그의 팔을 끌어안았다. 서가인의 가슴이 채운곽의 팔뚝을 기분 좋게 압박했다.

"그럼 제가 화라도 내야 하나요? 그런 어린애를 상대로? 어른스럽게 넘겨주는 게 오히려 이기는 거랍니다."

그 말에 패천보주의 기분이 단숨에 풀렸다.

"허허허허. 맞아. 그놈이 애송이는 애송이지. 허허허허허."

서가인은 채운곽의 시선에서 얼굴을 살짝 돌리며 그의 품에 안겼다. 그녀의 얼굴이 크게 일그러졌다. 오늘 또 채운곽과 몸을 섞어야 한다고 생각하니 짜증이 밀려왔다. 하지만 어쩔 수 없는 일이었다.

'이게 다 주인님을 위해서니까.'

방 안에 다시금 뜨거운 폭풍이 몰아쳤다.

"이제 나이가 살짝 든 성숙한 여인에게 관심이 가나 보죠?"

화영이 입술을 삐죽이며 말했다. 그녀는 금철휘가 설마 패천보의 총관에게 손을 뻗치리라고는 생각도 못했다. 패천보의 총관은 화영이 금룡장으로 떠난 이후에 새로 들인 사람이라 전혀 아는 바가 없었다. 하지만 오늘 있었던 일 하나만으로도 충분히 마음에 안 들었다.

"그래 보여?"

"네! 그래 보여요! 어떻게 그러실 수가 있어요? 저랑 한 소저 같은 미녀들이 벗고 덤빌 때도 가만히 계시더니!"

한서연은 화영의 말에 깜짝 놀랐다. 자신이 언제 벗고 덤볐단 말인가. 하지만 반박할 수도 없었다. 그거나 다름없는 말을 하긴 했으니 말이다.

그런 두 여인의 말과 반응에 살짝 떨어진 곳에서 따라가던 이막심이 놀란 눈으로 그들을 살폈다. 자신이 있는데도 그런 말을 거리낌 없이 하는 걸로 봐서 정말 보통 사이가 아닌 모양이었다.

'보고할 거리가 하나 생겼군.'

금철휘와 그 주변에 관한 것이라면 뭐든 보고하라는 명을 받았다. 이막심은 패천보의 무사지만 실질적인 그의 소속은 패천보가 아니었다. 그는 오로지 서가인의 사람이었다.

서가인과 금철휘에 대해 잠시 고민하던 이막심은 앞서 가던 금철휘 일행이 걸음을 멈추자 의아한 표정을 지었다. 아직 합비를 벗어나지도 못했다. 굳이 여기서 쉴 필요는 없었다. 더구나 근처에는 객잔이나 주루도 보이지 않았다.

문득 이막심은 자신을 쳐다보는 금철휘의 눈빛이 심상치 않다는 것을 깨달았다.

"무슨 일이십니까?"

금철휘가 빙긋 웃으며 말했다.

"무슨 일인지는 내가 듣고 싶은 말인데?"

이막심이 의아한 표정을 지었다. 하지만 그 표정은 이내 경악으로 바뀌었다. 금철휘의 그 비대한 몸이 순식간에 자신에게 쇄도해 왔기 때문이다. 어찌나 빠른지 피할 수가 없었다. 이막심은 일단 손을 들어 금철휘의 공격을 막았다. 아니, 막으려 했다.

금철휘의 손이 뱀처럼 기묘하게 휘더니 이막심의 가슴을 가볍게 두드렸다.

퍼벅!

이막심은 그 간단한 공격에 그대로 주저앉았다. 그리고 황당한 눈으로 금철휘를 바라봤다. 그는 스스로의 능력에 대해 잘 알고 있다. 설사 십대고수가 달려든다 해도 한 수에 패퇴하지는 않을 자신이 있었다. 한데 고작 한 수에 무릎을 꿇었다.

'설마 금철휘가 십대고수보다 더 강한 건가? 어찌 이런 말도 안 되는 일이!'

금철휘의 나이 이제 고작 스물한 살이다. 그런 나이에 십대고수를 능가하는 무위를 가지려면 대체 뭘 어찌해야 한단 말인가.

'아니, 그보다 대체 왜 날 공격한 거지?'

이막심은 억울한 눈으로 금철휘를 바라봤다.

"대체 제게 왜 이러시는 것입니까?"

"그걸 왜 나한테 물어? 네가 말해줘야지."

이막심의 표정이 심각해졌다.

'설마 눈치를 챘단 말인가? 아니, 내가 감시할 거라는 사실 조차 받아들인 것 아니었던가?'

이막심은 정말로 이 상황을 이해할 수 없었다. 그리고 그것은 한서연과 화영 역시 마찬가지였다. 금철휘와 함께 있는 그녀들조차 이해를 못 하는데 이막심이 어떻게 이해하겠는가.

"뭘 말하라는 겁니까? 정말 모르겠습니다."

이막심의 말에 한서연이 나섰다.

"공자님, 설마 저 사람이 우리를 감시하는 것 때문에 그러시는 건가요?"

"감시? 그거야 하라고 데려온 건데, 무슨 상관이야?"

다들 입을 다물었다. 대체 금철휘가 무슨 생각을 하는지 알 수가 없었다. 금철휘는 씨익 웃으며 이막심에게 다가갔다. 이막심은 금철휘가 자신의 멱살을 잡아 올리는데도 전혀 움직일 수가 없었다. 가슴 한 방에 기혈이 진탕 되어 호흡도 쉽지가 않았다.

"뒤에 있는 놈 불어."

"그, 그게 무슨 말씀이십니까?"

"너 패천보 사람 아니잖아. 그렇지?"

이막심의 얼굴에서 핏기가 가셨다. 설마 그걸 알고 있을 줄은 몰랐다. 그 사실을 아는 것은 패천보 내에서도 서가인과 이막심 둘뿐이었다. 패천보에서 오로지 둘만이 다른 소속을 가지고 있었으니 말이다.

"그, 그렇지 않습니다. 전 패천보 소속의 무사입니다."

"웃기고 있네. 너랑 그 여자 총관은 절대 패천보 소속이 아니야. 그렇지?"

이막심의 눈이 화등잔만 해졌다. 설마 서가인의 정체까지 파악하고 있을 줄은 몰랐다. 그리고 그런 이막심의 태도에서 금철휘는 다시 한 번 확신했다.

"너희들 대체 뒤에서 무슨 일을 꾸미는 거야?"

금철휘가 손에 힘을 주었다. 이막심은 숨이 막혀 얼굴이 시뻘게졌다. 이대로는 죽을 수도 있다는 위기감이 잔뜩 몰려왔다.

"크윽. 그, 그런 거 어, 없습니다."

"내가 웃기지 말라고 했지?"

금철휘는 피식 웃으며 손에 힘을 더 주었다.

"두천방."

이막심의 눈이 또 한 번 커졌다.

"거 봐. 역시 같은 놈들이지? 내 그럴 줄 알았다니까."

금철휘가 이막심을 휙 던졌다. 이막심은 바닥을 데굴데굴 굴러 대자로 뻗었다. 어딜 어떻게 당했는지 여전히 움직일 수가 없었다. 점혈을 당한 것도 아닌데 참으로 이상했다.

"금향각에 알려, 더 조심하라고. 이놈들 보통이 아니야. 자칫하면 역으로 당할 수도 있겠어."

금철휘의 명에 허공에서 흑의인 하나가 스르륵 나타나 부복했다.

"알겠습니다."

대답을 마친 흑의인이 다시 허공에 녹아들 듯 사라졌다.

금철휘는 우둑우둑 손가락뼈를 꺾으며 이막심에게 다가갔다.

"자, 그럼 우리는 조금 더 즐거운 심문 시간을 가져 볼까?"

이막심의 얼굴에 절망과 결연함이 동시에 떠올랐다. 기회만 되면 자결할 생각이었다. 물론 그렇게 하지 못했다. 금철휘도 그쯤은 미리 짐작했다. 금철휘는 얼마 전 사령당의 자객에게 했던 것처럼 그에게서 정보를 뽑아냈다.

그렇게 해서 알아낸 사실은 딱 하나였다.

"포천회(抱天會)라……."

금철휘는 투덜거렸다.

"정말 천하를 가지려고 발악하는 놈들이 왜 이리 많은 거야?"

어쨌든 모호하던 적의 실체 하나를 잡아냈다. 적은 포천회라는 이름의 조직이었다. 또한 암중에서 천하를 집어삼키기 위한 음모를 꾸미고 있음이 분명했다.

"공자님, 다시 패천보로 가시려고요?"

"아니, 생각해 보니 이제 일정 다 끝났잖아?"

"그렇긴 하죠."

"그래서 일단 합비에서 장사 좀 해보려고."

"예? 장사요? 여기에서요? 왜요?"

"패천보 총관 좀 만나 보려고."

화영이 입술을 삐죽였다.

"왜요? 어떻게 해보시게요? 공자님을 듬직하다고 말해줘서 그렇게 기분이 좋았어요?"

금철휘가 고개를 끄덕였다.

"응. 그 말은 확실히 기분 좋더라. 사람 다룰 줄 아는 여자야."

"사람을 다룰 줄 알긴 뭘 알아요? 그냥 여우 같은 여자던데."

"아니지. 사람을 잘 다뤄. 그러니 패천보주를 손안에 넣고 휘두르지."

"예?"

"몰랐어? 패천보주가 그 총관이랑 그렇고 그런 사이야."

"그거야 저도 눈치챘지만……."

그렇고 그런 사이라고 해서 꼭 총관이 보주를 쥐고 흔들라는 법은 없지 않은가. 당시의 상황을 생각해 봐도 딱히 그런 점이 보이지는 않았다.

하지만 금철휘는 확신했다. 그게 아니라면 그 총관이 패천보에 있을 이유가 없다고 판단했기 때문이다. 그 총관 역시 포천회 소속이니 말이다.

"패천보를 이용해서 뭔가를 하려는 게 분명하니까, 내가 좀 훼방을 놔야겠어."

한서연과 화영은 말없이 고개를 끄덕였다. 세상에 혼란을 줘서 천하를 장악하고자 하는 자들이 있으니 그들을 막아야 하는 건 당연한 일이다. 그것을 위해 합비에 남겠다는데 더 멋진 이유가 어디 있겠는가.

"그럼 시작은 기루로 해 볼까? 합비에도 기루 좀 있나?"

"당연히 있겠죠?"

"일단 한 열 군데만 사들여서 가볍게 시작해 볼까? 어때? 한번 관리해 볼래?"

화영은 금철휘의 말에 눈을 동그랗게 뜨며 자신을 가리켰다. 금철휘가 고개를 끄덕이자, 화영은 목이 부러져라 고개를 위아래로 흔들었다.

"할게요! 제가 꼭 잘해서 큰돈을 벌게 해 드릴게요! 맡겨만 주세요!"

"아니, 목적이 돈은 아니니까 큰돈은 필요 없고, 그저 망하지만 않게 부탁해."

"뭐라고요? 절 어떻게 보시고! 두고 보세요! 제가 얼마나 멋지게 해내는지!"

화영이 토라져서 팔짱을 끼고 고개를 휙 돌렸다.

금철휘는 입술을 삐죽이는 화영의 모습을 보며 피식 웃었다. 화영은 지금 이 모습이 제일 귀여웠다.

"자, 그럼 기루는 그 정도로 됐고, 다음은 객잔을 한 열 개 운영해 볼까? 해 볼래?"

한서연은 두근거리는 가슴을 꽉 잡고 고개를 끄덕였다. 그녀 역시 이번 기회에 자신의 능력을 제대로 보여주고 싶었다. 한서연은 화영을 한 번 쳐다보고는 결연한 표정을 지었다. 절대 화영에게는 질 수 없었다.

그 모습을 보며 금철휘가 불안한 표정으로 말했다.

"너도 제발 망하지만 않게 해."

"절 무시하시나요? 저도 한다면 하는 여자예요."

한서연이 그렇게 말하며 주먹을 꼬옥 쥐었다. 금철휘는 그것을 보며 또 피식 웃었다. 이렇게 보니 한서연도 상당히 귀여운 면이 있었다.

"자, 그럼 난 도박장이나 돌아다니면서 슬슬 놀고 있을 테니까 한번 잘들 운영해 봐."

금철휘는 그렇게 말하고는 뒤뚱뒤뚱 걸어갔다. 두 여인은 왠지 모르게 당한 듯한 묘한 기분을 느끼며 금철휘의 뒷모습을 멍하니 바라봤다.

*　　　*　　　*

일단 결정을 내리자, 금철휘의 추진력이 빛을 발했다. 순식간에 기루와 객잔을 열 개씩 구입했고, 사람을 구해 기루와 객잔이 제대로 돌아가도록 체계를 세웠다.

열 개나 되기에 각각의 특성을 잘 살리고, 또 그것들의 주인이 한 사람이라는 것을 은연중 알리기 위해 공통점 몇 가지를 두었다. 아마 처음에는 몰라도 자주 드나들다 보면 손님들도 자연스럽게 알게 될 것이다. 소문도 적당히 흘릴 테니 말이다.

그 일은 결과적으로 합비 상계를 발칵 뒤집었다. 워낙 처음부터 준비를 철저히 했기에 화영과 한서연이 별다른 노력을 하지 않아도 다른 기루나 객잔에 비해 월등히 뛰어난 매출을 올렸다.

한서연과 화영이 나름 애를 썼지만 그것은 도움이 되지 않았고, 그녀들의 미모가 유명세를 만들어 큰 도움이 되었다. 그녀들 역시 합비의 유명 인사가 되어 버린 것이다.

합비에서 장사를 제대로 하려면 남궁세가나 패천보에 잘 보여야 한다. 합비의 암흑가로부터 점포를 보호해주기 때문이다. 물론 모든 점포들이 그들로부터 보호받을 수 있는 것은 아니다. 상당한 돈이 들어가기 때문이다. 사실 기루와 객잔을 열 개나 운영하는 금철휘가 그런 경우에 가장 적합했다. 하지만 금철휘는 그 부분에 일절 신경을 쓰지 않았다.

보통은 그렇게 되면 암흑가에서 험악한 사내들을 보내 기루나 객잔을 난장판으로 만들곤 한다. 그러나 그들도 남궁세가나 패천보가 보호하는 곳을 건드리지는 않는다. 그 외의 부분은 암흑가끼리 세력 다툼을 하며 점포를 손아귀에 넣고 각종 보호비 명목으로 돈을 뜯어 간다.

하지만 금철휘의 기루와 객잔에는 단 한 번도 그런 일이 벌어지지 않았다. 그것은 흑총관의 힘이었다. 금향각과 연계해서 합비의 문파 몇 개를 움직여 암흑가의 대부분을 장악해 버렸다. 물론 그 와중에 막대한 돈이 나갔지만 그쯤은 금철휘에게 있어 아무것도 아니었다.

그렇게 열 개의 기루와 열 개의 객잔이 승승장구하며 합비의 상계를 흔들자, 남궁세가나 패천보에서도 그곳에 관심을 가지기 시작했다.

돈이라는 것은 많으면 많을수록 좋다. 객잔 열 개와 기루 열 개라면 거기에서 쏟아져 나오는 돈만 해도 엄청나다. 그 돈을 고스란히 가져올 수 있다면 패천보나 남궁세가의 입장에서도 상당한 액수였다. 뭔가 새로운 계획을 시작할 수 있을 정도의 돈이었다.

남궁세가의 외총관인 남궁명철은 보고서 하나를 읽으며 턱을 쓰다듬었다.

"금룡장의 소장주라 이거지? 대체 금룡장이 항주를 놔두고 여기에다 왜 이따위 짓을 하는 거지?"

남궁명철은 그렇게 중얼거렸지만 대수롭지 않게 여겼다. 그저 객잔과 기루의 수익을 남궁세가로 가져올 수 있도록 만들기만 하면 된다. 본래 가진 게 많은 자일수록 지켜야 할 것도 많은 법이다. 그리고 그것들을 잘 이용하면 상당히 커다란 것들을 포기하게 만들 수도 있다.

"금룡장에 돈이 많긴 많은 모양이군. 규모가 달라. 단번에 열 개씩 문을 열다니. 게다가 기녀나 숙수도 최고 아닌가."

금철휘가 연 열 개의 기루와 객잔을 조사한 남궁명철은 감탄을 금치 못했다. 처음 투입한 돈이 무지막지하고, 그것을 다시 회수할 때까지 걸리는 시간이 만만치 않아서 그렇지 결국 이득이 될 것은 확실했다. 과연 금룡장이라는 말이 절로 나왔다.

"게다가 주변의 고급 기루와 객잔들이 조금씩 죽고 있으니 나중에는 정말 상상을 초월하겠어."

열 개를 시작으로 무너져 가는 다른 객잔과 기루를 헐값에 매입하는 것도 가능해진다. 그렇게 되면 합비의 기루와 객잔은 금룡장이 완전히 장악할 수도 있었다.

남궁명철은 생각하면 생각할수록 탐났다. 그렇게 돈을 들인 객잔과 기루를 그냥 꿀꺽 삼킬 수만 있다면 초기 자본을 전혀 투자하지 않고 합비의 상계를 장악할 수도 있지 않은가.

"그나저나 괘씸하군. 감히 그렇게 크게 사업을 일으키면서 내게 인사도 오지 않는다 이거지?"

남궁세가의 외총관은 세가의 대외적인 일을 모두 관리한

다. 즉, 합비에서 사업을 하기 위해 세가의 도움을 받고 싶으면 일단 외총관을 먼저 만나야 한다는 뜻이다. 한데 금철휘는 코빼기도 비치지 않았다.

"그 죄라 생각하면 될 테지. 예형, 거기 있느냐?"

"예, 부르셨습니까."

남궁명철의 부름에 예형이 즉시 대답하며 집무실 안으로 들어섰다. 예형의 몸을 감싼 부드러운 기운이 그의 성정과 무위를 알려주고 있었다. 남궁명철은 만족스런 미소를 지었다.

"그새 또 성장했구나. 내 너를 지켜보는 일이 참으로 즐겁다."

"과찬이십니다."

"과찬이라니. 오히려 칭찬이 모자라는데. 허허. 아무튼 네가 좀 나서줘야겠다."

"하명하십시오."

"네가 장악한 암흑가의 조직이 몇 개나 있더냐?"

"가장 큰 조직 세 개를 장악했습니다."

"좋구나. 그들을 좀 움직여야겠다."

예형이 고개를 숙이자, 남궁명철이 말을 이었다.

"감히 우리 세가에 고개를 든 건방진 상인 녀석을 좀 혼내줄 생각이다. 너도 최근에 누군가가 객잔이랑 기루를 무려 열 개씩이나 동시에 열었다는 소문은 들었지?"

"예. 금철휘라는 자입니다. 알아보니 항주 금룡장의 소장

주이더군요."

"역시 이미 조사가 끝났구나. 하면 내가 뭘 원하는지도 알겠지?"

"맡겨만 주십시오."

예형이 포권을 취하고 나가자, 남궁명철이 눈을 빛내며 턱을 쓰다듬었다.

"그저 암흑가를 움직이는 것만으로 먹어 치울 수 있다면 참으로 간단하고 좋을 텐데, 그럴 일은 없겠지?"

남궁명철의 미소가 점점 더 짙어졌다.

"그러니까 네 말은 그 객잔이랑 기루를 우리가 얻어야 한단 말이더냐?"

"예, 맞아요. 그것만 얻을 수 있다면 능히 남궁세가를 넘어설 수 있을 거예요."

서가인이 채운곽의 가슴을 쓰다듬으며 말했다. 채운곽은 건성으로 고개를 끄덕이며 그녀의 가슴과 엉덩이를 주물렀다.

"얻을 수 있다면 좋겠지."

"하면 제게 그 일을 맡겨주시겠어요?"

서가인의 손끝이 더욱 자극적으로 움직였다. 채운곽은 강렬한 쾌감에 숨을 들이켜며 고개를 끄덕였다.

"크으. 그래, 네가 알아서 해 보거라. 내 전권을 위임해주마."

원하던 것을 얻은 서가인이 본격적으로 몸을 움직였다. 채운곽은 쾌락에 젖은 표정으로 서가인에게 점점 더 빠져들었다. 방 안에 몇 차례나 뜨거운 폭풍이 지나갔다.

＊　　　＊　　　＊

　"하아."
　"하아아."
　두 여인의 한숨이 끊임없이 흘러나왔다. 기루와 객잔을 맡으면서 호언장담했던 모든 것들이 거품처럼 스러져 갔다. 그러니 심기가 편할 리 있겠는가. 한서연과 화영은 서로의 심정을 깊이 공감하며 계속해서 한숨을 내쉬었다.
　"대체 왜 그런 불한당들이 갑자기 날뛰는 거죠?"
　"내 말이요. 처음에는 가만히 있다가 대체 왜 이제 와서 이러는 건지……."
　두 여인이 이렇게 고민하는 이유는 바로 암흑가 때문이다. 밤을 장악한 불한당들이 기루와 객잔을 노리고 출몰하기 시작했기에 걱정이 태산이었다. 물론 아직 직접적인 피해는 없었다. 하지만 간접적으로는 큰 피해를 보고 있었다. 벌써 손님이 확연히 줄어들었다.
　지금 합비의 암흑가는 치열한 전쟁 중이었다. 뒷골목 파락호들이라고 무시할 수만은 없다. 그들 중 종종 제법 무공을 익힌 자들도 있었고, 또 남궁세가나 패천보로부터 은밀히 지원을 받기도 했다.

그렇게 치열하게 파락호들이 싸움을 벌이니 분위기가 대번에 흉흉해졌다. 기루나 주루 같은 유흥을 주로 하는 곳들은 연일 큰 손해를 보고 있었다.

그리고 그렇게 손해가 이어질수록 한서연과 화영의 시름이 깊어졌다. 그녀들은 큰소리친 만큼의 성과를 원했다. 하지만 이대로라면 성과는커녕 처음 금철휘가 했던 당부가 무색해지는 상황이 될 것이다.

"망하지만 말라고 하셨는데……."

"하아……."

둘의 한숨이 천 번에 가까워질 무렵 방문이 벌컥 열렸다.

"그렇게 한숨만 푹푹 쉬고 있으면 일이 해결돼?"

금철휘였다. 한서연과 화영은 화들짝 놀라 금철휘를 바라보다가 이내 슬며시 시선을 피했다. 차마 시선을 마주칠 수가 없었다. 너무나 부끄럽고 자존심이 상했다.

"여기서 이러는 게 더 문제야. 그냥 평소처럼 해. 지금 남궁세가랑 패천보가 간 보는 중이니까."

"예? 간을 보다니요?"

"내가 산 기루와 객잔을 집어삼키고 싶어서 수작질을 부리는 거라고. 그러니 그냥 돌아가서 평소처럼만 해. 그들도 문제를 계속 키울 수는 없을 테니까."

"정말 그럴까요?"

"사실 난 그거 싹 망해도 전혀 상관없어. 돈이야 얼마든지 있거든. 끝까지 붙들고 있을 테니까 염려 붙들어 매. 합비는 남궁세가와 패천보의 기반이 있는 곳이야. 이곳의 경제가 무너지면 그들도 가문을 유지할 힘이 사라져 버리거든."

"그래서 길게 갈 수가 없다는 뜻이로군요."

"그래. 암흑가도 우리 쪽이 훨씬 세력이 크니까 걱정할 거 없고."

그제야 두 여인이 조금 안심을 했다. 하지만 그래도 모든 불안감이 사라지지는 않았다. 어쨌든 기루와 객잔이 망하면 정말 엄청난 자책감이 들 것 같았다.

"걱정하지 말라니까? 나중에 정 안 되고 수틀리면 합비를 확 사 버릴 수도 있으니까."

"예에?"

두 여인은 너무나 황당한 말에 어이없는 눈으로 금철휘를 바라봤다. 하지만 이내 입가에 미소를 띠며 새삼스러운 표정을 지었다. 금철휘에게 이런 면도 있을 줄은 몰랐다. 자신들을 위로하기 위해 저런 농담까지 하다니 말이다.

물론 금철휘는 농담을 하지 않았다.

*　　*　　*

패천보가 아무리 발악을 해도 남궁세가를 넘어서지 못하는 이유는 기반과 영향력의 차이 때문이었다. 패천보는 고작 합비에만 기반을 가지고 있는데 반해 남궁세가는 안휘 전역에 기반을 가지고 있었다. 물론 합비에 대부분의 기반이 있긴 했지만 말이다.

그렇게 안휘 전역에 포진한 기반으로 인해 그 영향력 또한 마찬가지의 힘을 발휘했다. 안휘 전역에 막대한 영향력을 행사할 수 있었고, 그걸 이용해 그들의 기반을 더욱 단단히 다져 왔다.

그러니 그런 남궁세가를 패천보가 어떻게 넘어설 수 있겠는가. 절대 불가능하다는 것을 누구나 다 알고 있다. 패천보주인 채운곽을 제외하고는.

그리고 당연하게도 패천보의 총관인 서가인 역시 패천보가 남궁세가를 능가할 수 있을 거라고는 추호도 믿지 않았다. 그녀는 오직 패천보를 이용해 남궁세가를 흔들겠다는 목표를 위해 달려갈 뿐이었다.

"정말 생각대로 안 따라주네."

서가인이 눈살을 찌푸렸다. 암흑가를 동원해 기루와 객잔에 압박을 주고, 그들을 이용해 모든 기루와 객잔을 헐값에 인수하겠다는 계획이 시작부터 삐걱거렸다. 설마 남궁세가에서도 비슷한 계획을 실행할 줄 누가 알았겠는가.

"흥, 하여튼 겉으로만 고고한 척했지, 속은 다 썩어 문드러졌다니까. 위선자들."

서가인은 손가락으로 관자놀이를 짚으며 짜증을 냈다. 하지만 뾰족한 방법이 없었다. 주인이 원하는 건 고작 이 정도가 아니었다. 패천보를 훨씬 더 키워서 남궁세가에 전쟁을 거는 것이었다. 한데 이런 식이라면 언제 목표를 이룰 수 있을지 요원했다.

"그나저나 왜 금철휘에 대한 보고가 안 오는 거지? 설마 당했나? 그럴 리는 없을 텐데?"

서가인은 금철휘를 따라나선 후 한 번도 연락을 하지 않은 이막심 때문에 계속 신경이 쓰였다. 만일 금철휘가 그를 내쳤거나 죽였다면 정말로 곤란했다. 이막심에게 주어진 임무는 단순히 금철휘의 감시만이 아니었다.

"아무래도 다시 알아봐야겠어. 하아. 이러다가 정말로 쓰기 싫은 수를 써야 할지도 모르겠네."

그 방법은 되도록 쓰지 않으려 했다. 만일 그걸 쓰면 무림맹이나 혈무련이 움직일 수도 있기 때문이다. 그들이 움직인다고 뭔가가 크게 달라지지는 않겠지만 그래도 주인이 하는 일에 어떤 변수가 생길 수도 있었다. 서가인은 그런 것이 싫었다.

"또 그 변태를 만나러 갈 시간이네."

서가인은 한숨을 내쉬었지만 어쩔 수 없는 일이었다. 지금은 열심히 몸뚱이를 굴려서 패천보주 채운곽을 계속해서 타

락시켜야만 할 때였다. 그리고 완전히 자신의 것으로 만들어야만 했다. 그래야 나중에 남궁세가를 치는 무모한 결정을 할 테니까 말이다.

*　　*　　*

합비가 점점 더 혼란스러워졌다. 암흑가의 싸움이 점점 커져 이제는 대낮에도 심심찮게 칼부림이 나곤 했다. 금철휘의 의도였다. 아예 싸움을 더 키워 역으로 압박을 하려는 계획이었다.

"슬슬 효과가 나타나고 있나?"

금철휘는 합비 거리를 걸으며 만족스런 표정을 지었다 합비의 상권은 얼어붙어 버렸다. 돈이 잘 돌지 않아 죽어 가는 상가들이 하나둘 늘어 갔고, 연일 계속되는 암흑가의 싸움 때문에 사람들이 남궁세가와 패천보를 은근히 욕하고 다녔다. 슬슬 남궁세가로서도 한계에 다다른 셈이었다.

금철휘는 딱 지금이 적기라고 판단해 팔찌를 쓰다듬었다. 물론 팔목에 내력을 흘리는 걸 잊지 않았다. 이번에 부른 것은 백총관이었다.

금철휘가 합비에 있는데도 백총관은 팔찌를 쓰다듬자마자 금철휘 앞에 나타났다. 정말로 신기했다. 금철휘는 언젠가 이 비밀을 꼭 밝혀내겠다고 다짐했다.

"합비에서 가치에 비해 가격이 바닥까지 떨어진 상가들이 꽤 되지?"

"경기가 다시 살아난다고 가정하면 그렇습니다."

만일 경기가 이대로 죽으면 그런 상가들을 건드리는 건 자살행위였다. 하지만 금철휘는 절대 경기가 그냥 죽지 않을 거라 확신했다. 정 안 되면 자신이 되살리면 되니까 말이다.

"그거 가능한 한 싹 사 버려."

"상당한 금액이 들어갈 것입니다."

"부담 돼서 내가 휘청거릴 정도인가?"

"그 정도까지는 아닙니다. 하지만 부담은 가지셔야 합니다."

금철휘가 씨익 웃었다.

"그럼 됐어. 싹 사 버려."

"명을 따르겠습니다."

백총관은 대답과 함께 사라졌다. 금철휘는 천령신공을 극성으로 펼치고 있었는데, 아주 희미한 기척 하나가 아지랑이처럼 어느 방향으로 흩어져 가는 걸 느꼈다. 아마 백총관이 이동한 흔적인 듯했다.

"꼬리가 살짝 보였다 사라지는군."

그래도 막연한 것보다는 나았다. 언젠가 흑백총관의 비밀을 밝혀낼 수 있을 거라 확신했다.

"자아, 남궁세가와 패천보가 과연 어떻게 나올지 궁금한데?"

금철휘는 히죽 웃으며 나갈 채비를 했다. 슬슬 합비의 도박장들을 순회하듯 돌아다닐 계획이었다. 최종 목표는 남궁세가 소유의 도박장이었다.

제8장
도박장

　금철휘는 혼자서 움직이니 참으로 홀가분했다. 하지만 수
발을 들어줄 사람이 없으니 한편으로는 불편했다.

　"역시 난 시비가 꼭 필요한 사람이야."

　시중을 들어줄 사람은 없지만 따라다니며 원할 때마다 정
보를 주는 사람은 있다. 금철휘는 슬쩍 옆을 보며 물었다.

　"합비에 있는 도박장 쭉 읊어 봐."

　그러자 옆에서 흠칫 놀라는 기색이 느껴졌다. 은신술로 모
습을 감추고 있던 금향각의 정보원이 슬그머니 나타났다.

　"합비에서 도박장을 운영하려면 남궁세가나 패천보의 비호
를 받지 않으면 곤란합니다. 즉, 대부분의 도박장이 남궁세가

나 패천보 아래에 있다는 뜻입니다."

"그래? 의외네?"

"물론 보호비를 적당히 받고 뒤를 봐주는 정도에 불과합니다. 그들이 직접적으로 운영하는 도박장은 한 군데뿐입니다."

"그래도 하나는 있군."

"그나마 패천보에는 없습니다."

"패천보 돈 벌었네."

금철휘가 씨익 웃으며 말하자, 정보원이 몸을 한차례 떨었다. 그 말의 의미를 파악한 것이다.

"도박장을 부수실 생각이십니까?"

"부수긴, 나 그렇게 야만적인 사람 아니야. 어디까지나 정당하게 도박으로 상대해줄 생각이야."

"도, 도박으로 말입니까?"

금철휘가 고개를 끄덕이자, 정보원은 곤혹스러운 표정을 지었다. 도박으로 도박장을 무너뜨리겠다니, 실로 말도 안 되는 발상 아닌가. 설사 도박의 신이라 하더라도 쉽지 않은 일이다. 도박장이라는 곳이 사실상 손님의 돈을 털어먹는 구조로 되어 있기 때문이다.

"잡생각은 거기까지만 하고 도박장으로 안내나 해."

정보원은 금철휘의 말에 정신을 차리고 모습을 감췄다. 그리고 은밀히 기척을 흘렸다. 금철휘가 고개를 저었다.

"필요 없으니까 꼭꼭 숨어라. 혹시라도 숨은 거 누군가 알아보면 골치 아파지니까."

그 말을 들은 정보원이 기척을 완전히 감췄다. 물론 금철휘는 그가 기척을 감추건 말건 상관이 없었다. 정보원이 움직이자 그 뒤를 천천히 따랐다. 합비에 있는 도박장의 수는 열일곱 군데였는데, 그중 여섯 개는 드러나지 않고 숨어 있는 도박장들이었다. 사람을 사고팔거나 걸고 도박을 하기도 하는 몹쓸 곳이었다. 물론 거기는 금철휘가 원하는 도박장이 아니었다.

금철휘는 사람들에게 잘 알려진 도박장들 중 하나로 향했다.

금철휘는 도박장을 열흘 동안 순회했다. 어떤 날은 하루에 두 군데에 들러 돈을 잃은 적도 있었다. 평균적으로 하루에 금 삼백 냥을 잃었다. 열흘이니 무려 삼천 냥을 잃은 것이다.

순식간에 도박장이 들끓었다. 도박장 입장에서 보면, 또 도박장에 출입하는 도박꾼들의 입장에서 보면 호구도 이런 호구가 없었다. 그야말로 툭 건드리면 금이 쏟아지는 형국이니 금철휘에 대한 소문이 도박장과 도박장 사이를 휩쓸듯이 퍼져 나갔다.

금철휘는 그 일을 닷새 더 계속했다. 닷새 동안은 더 많은 돈을 잃었다. 하루에 금을 오백 냥씩 쏟아 내니 도박장들이 들썩였다. 닷새 동안 금철휘가 방문한 도박장은 단 세 군데였다.

그리고 그 다음 날, 금철휘는 남궁세가 소유의 도박장으로 들어섰다. 금철휘가 들어선 순간 도박장에 싸늘한 침묵이 감돌았다. 그리고 이내 도박장 곳곳이 술렁였다. 사람들은 어떻게 하면 저 금덩어리 호구를 자신의 판에 끌어들일지 고민했다.

금철휘는 어슬렁거리며 도박장 곳곳을 돌아다녔다. 도박장 내의 모든 사람들이 금철휘에게 호의적이었고, 어떻게든 말한 번 섞어 보려 애썼다. 그러다가 자신의 자리에 앉히게만 하면 돈벼락을 맞는 것 아닌가.

"호오. 이건 뭐 하는 도박이지?"

금철휘가 멈춘 곳은 커다란 판 하나와 사람 하나가 앉아 있는 곳이었다. 판 위에는 주사위가 두 개 놓여 있었다. 쌍육을 하는 곳이었다. 주사위 두 개를 던져 그 합이 더 높은 사람이 이기는 가장 단순한 방식의 도박이었다.

단순한 만큼 결과가 빨리 나오기에 꽤 즐기는 사람이 많았다. 하지만 그곳에는 아무도 없었다. 도박장 측에서 내세운 도박사만 앉아 있을 뿐이었다.

금철휘는 목표를 발견하고 씨익 웃었다. 그리고 그쪽으로 걸어갔다. 금철휘 뒤로 사람들의 탄식이 들려왔다. 먹잇감을 놓친 승냥이들의 울음소리였다.

금철휘는 도박판 앞에 털썩 앉았다. 금철휘의 무게를 버티지 못하고 의자가 비명을 질렀다. 하지만 용케 부서지지는 않았다.

"특별한 규칙이 따로 있나?"

지금 이 자리는 도박장의 도박꾼과 손님이 겨루는 곳이었다. 즉, 도박꾼의 뒤에는 도박장이 있고, 도박꾼이 돈을 잃으면 도박장이 돈을 대 주게 되어 있었다. 돈을 아무리 걸어도 고스란히 딸 수 있다는 점이 장점이지만, 도박장이 손해 보는 장사를 할 리 없으니 도박꾼의 실력이 얼마나 대단하겠는가.

"특별한 규칙은 없습니다. 두 주사위의 합이 큰 쪽이 이기고, 비겼을 경우 그 합이 여섯 이하면 손님께서 이기고 그 반대라면 제가 이기는 규칙입니다."

"호오. 나름 합리적이군."

비겼을 경우는 보통 도박장의 승리로 한다. 그렇기에 그저 아무런 기술을 쓰지 않고 운으로만 해도 도박장이 돈을 잃기 어려운 구조였다. 한데 이곳은 그런 이점을 없애 버린 것이다. 하지만 그 와중에도 교묘한 함정이 깔려 있었다.

"실력에 꽤 자신이 있는 모양이네? 뭐, 나야 상관없지만."

"하시겠습니까?"

금철휘가 고개를 끄덕였다.

"일단 가볍게 몇 판 굴려 보지."

금철휘는 그렇게 말하며 전표 한 장을 꺼내 휙 던졌다. 판 위에 전표가 놓였고, 거기에 적힌 액수를 모두 볼 수 있었다.

"허억!"

금철휘 주변을 얼쩡거리며 구경하던 자들이 기함을 하며 헛숨을 들이켰다. 전표에 적힌 액수가 무려 금 오백 냥이었다. 그동안 하루에 걸쳐 잃던 돈을 단 한 판에 건 것이다.

"대체 돈이 얼마나 많기에……."

"몰랐나? 저 돼지가 항주 금룡장의 소장주라고 하더라고."

"아, 합비에 오자마자 기루 열 개랑 객잔 열 개를 산 그 무식한 돼지?"

"쉿! 그러다 듣겠네."

"흥, 들으라면 들으라지. 나랑 무슨 상관이라고."

"쯧쯧. 그렇게 생각이 없으니 허구한 날 돈을 잃지. 생각해 보게. 저 호구한테 밉보여서 자네가 낀 판에는 아예 끼지 않으면 어쩌겠나?"

"헉! 내 거기까지는 미처 생각을 못했군. 이거 등골이 서늘해지는데?"

"그러니 잠자코 구경이나 하게. 그나저나 오늘은 도박장이랑 붙는 걸 보니 도박장만 노 났군."

"그러게 말이야."

금철휘는 사람들의 대화를 흘려들으며 씨익 웃었다. 역시 제대로 인상을 심어줬다. 이들은 자신을 호구 중의 호구로 알고 있다. 그것도 금을 쏟아 내는 돈 많은 호구 말이다.

'딱 좋군. 도박장 하나 먹어 치우기 좋은 날이야.'

금철휘가 먼저 주사위를 굴렸다. 아무런 수작도 기술도 부리지 않은 정직한 굴리기였다. 하지만 운이라는 건 언제 어떻게 올지 모르는 일이다.

데굴데굴 굴러가던 주사위가 멈췄고, 뒤에 선 사람들이 일제히 탄성을 흘렸다.

"와아! 육육(六六)이다!"

주사위 눈 두 개가 나란히 육을 위로 했다. 더 이상 높은 수는 나올 수 없다. 하지만 이것이 바로 도박장이 마련한 함정이었다. 높은 수가 나오더라도 동점이면 도박장이 이긴다. 즉, 도박꾼이 정말 실력이 뛰어나다면 절대 질 수 없는 방식이었다.

도박꾼이 의미심장한 미소를 지었다. 원하면 언제든 육육을 낼 수 있었다. 그는 잠시 고민했다. 한 번 져줘서 상대의 기분을 들뜨게 만들어야 하는지, 아니면 단번에 기를 꺾어 버릴지 말이다. 물론 고민은 길지 않았다.

'져주기에는 액수가 너무 크지. 황금 오백 냥이라니.'

돈이야 도박장에서 지불해 주긴 하지만 만일 금철휘가 오백 냥을 따고 그냥 일어나 버린다면 그야말로 낭패였다. 아마 은밀한 곳으로 끌려가 손목이 잘릴지도 모르는 일이었다. 그런 모험을 할 수는 없지 않은가.

'미안하게 됐네. 뭐, 단칼에 잘려 더 큰돈을 잃지 않으니 오히려 더 나으려나?'

도박꾼은 그렇게 생각하며 주사위를 굴렸다. 그야말로 완벽한 굴림이었다. 주사위는 데굴데굴 판 위를 굴러가다가 이내 멈췄다. 육육(六六)이었다.

"와아!"

함성이 들려왔다. 하지만 반쯤은 야유가 섞여 있었다. 도박꾼이 기술을 발휘했다는 걸 다들 알고 있는 것이다. 도박장에 자주 오는 사람들은 도박꾼과 절대 주사위로 싸우지 않는다. 그들의 기술을 알기 때문이다.

육육으로 비겼으니 도박꾼의 승리다. 그는 만면에 미소를 띠고 전표를 가져왔다. 그러면서 금철휘의 표정을 살폈는데, 정말로 아무렇지도 않은 것을 보고 속으로 살짝 놀랐다.

'정말 돈이 많긴 많은 모양이구나. 금 오백 냥을 잃고도 눈하나 꿈쩍하지 않다니.'

도박꾼은 또 놀랐다. 금철휘가 다시 전표 한 장을 꺼냈는데, 이번에는 무려 천 냥짜리였다.

"통이 참으로 크시군요. 자, 이번에도 먼저 굴리시겠습니까?"

사실 도박꾼은 금철휘에게 한 번쯤 져줄 생각도 있었다. 그래야 희망을 가지고 계속 덤벼들 테니까 말이다. 하지만 지금은 그러지 못했다. 무려 금 천 냥이다. 오백 냥을 따 봐야 천 냥을 잃으면 똑같이 오백 냥을 잃게 되는 셈이다.

"먼저 굴려 봐."

금철휘의 말에 도박꾼이 빙긋 미소를 지으며 주사위를 굴렸다. 육육이었다. 금철휘가 다시 굴릴 필요도 없이 판이 끝나버린 것이다. 너무나 싱거운 판이었다.

"내가 굴릴 필요도 없군."

"이거 죄송하게 되었습니다."

"죄송하긴. 도박이 다 그런 거지."

금철휘는 품에서 다시 전표를 꺼냈다. 도박꾼은 전표의 액수를 보고는 헉 소리가 날 정도로 놀랐다.

"사, 삼천 냥!"

천 냥도 아니고 삼천 냥이라니. 도박꾼은 그제야 금철휘의 속셈을 알 수 있었다. 무조건 자신이 잃은 금액의 두 배를 거는 것이다. 이대로라면 나중에 한 번이라도 실수하면 완전히 끝장이었다. 도박꾼의 가슴이 살짝 떨렸다.

"이번엔 내가 먼저 굴릴까?"

금철휘가 주사위를 휙 던졌다.

삼오(三五). 작은 수는 아니었지만 판을 따기에는 모자란 숫자였다. 하지만 금철휘는 전혀 개의치 않았다.

도박꾼은 가벼운 마음으로 주사위를 굴리려 했으나 무려금 삼천 냥이 걸린 판이었다. 그러니 아무리 가벼운 마음을 먹으려 해도 절대 마음이 가벼울 수 없었다.

사육(四六).

도박꾼은 자신이 원하던 숫자가 나와 속으로 가슴을 쓸어

내렸다. 그리고 조심스럽게 전표를 챙겼다.

"역시 전표로 하니까 감각이 무뎌지는 거 같아. 안 그래?"

"예?"

도박꾼이 무슨 말인지 몰라 의아한 표정을 지었다. 하지만 이내 그 말에 담긴 뜻을 알 수 있었다. 건장한 사내 두 명이 커다란 궤짝을 하나 들고 들어온 것이다. 그들은 그 궤짝을 열고 뒤집어 안을 쏟아 냈다.

촤르륵!

금괴가 가득 쏟아졌다. 휘황찬란한 금빛이 도박장을 가득 메웠다. 구경하던 사람들 모두 깜짝 놀라 괴성에 가까운 탄성을 흘렸다. 물론 금철휘는 아무렇지도 않은 표정으로 도박꾼을 쳐다봤다.

"자, 이번엔 네가 굴려야지?"

"이, 이걸 다 거시는 겁니까?"

금철휘가 고개를 끄덕였다.

"응. 별거 아냐. 만 냥."

"허억! 금 만 냥이란 말입니까!"

도박꾼의 손이 살짝 떨렸다. 확실히 전표로 보는 것과 진짜 금을 보는 것은 많이 달랐다. 가슴에 확확 와 닿았다.

"뭘 그렇게 놀라? 굴려!"

금철휘의 목소리가 살짝 커졌다. 도박꾼이 화들짝 놀라 주사위를 굴렸다. 물론 완벽하게 기술을 발휘했다. 하지만 그건 본인의 생각일 뿐이었다.

"와아! 육이(六二)!"

좌중에 함성이 일었다. 육이면 합이 팔이다. 물론 작은 수
는 아니지만 금철휘가 하기에 따라 얼마든지 이길 수 있는 숫
자였다. 도박꾼의 안색이 창백해졌다. 자신은 실수하지 않았
다고 여겼지만 실제로는 실수를 한 것이다.

"뭐, 한 판에 끝낼 거 아니니까 그렇게 긴장할 거 없어."

금철휘는 그렇게 말하며 주사위를 휙 던졌다. 그 순간 근
처에서 누군가의 내공이 움직였다. 그러자 천령신공이 자연스
럽게 펼쳐졌다. 천령신공은 그 기운들이 주사위에 닿기 전에
흩어 버렸다.

"와아아!"

거대한 함성이 물결이 되어 도박장을 뒤흔들었다.

육삼(六三).

한 끗 차이로 금철휘가 승리한 것이다. 도박꾼이 온몸을
덜덜 떨었다. 이건 그냥 실수라고 넘어갈 만한 일이 절대 아니
었다. 금 만 냥을 대체 도박장이 어떻게 내놓는단 말인가. 물
론 그 전에 금철휘에게 딴 돈이 있으니 실제로는 오천오백 냥
이면 된다. 하지만 그것도 어마어마하게 큰돈이었다.

"돈 가져와야지?"

금철휘가 그렇게 말하며 턱짓을 하자, 궤짝을 들고 왔던
사내들이 금괴를 다시 담았다. 그리고 궤짝을 들고 바람같이

밖으로 나갔다.

도박꾼은 일단 자신이 땄던 전표를 다시 돌려줬다. 그리고 난감한 눈으로 금철휘를 바라봤다.

"돈이 모자라네? 이래서 도박장 운영할 수 있겠어?"

"잠시만 기다려 주십시오."

쩔쩔매는 도박꾼을 슬쩍 쳐다본 금철휘가 느긋하게 고개를 돌렸다.

"아, 이거 도박을 하라는 건지 말라는 건지⋯⋯."

다들 흥미로운 눈으로 그 상황을 지켜봤다. 과연 도박장이 금 오천 냥이 넘는 거금을 지불할 것인지도 궁금했고, 또 그렇게 돈을 지급받은 금철휘가 자리를 뜨지 아니면 계속 도박을 할지도 궁금했다. 그들은 그걸 가지고 또 내기를 했다. 역시 도박에 중독된 자들다웠다.

"여기 뒤에 남궁세가가 있지?"

금철휘의 물음에 도박꾼은 대답하지 못했다. 그거야 잘 알려진 사실이었다. 다들 쉬쉬하고 있을 뿐. 금철휘는 도박꾼의 대답이 필요했던 게 아니었다. 그 사실을 사람들에게 주지시키고 싶었을 뿐이었다.

금철휘가 크게 고개를 끄덕이며 말을 이었다.

"그럼 돈 떼먹힐 염려는 할 필요 없겠군."

금철휘의 말에 도박꾼이 긴장했다. 그리고 잠시 후, 일단의 사내들이 우르르 몰려왔다. 척 봐도 상당한 무공을 익힌 고수들이었다. 그리고 그 고수들의 호위를 받으며 중년인 하나가 느긋하게 걸어왔다. 그는 금철휘 앞에서 정중히 포권을 취했다.

"제가 이 도박장의 주인입니다. 지급이 늦어 죄송합니다. 워낙 액수가 큰지라 몇 가지 절차가 필요했습니다."

큰돈을 땄으니 따지지 말라는 뜻이었다. 물론 금철휘는 아무렇지도 않게 그 말을 받아넘겼다.

"알았으니 돈이나 빨리 줘. 나 그냥 갈까?"

"호오. 그 말씀은 도박을 계속하시겠다는 뜻입니까?"

금철휘가 씨익 웃었다.

"당연하지. 고작 주사위 네 번 굴렸어. 그걸로 끝낼 리 없잖아?"

"알겠습니다."

도박장 주인이 정중히 인사한 뒤 공손히 전표를 넘겼다. 그의 손이 살짝 떨렸다. 오천 냥짜리 전표와 오백 냥짜리 전표가 각각 한 장씩이었다. 도박장이 가진 재산의 절반에 해당하는 액수였다.

"자, 계산 끝났으면 주사위나 계속 굴리자고. 어디, 이번엔 내가 먼저 굴려 볼까?"

금철휘는 그렇게 말하며 품에서 전표 한 장을 꺼내 판 위에 올려놓았다. 다들 비명도 지르지 못할 정도로 놀랐다. 무려 십만 냥짜리 전표였다.

만일 금철휘가 이긴다면 도박장에서 그만큼의 액수를 지불 해줄 수 있을 리 없었다. 하지만 금철휘는 개의치 않았다. 또 한 도박장 주인도 개의치 않았다. 무조건 이길 수 있다는 자 신감이 있었기 때문이다.

도박장 주인이 슬쩍 옆을 쳐다봤다. 그와 함께 온 사내들 의 수장이 미미하게 고개를 끄덕였다.

사실 조금 전에 도박장에 상주하는 고수가 이미 내공을 써 서 금철휘의 주사위를 건드리려 했지만 실패했다. 하지만 무 사들의 수장은 도박장에 상주하는 고수와는 차원이 달랐다. 그랬기에 시간이 걸린 것이다. 이들을 남궁세가에서 데려와야 했기 때문에 말이다.

금철휘가 짤그락거리며 손에서 주사위를 흔들었다. 그리고 위로 휙 던졌다. 사방에서 은밀한 기운이 요동쳤다. 웬만한 고수라도 느끼지 못할 만큼 은밀했다. 하지만 금철휘의 감각 에는 너무나 선명하게 그것이 느껴졌다.

금철휘는 천령신공을 이용해 주사위 근처의 기운을 은밀하 게 비틀었다. 주사위가 데굴데굴 굴러갔다. 도박장 주인 옆에 선 사내의 얼굴이 시뻘게졌다. 원하는 대로 주사위를 만들기 위해 모든 내공을 집중한 것이다. 하지만 주사위는 그가 원 하는 것과는 조금 다르게 움직이고 있었다.

'이상하군.'

사내, 남궁철원은 인상을 찌푸렸다. 주사위를 움직이는 것이 생각처럼 잘 되지 않았다. 원하는 대로 움직이긴 하는데, 그 움직임이 미묘하게 원하는 것과 달랐다.

이윽고 주사위 하나가 멈췄다.

육(六).

거대한 함성이 울렸다. 나머지 하나의 주사위는 여전히 구르고 있었다. 남궁철원은 모든 내공을 발휘해 주사위를 움직였다. 주사위가 원하는 방향으로 살짝 비틀렸다. 그렇게 안심한 순간 주사위가 한 바퀴를 더 굴렀다.

육(六).

"우와아아아아아아아!"

도박장이 떠나갈 듯한 함성이 울렸다. 육육이 나온 것이다. 무려 십만 냥이다. 이제 도박꾼은 무조건 육육을 내야만 한다. 주사위를 잡은 도박꾼의 안색이 창백해졌다. 창끝에 목을 들이민 기분이었다. 한 번 실수를 했기에 다시 실수할 수도 있다는 생각이 드니 손이 덜덜 떨렸다.

그것을 본 도박장 주인이 눈살을 찌푸렸다.

"상대를 바꿔도 되겠습니까?"

당연히 안 된다. 하지만 무려 금 십만 냥이 걸린 만큼 도박장 주인은 할 수 있는 모든 것을 다 해볼 생각이었다.

금철휘는 도박장 주인을 물끄러미 쳐다봤다. 눈빛 하나 흔들리지 않는 모습에 피식 웃고는 손가락을 들어 그를 가리켰다.

"그럼 네가 직접 굴려."

도박장 주인의 안색이 환해졌다.

"그래도 되겠습니까?"

금철휘가 고개를 끄덕이자, 도박장 주인이 도박꾼에게 주사위를 빼앗아 버렸다. 그리고 그를 밀어 판 밖으로 쳐 냈다. 무사 둘이 기다렸다는 듯 그를 끌고 갔다.

도박장 주인이 차분히 심호흡을 했다. 그 역시 뛰어난 도박꾼이었다. 당할 자가 없을 정도로 배짱과 기술이 뛰어났다. 하지만 아무리 그라도 금 십만 냥을 앞에 두고 있으니 슬며시 긴장됐다.

'긴장하지 말자. 어차피 똑같아. 실수만 하지 않으면 무조건 이긴다.'

금철휘는 느긋한 얼굴로 기다렸다. 수를 쓸 필요도 느끼지 못했다. 이번에 지면 다음에는 삼십만 냥을 걸 생각이었다. 거기서 또 지면 그다음에는 백만 냥을 걸 것이다. 그다음에는 오백만 냥, 그다음에는 천만 냥이다.

그런 식으로 판돈을 올려 버리면 세상 누가 오더라도 금철휘를 이길 수 없을 것이다. 그들이 실수 한 번만 하면 그대로 끝이다. 그리고 보통 그런 상황에서는 실수를 할 확률이 높아진다. 지나치게 긴장하기 때문이다.

도박장 주인이 심호흡을 마치고 주사위를 든 손을 흔들었다. 정확히 기술을 구사해야만 한다.

내공을 이용해 주사위를 건드리는 건 불가능할 것이다. 남궁세가의 고수들이 기감을 있는 대로 끌어올려 방비하고 있기 때문이다. 보아하니 금철휘에게 그럴 능력이 있을 것 같지도 않았다. 또한 그럴 생각이 있는 것 같지도 않았다.

도박장 주인이 지그시 눈을 감았다가 떴다. 그리고 주사위를 던지려 했다. 그때 그의 눈에 탁자를 톡톡 두드리는 금철휘의 손가락이 보였다. 금철휘의 손가락이 있는 곳에 전표가 있었다. 금 십만 냥짜리 전표였다. 그걸 본 순간 그는 자신도 모르게 긴장해 버렸다.

툭!

주사위가 손을 떠났다. 도박장 주인은 심장이 덜컥 내려앉았다. 기술을 건 순간 손끝이 흔들렸다. 평생 한 번도 하지 않은 실수를 지금 한 것이다.

주사위가 속절없이 굴러갔다. 도박장 주인은 손에 땀을 쥐었다. 그리고 첫 번째 주사위가 멈췄다.

육(六).

도박장 주인은 속으로 쾌재를 부르며 주먹을 불끈 쥐었다. 불안했는데 기술이 제대로 들어간 모양이었다. 지금 멈춘 주사위를 손에서 놓은 순간 떨렸으니 나머지 하나의 주사위는 확인할 필요도 없었다.

도박장 주인이 환한 얼굴로 고개를 들어 금철휘와 금철휘 뒤에 늘어서 있는 남궁세가의 무사들을 바라봤다. 확신에 찬 그의 눈빛에 남궁세가 무사들이 미미하게 고개를 끄덕였다. 그리고 금철휘는 여전히 평소와 전혀 다르지 않은 얼굴로 굴러가는 주사위를 바라보고 있었다.

'훗. 아무리 아무렇지도 않은 척하려 해도 속은 좀 쓰릴 것이다.'

도박장 주인이 만일 금철휘의 속을 읽을 수 있었다면 기함을 하고 도망갔을 것이다.

그리고 도박장 안에 거대한 함성이 일어났다.

남궁세가 무사들의 얼굴이 그대로 일그러졌다. 도박장 주인은 깜짝 놀라 판 위에 놓인 주사위를 확인했다.

육오(六五).

도박장 주인이 망연자실한 얼굴로 털썩 주저앉았다. 무려 금 십만 냥이었다. 절대 지불할 능력이 없었다. 대체 이를 어쩐단 말인가. 그의 얼굴이 덜덜 떨렸다.

"고작 십만 냥에 그렇게 벌벌 떨면서 무슨 도박을 한다고 그래?"

금철휘가 피식 웃으며 전표를 다시 챙겼다. 사람들의 시선이 금철휘의 품으로 향했다. 대체 그 안에 얼마나 많은 전표가 숨어 있을지 너무나 궁금했다.

"자, 일단 계산부터 끝낸 다음 계속하지?"

금철휘의 말에 도박장 주인이 온몸을 덜덜 떨며 남궁철원을 바라봤다. 남궁철원은 한숨을 푹 내쉬고는 고개를 저으며 돌아서서 도박장을 나가 버렸다. 그 의미를 짐작한 도박장 주인이 진저리를 쳤다.

"후우. 사실대로 말하겠소. 우리 도박장에는 더 이상 지불 능력이 없소이다."

"돈도 없으면서 도박을 했다 이건가?"

금철휘가 자리에서 일어났다. 그러자 지금까지 그를 버티고 있던 의자가 우지끈 부서져 버렸다. 도박장 주인은 그 의자의 모습이 마치 자신이 처한 상황 같아서 암담해졌다.

금철휘가 손을 내밀었다.

"그럼 도박장이라도 넘겨."

"예?"

"도박장에 있는 돈 싹 긁어 오고, 도박장을 넘기라고. 무슨 말인지 모르겠어?"

도박장 주인은 한숨과 함께 자리에서 일어났다. 오늘부로 이 도박장은 금철휘의 것이었다.

*　　　*　　　*

금철휘가 남궁세가의 도박장을 박살 냈다는 소문이 합비에 파다하게 돌았다. 그리고 결과적으로 그 소문은 남궁세가의 위신을 바닥까지 끌어내렸다.

소문의 방향이 참으로 묘했다. 남궁세가가 도박장을 운

영하는데, 금철휘가 그 도박장을 도박으로 무너뜨렸다. 한데 남궁세가가 도박장이 진 빚을 갚지 않아 도박장 자체가 금철휘에게 넘어갔다는 내용이었다.

남궁세가가 도박장을 운영했다는 소문에 돈을 갚지 않았다는 소문까지 겹쳐서 도니 남궁세가의 위신이 떨어지는 건 당연했다. 소문이 퍼지는 속도도 엄청났다. 벌써 합비에서는 모르는 사람이 없을 정도고 합비를 넘어 안휘 곳곳으로 소문이 흘러들어 갔다.

그리고 거기에 더해 묘한 소문 하나가 더 돌았다. 남궁세가가 금철휘에게 앙심을 품고 무사들을 보내 습격했다는 것이었다. 남궁세가에서는 얼토당토않은 소문이라고 일축했지만 대부분의 사람들은 그 소문을 사실로 믿었다. 소문에 담긴 정황과 상황이 너무나 자세하고 흠잡을 곳이 없었기 때문이다.

남궁세가의 외총관인 남궁명철은 심각한 눈으로 자신의 앞에서 고개를 숙이고 앉아 있는 남궁철원을 노려봤다.

"제정신이더냐! 실패를 할 거면 아예 시도를 하지 말았어야지! 이게 지금 무슨 꼴이란 말이냐!"

남궁철원은 할 말이 없었다. 명백히 자신의 실수였다. 애초에 도박장에서 내공을 이용해 주사위를 조절했어야 한다. 그걸 실패한 게 가장 통렬했다. 그것만 아니라면 어쩌면 수십만 냥의 금을 얻었을지도 모른다. 금 수십만 냥이면 세가를 한

단계 위로 올릴 수도 있는 막대한 금액이었다.

"도박장이야 잃어버릴 수도 있다. 그따위쯤 사라져도 얼마든지 다른 곳에서 돈을 벌 수 있으니까. 하지만 바닥으로 떨어진 위신을 다시 올리려면 얼마나 많은 돈과 힘이 드는지 아느냐?"

"죄송합니다."

"대체 왜 실패를 했느냐? 고작 상가의 자식 하나 잡는 게 그리 힘들더냐? 혹 그의 호위가 그리 대단한 인물이더냐?"

"아닙니다. 그에게는 딱히 호위가 붙어 있지 않았습니다."

"하면 그가 그 정도로 고수였더냐?"

남궁철원은 잠시 뜸을 들이다 억눌린 목소리로 대답했다.

"그것도…… 아닌 듯합니다."

"아닌 듯하다? 아니면 아니고 기면 기지, 듯하다니?"

남궁철원은 고개를 푹 숙이고 당시 상황을 설명했다.

"금철휘가 도박장에서 나가는 걸 확인하고 뒤를 밟았는데, 그를 쫓는 다른 무리들이 있었습니다."

"다른 무리?"

"합비 암흑가의 놈들과 패천보에서 은밀히 파견한 무사들이었습니다."

남궁명철이 눈을 번득였다.

"지금 감히 그놈들이 우리 남궁세가에 칼을 들이댔다 이 말이더냐!"

남궁철원이 한숨을 푹 내쉬었다.

"그게 아니라 그들도 금철휘를 노리고 있었습니다."

남궁명철의 얼굴이 크게 일그러졌다.

"아무리 그래도 우리 일에 그들이 양보를 하지 않았다는 말 아니냐!"

남궁명철은 절대 이번 일을 그냥 넘어갈 생각이 없었다. 이런 일일수록 철저히 처리해야 후환이 없는 법이다. 남궁세가의 위신을 바닥까지 떨어뜨린 놈들이다. 암흑가건 패천보건 전혀 상관없었다. 무조건 박살을 내 버릴 생각이었다.

"그게 아닙니다."

남궁철원이 고개를 숙이며 말하자, 남궁명철이 짜증을 냈다.

"아니긴 뭐가 아니란 게냐! 똑바로 말하지 못하겠느냐!"

"그저 방해가 많아 금철휘를 쫓기 어려웠을 뿐입니다. 너무 많은 사람들이 몰려들었습니다."

"뭐라? 그럼 고작 그 돼지가 도망가는 걸 못 잡았다는 것이더냐!"

남궁철원의 고개가 더욱 아래로 내려갔다. 정말 할 말이 없었다. 금철휘가 그렇게 재빠르게 도망갈 줄은 몰랐다. 더구나 길을 따라 도망간 게 아니라 아무 건물이나 들어가 금원보를 던지며 그 안에 있는 사람들을 단숨에 매수해 쫓아오는 자들의 발을 잡으니 쉽게 쫓기가 어려웠다.

돈에 눈이 먼 사람들은 금철휘를 쫓아서 건물에 들어온 사람이 남궁세가 사람인지 아니면 그저 파락호들인지 얼른 구분할 수 없었으니까 말이다.

남궁철원은 금철휘를 쫓던 상황을 차근차근 설명했다. 그 설명을 모두 들은 남궁명철은 감탄하고 말았다.

"정말 돈이 어마어마하게 많긴 한 모양이구나."

사실 그때 쓴 돈은 생각보다 많지 않다. 남궁명철도 그쯤은 파악했다. 하지만 그런 큰돈을 아무렇지도 않게 뿌리려면 보통 배포로 되는 일이 아니다. 금철휘의 행보를 가만히 따져 보면 돈이 주체할 수 없을 정도로 많아 돈을 버리는 것과 쓰는 것의 차이가 느껴지지 않는 듯했다.

"후우. 일단 놓친 건 어쩔 수 없으니 넌 그놈을 다시 찾아라. 이번 일에 한해 비월당을 마음껏 이용할 수 있는 권한을 주마. 그러니 비월당은 물론이고 합비에 자리한 다른 정보조직들의 힘까지 모조리 이용해서 그놈을 찾아라."

"알겠습니다."

남궁철원은 비교적 가벼운 표정을 지었다. 비월당은 남궁세가의 정보를 총괄하는 곳이다. 그들의 힘을 이용할 수 있다면 금철휘 하나 찾는 건 일도 아니었다. 더구나 합비 내에서 비월당의 능력은 절대적이다. 그들이 마음먹고 나선다면 뭐든 알아낼 수 있었다.

남궁명철은 예를 취하고 나가는 남궁철원을 보며 눈살을

찌푸렸다. 꽤 능력이 있어서 중용하고 싶은데, 가끔 결정적인 순간에 실수를 한다.

"한 번만 더 기회를 줘 보고 그것도 실패하면 쳐 내는 수밖에."

남궁세가에는 그 말고도 수많은 인재들이 있다. 그리고 그 인재들이 바로 남궁세가가 가진 힘의 근간이었다. 무능한 자들은 필요 없었다. 남궁철원은 아마 조만간 머리를 전혀 쓸 필요 없는 무력조직에 들어가게 될 것이다. 남궁명철이 그렇게 만들 테니까 말이다.

제9장
남궁세가와 패천보

합비 암흑가들 간의 싸움이 잦아들었다. 그러자 사람들의 왕래가 다시 늘어났고, 바닥을 쳤던 경기가 슬며시 살아났다. 하지만 워낙 경기가 위축된 상황이라 상황이 쉽게 나아지지 않았다.

그리고 금철휘는 그렇게 경기가 바닥을 친 상황에서 은밀히 합비의 점포들을 사들였다. 실로 어마어마한 금액이 풀렸다. 원래대로라면 그렇게 풀린 돈 때문에 경기가 다시 살아나야 하지만, 그러려면 사람들이 돈을 써야 하는데 밖으로 돌아다니는 사람이 별로 없어서 경기는 그대로였다.

금철휘는 이 기회를 놓치지 않고 계속해서 점포들을 사들였다. 그중에는 객잔이나 기루, 주루도 다수 포함되어 있었다.

경기가 악화되니 합비를 근거로 한 무가들도 상황이 조금씩 어려워졌다. 그들 역시 당장 돈이 안 되는 점포들을 정리하기 시작했다. 물론 몽땅 다 팔아 치우지는 않았다. 유지하기 어려운 것들을 위주로 팔았고, 금철휘는 그것들을 은밀히 사들였다. 그중에는 남궁세가나 패천보에서 내놓은 매물도 있었다.

실질적으로 매물을 사들이는 것은 백총관이 맡았기 때문에 누구도 설마 금철휘가 자신들이 내놓은 점포를 샀다고 생각하지 못했다.

그렇게 막대한 돈을 푸니 시간이 흐르면서 자연스럽게 경기가 살아났다. 그리고 돈이 엄청나게 풀린 것을 반증하듯 물가가 미친 듯이 치솟았다. 물가뿐 아니라 점포들의 가격 역시 마찬가지였다.

"중간보고를 하고자 합니다. 매물이 급격히 줄었습니다. 게다가 요즘 가격이 많이 올라 종전보다 몇 배나 더 많은 자금이 필요합니다. 그래도 계속 구입할까요?"

백총관의 말에 금철휘가 고개를 저었다.

"그런 바보짓을 할 필요는 없지. 자, 그럼 이제 즐겁게 기다려 볼까?"

금철휘의 말에 백총관은 그가 무슨 생각을 하는지 대번에 알아챘다.

"가격이 높아지면 다시 판매하실 생각이십니까?"

"당연하지. 그걸 가지고 있어서 뭐해? 알짜배기 빼놓고는 싹 팔아 버려. 뭐가 알짜배기인지는 알지?"

"이미 조사를 마쳤습니다."

백총관은 그렇게 말하고는 다시 사라져 버렸다. 금철휘는 만족스런 표정으로 고개를 끄덕인 다음 목을 이리저리 움직였다. 우드득거리는 소리가 목 여기저기서 들려왔다.

"이거 몸을 너무 안 움직였더니 찌뿌드드하네. 어디 화끈한 일 없나?"

금철휘는 몸을 일으켜 어슬렁거리며 밖으로 나갔다. 남궁세가에서 자신을 찾느라 눈에 불을 켜고 있다는 정보를 금향각으로부터 들었다. 하지만 금철휘는 전혀 걱정하지 않았다.

그동안은 금향각이 효과적으로 정보를 차단했기에 아무리 남궁세가라도 금철휘가 어디 있는지 전혀 알 수 없었다. 하지만 이렇게 대놓고 움직인다면 얘기가 좀 달라진다. 물론 금향각은 지금 이 상황에서도 최선을 다해 금철휘에 대한 정보를 차단할 것이다.

"역량을 한번 시험해 보는 것도 나쁘지 않지."

금철휘는 금향각에 상당히 많은 기대를 하고 있었다. 금향각에 들어간 돈이 어마어마했지만 그들의 정보망을 생각하면 푼돈에 이룬 거나 다름없었다. 사해방과 싸우면서 그들의 힘을 일정 부분 흡수한 것이 주효했다. 향후 금향각은 금룡장의 가장 큰 힘이 될 것이다.

오랜만에 합비 거리로 나오니 기분이 상쾌했다. 금철휘는 일단 한동안 못 만났던 한서연과 화영부터 찾아가 보기로 했다. 둘이 어떤 표정을 짓고 있을지 떠올리니 웃음부터 났다.

그녀들이 어디 있는지는 바로 알 수 있었다. 금철휘 주위에 항상 은신해 있는 정보원이 알려주었기 때문이다. 둘은 지금 의외로 함께 있었는데, 합비에서 가장 큰 주루인 한화루에 있다고 했다.

"둘 다 기루에 있다고? 손님이라도 받는 거야? 뭐야?"

금철휘의 말에 정보원이 난감한 표정으로 대답했다.

"뭐, 비슷합니다. 남궁세가의 이공자가 거의 협박하다시피 해서 두 아가씨를 모셨습니다."

"남궁세가? 뭐, 어차피 부딪칠 거 조금 미리 부딪치는 셈 칠까?"

금철휘는 발걸음을 서둘러 한화루로 향했다. 한화루는 그 명성에 걸맞게 십여 층에 달할 정도로 거대했는데, 그 근방에 사람들이 바글거렸다.

"이야, 여기 돈 좀 벌겠네?"

"그래도 아직 그동안 낸 적자를 메우려면 턱없이 부족합니다."

"그래?"

"최소한 반년은 이 상태를 유지해야 간신히 적자만 메울 수 있을 것 같습니다."

"본전 뽑으려면 십 년은 필요하겠네. 뭐, 어차피 돈 많이 벌
자고 산 건 아니니까."

금철휘는 대수롭지 않게 중얼거리며 한화루 안으로 들어섰
다. 수많은 기녀들이 몰려와 금철휘를 맞이했다. 과연 합비제
일루였다. 기녀들의 미모가 하나같이 훌륭했다. 금철휘는 그
녀들의 모습을 하나하나 유심히 살피며 안으로 들어갔다.

"이리로 오십시오. 제가 모시겠습니다. 원하시는 아이들이
있다면 미리 말씀해 주십시오."

그중 가장 나이가 많은 기녀가 대표로 앞에 나서서 말했
다. 실질적으로 이곳 한화루의 기녀들을 관리하는 여인이었
다.

"루주 보러 왔다."

금철휘의 말에 기녀들의 안색이 어색하게 굳었다. 사실 루
주를 보겠다고 오는 사내들은 헤아릴 수 없이 많았다. 하지
만 그 모든 사내들이 루주를 만날 수 있는 건 아니었다.

"루주님께서는 지금 몸을 빼실 수 없는 상황입니다. 부디
헤아려주세요."

"루주한테 내 얘기나 전해. 만나고 말고는 루주가 정하는
거 아냐?"

기녀들은 난감한 표정을 지었다. 이렇게 루주를 만나겠다
는 사내가 올 때마다 루주에게 보고한다면 루주는 정말 아

무엇도 할 수 없을 것이다. 그만큼 이곳을 찾아오는 손님이 많았고, 그 손님들 중 루주를 찾는 사람도 엄청나게 많았다. 그렇기에 루주가 만나야 하는 사람들을 추려 내는 것도 그녀의 임무 중 하나였다.

금철휘는 그녀의 입장을 이해한다는 듯 품에서 주머니 하나를 꺼냈다. 그리고 그것을 뒤집어 바닥에 쏟았다. 주머니에서 누런 금덩이가 후두둑 떨어졌다.

바닥을 뒹구는 것은 금원보 열 개였다. 모든 기녀들의 눈이 화등잔만 해졌다. 그리고 눈빛에 열망이 떠올랐다. 그녀들이 이렇게 기루에서 웃음을 팔고 몸을 파는 것이 모두 돈 때문이었다. 한데 이렇게 많은 돈을 보니 욕망이 안 떠오를 리 있겠는가.

상대는 그저 살이 쪘다고 말하기에도 미안할 정도로 비대한 돼지였다. 하지만 기녀들에게 그런 건 전혀 상관없었다. 갑자기 기녀들이 우르르 금철휘에게 몰려갔다.

"굳이 루주님을 뵐 필요 있나요? 제가 훨씬 더 잘해 드릴 수 있는데."

"제 몸을 한 번 겪어 보시면 딴 여자는 아예 생각도 못하실 걸요?"

기녀들이 금철휘에게 은밀히 몸을 비비며 유혹을 시작했다. 기녀들의 콧대가 높기로 유명한 한화루에서 보기 어려운 광경이었다. 물론 금철휘는 그런 기녀들에게 거의 관심이 없었다.

"자, 이제 루주 좀 만나도 될까?"

금철휘의 말에 기녀들을 관리하는 여인이 결국 한숨을 내쉬었다.

"하아. 어쩔 수 없네요. 절 따라오세요. 하지만 한참 기다리셔야 할지도 몰라요. 지금 중요한 분을 만나고 계시거든요."

금철휘가 씨익 웃었다.

"넌 말만 전하면 돼. 내 외모를 잘 설명하고, 합비를 반쯤 샀다고 전해."

"예에?"

여인이 황당한 표정을 지었다. 합비를 반이나 샀다니, 대체 그게 무슨 허황된 말인가. 합비가 얼마나 큰데 합비를 산단 말인가.

'허풍도 자기 몸처럼 크게 치네.'

여인은 고개를 끄덕인 뒤 금철휘를 위층으로 안내했다. 지금 루주가 있는 곳은 최상층이었다. 본래는 손님을 받는 공간이 아니었지만 지금은 어쩔 수 없었다. 남궁세가의 이공자가 우격다짐으로 밀고 들어왔으니 말이다.

상황을 생각하니 또 한숨이 나왔다. 여인은 서둘러 발걸음을 옮겨 금철휘를 구 층으로 안내했다. 십 층 전각이었으니 최상층이 아닌 그 아래로 안내한 셈이다. 손님이 갈 수 있는 곳은 딱 여기까지였다.

금철휘는 대수롭지 않게 받아들이고 자리에 앉았다. 의자가 비명을 지르는 광경을 보며 여인이 고개를 한 번 젓고는 방에서 나갔다. 그리고 위층으로 올라갔다. 일단 말은 전하겠지만 남궁세가의 이공자가 어떤 반응을 보일지 걱정스러웠다.

한서연과 화영은 속으로 짜증을 삼키며 자리를 지키고 앉아 있었다. 남궁세가의 이공자인 남궁준걸이 끊임없이 의미심장한 눈길을 보냈지만 두 여인의 마음을 움직이기에는 턱없이 모자랐다.

"하하. 이렇게 아름다운 분들과 술을 마시니, 평소와는 달리 취기가 금방 올라오는구려."

"많이 취한 것 같긴 하네요. 하면 이제 자리를 파할까요?"

화영의 노골적인 물음에 남궁준걸이 크게 웃으며 고개를 저었다.

"하하하하. 어찌 꽃을 두고 자리를 뜰 수 있겠소. 꽃의 마음도 아직 못 얻었는데 말이오. 내 술에 먹히는 한이 있어도 끝까지 자리를 지키겠소. 하하하하."

남궁준걸의 끔찍한 말에 한서연이 몸을 부르르 떨었다. 그것을 본 남궁준걸이 또 말을 던졌다.

"호오. 내 말이 그렇게 감동스러웠소?"

"예에?"

"방금 소름이 돋을 정도로 감동해 몸을 떠시지 않으셨소? 한 소저의 그 자태를 보니 내 몸도 떨릴 지경이오. 하하하하."

한서연과 화영은 동시에 같은 생각을 떠올렸다.

'미친놈.'

어떻게 남궁세가의 이공자라는 사람이 이렇게 경망스럽고 천박할 수가 있단 말인가. 그나마 자신들을 기녀 취급하지 않는 게 다행이었다. 솔직한 심정으로는 당장이라도 내치고 싶은데, 남궁준걸의 뒤에 있는 남궁세가 때문에 어쩔 수 없이 꾹 참고 있는 중이었다.

'그래도 믿고 맡겼는데 완전히 망칠 수는 없잖아.'

그렇게 두 사람에게는 지루하고 한 사람에게는 즐거운 술자리가 한창 이어지고 있을 때, 조용히 문이 열리고 기녀 하나가 들어왔다. 금철휘를 안내한 기녀들의 책임자였다.

그녀는 조용히 화영에게 다가가 귓속말로 뭔가를 전했다. 화영의 눈이 살짝 커졌다. 화영은 그녀에게 귓속말로 전했다.

"옆방으로 모셔."

이번에는 기녀의 눈이 커질 차례였다. 대체 그 돼지가 누군데 십 층으로 모신단 말인가. 십 층은 엄밀히 따지면 기루가 아니었다. 한화루 십 층은 화영과 한서연의 집무실이었다. 같은 구조의 집무실이 합비에 있는 객잔 중 최고로 일컬어지는 청라객잔에도 있었다.

이곳에는 그 어떤 손님도 모시지 않는다. 남궁준걸의 경우도 절대 들이지 않으려 했지만 그가 막무가내로 밀고 들어온 것이었다. 남궁세가의 무사들을 열이나 이끌고 와서 힘으로 밀어붙이니 고작 기녀들이 당해 낼 수 있을 리 없었다.

"뭐해? 빨리 가지 않고."

화영의 말에 기녀가 고개를 꾸벅 숙인 후, 다시 남궁준걸에게 예를 취하고는 밖으로 나갔다. 남궁준걸은 술잔을 비우며 그 광경을 가만히 지켜보고 있었다. 그의 눈빛이 점점 차가워졌다.

"내 기분이 그리 좋지 않다는 건 짐작하시겠소?"

화영과 한서연이 아무런 말도 하지 않고 그를 쳐다봤다. 두 여인의 반짝이는 눈빛을 보고 있으니 남궁준걸도 화가 한 풀 꺾였다. 하지만 그래도 기분이 더러운 건 마찬가지였다. 아니, 오히려 더 짜증이 났다.

"대체 그 뚱땡이가 뭐기에 내게도 스스로 열지 않았던 공간을 연 것이오?"

남궁준걸의 눈에 광망이 스쳤다.

"제 말을 엿들으셨군요?"

화영이 질책하듯 말하자, 남궁준걸이 피식 웃으며 고개를 저었다.

"엿들은 게 아니라 저절로 들린 거요. 나쯤 되는 고수는 특별히 의식하지 않아도 그 정도 소리는 다 들린다오."

남궁준걸은 스스로 술을 한 잔 따라 단숨에 들이켰다. 그리고 두 여인을 똑바로 바라보며 말했다.

"그 뚱땡이 이리로 데려오시오. 나도 좀 봐야겠소. 과연 어떤 놈이기에 그대들이 그렇게 남다른 대접을 해주는지 말이오."

말인즉슨, 자존심이 상했으니, 그 돼지를 대령하라는 뜻이었다. 적당히 망신 좀 줘서 쫓아내겠다는 뜻이기도 했다.

한서연과 화영이 난감한 표정을 지었다. 그녀들 역시 금철휘가 남궁세가의 도박장을 도박으로 삼킨 일을 알고 있다. 또한 그 일로 인해 남궁세가와의 관계가 좋지 않다는 것도 안다. 그렇기에 금철휘가 남궁준걸과 마주치는 상황이 꺼려졌다.

둘이 난감한 표정을 짓자, 남궁준걸의 입매가 뒤틀렸다. 당연히 마음도 뒤틀렸다. 그녀들의 표정에서 금철휘를 생각하는 마음을 읽었기 때문이다. 갑자기 짜증이 확 났다.

"지금 내 말이 말 같지 않은가?"

남궁준걸의 몸에서 진득한 살기가 흘러나왔다. 한서연과 화영 역시 보통 고수가 아니다. 남궁준걸이 비록 남궁세가의 이공자로 세가의 절기를 어릴 때부터 수련해 굉장한 고수가 되었다지만, 한서연 역시 후기지수 중에서는 손꼽힐 정도로 강하다.

한서연은 표정을 굳히며 남궁준걸의 살기를 사방으로 흩어 버렸다. 한서연보다 살짝 무위가 떨어지는 화영을 배려한 행동이기도 했다.

"이게 무슨 짓이죠? 지금 저희에게 행패를 부리시는 건가요?"

"훗, 행패? 못 부릴 것 없지. 고작 이따위 기루 하나 날아간다고 해서 사람들이 눈 하나 깜짝할 것 같은가? 우리 남궁세가의 힘이 이 합비에서 얼마나 대단한지 몸소 느끼게 해줄까?"

그렇게 말한 남궁준걸의 얼굴에 비웃음이 한가득 떠올랐다.

"뭐? 합비를 반쯤 사? 고작 그따위 허풍에 넘어갈 정도로 보잘것없는 여자들이었던가?"

화영이 남궁준걸을 쳐다보며 묘한 표정을 지었다. 확실히 보통 사람이라면 허풍이라고 여기는 게 당연하다. 하지만 화영이나 한서연은 결코 그렇게 받아들일 수 없었다. 그 말을 한 사람이 금철휘라면 말이다.

"고작 그런 여자들이라면 더 이상 예의를 지킬 필요도 없겠지. 그저 그런 기녀만도 못해 보이니까."

남궁준걸이 자리에 앉은 채로 근처에 서 있는 무사들에게 눈짓을 보냈다. 그들은 이런 비슷한 일을 자주 처리한 경험이 있는지 전혀 당황하지 않고 아주 자연스럽게 움직여 화영과 한서연을 포위했다. 그리고 힘을 모아 기막을 펼쳤다. 소리가 빠져나가면 곤란하기 때문이다.

남궁준걸은 확실한 사람이었다. 자신의 음심을 한껏 채운 뒤에는 반드시 그를 따라다니는 호위무사들에게도 여자를 나

뉘주었다. 물론 강제로 말이다. 한두 번 있었던 일이 아니었기에 그들도 자연히 기대를 품었다.

한서연이나 화영의 미모는 정말로 다시 보기 힘들 정도로 대단했다. 그런 여인을 강제로나마 품어 볼 수 있다고 생각하니 가슴이 떨릴 지경이었다.

"원래 처음부터 이럴 작정이었죠?"

화영의 말에 남궁준걸은 가타부타 대답하지 않고 미소만 지었다. 그럴 작정이었든 아니든 무슨 상관이랴. 지금부터가 중요한 것을.

한서연은 즉시 자리에서 일어났다. 검을 두고 온 것이 한스러웠다. 하지만 검이 없다고 그녀가 약한 것은 아니었다. 다만 문제는 남궁준걸보다 오히려 그를 호위하는 무사들의 실력이 월등히 높다는 점이었다.

남궁준걸 혼자라면 한서연만 나서도 능히 제압할 수 있었다. 한서연의 실력은 그 정도로 출중했다. 백검화의 수제자라는 건 아무나 할 수 있는 것이 아니었다. 한서연의 손에는 젓가락 하나가 들려 있었다.

남궁준걸의 입가에 슬쩍 비웃음이 걸렸다.

"젓가락? 아예 발악을 하는군. 역시 천박해."

한서연이 그를 똑바로 노려봤다. 뭐라고 한마디 해주려고 하는데 남궁준걸이 먼저 느물거리는 미소와 함께 입을 열었다.

"오오, 그렇게 보니 더 예쁘군. 오늘 밤이 아주 즐겁겠어. 뭐, 이런 멋진 기루의 주인이라니, 내게 몸을 주고 나면 이 기루도 주려나?"

한서연은 치를 떨었다. 지금까지 이런 식으로 본성을 숨기고 접근해서 얼마나 많은 여자들을 농락했을지 생각하니 속에서 뭔가가 불끈 치밀어 올랐다. 젓가락을 쥔 손에 힘이 꽉 들어갔다.

"어디 얼마나 천박하게 몸을 놀리는지 구경이나 해볼까?"

남궁준걸의 말이 떨어지기 무섭게 방문이 활짝 열렸다. 모두의 시선이 그쪽으로 향했다. 그곳에는 그들이 말하던 뚱땡이, 금철휘가 서 있었다.

"무사가 목숨 걸고 싸우는 게 왜 천박해? 진짜 천박한 건, 그런 말을 내뱉는 싸구려 입을 가진 너 같은 놈이야."

남궁준걸의 눈썹이 꿈틀거렸다.

"돼지새끼가 입만 살았군."

금철휘가 뒤뚱거리며 방 안으로 들어섰다.

"입이 살았는지, 아니면 다른 게 살았는지는 겪어보지 않으면 모르지. 안 그래?"

금철휘가 씨익 웃으며 방안에 있는 사람들과 하나하나 눈을 마주쳤다. 그 눈빛이 상당히 의미심장했기에 말한 내용도 자칫 다르게 해석될 여지가 있었다. 한서연과 화영이 동시에 얼굴을 붉히자, 남궁준걸이 화를 벌컥 냈다.

"역시 저 천박한 허풍에 넘어가 할 짓 못할 짓 다 한 모양이군."

남궁준걸은 이글이글 타오르는 눈으로 금철휘를 노려봤다. 불같은 질투심이 일었다.

"뭣들 해? 저 돼지부터 꿇리지 않고. 내 오늘 평생 지울 수 없는 치욕을 줄 테니까 어디 한번 잘 버텨 보라고."

남궁준걸이 섬뜩한 눈빛으로 한서연과 화영을 쳐다보며 말을 덧붙였다.

"너희들도 마찬가지야. 죽고 싶다는 생각이 간절하도록 만들어주지."

남궁준걸의 말이 끝나자, 남궁세가 무사들이 천천히 움직였다. 그들은 포위망 안에 금철휘까지 끌어들였다.

"어디 보자……. 남궁세가의 이공자를 호위하는 무사들이라 이거지?"

금철휘는 천령신공을 발휘해 그들 주위에 휘도는 기운의 흐름을 살폈다. 강력하고 날카로웠다. 하지만 장중함이 없었다. 사실 금철휘는 남궁세가의 무공을 제대로 겪어 봤다. 남궁세가 무공의 가장 큰 특징은 장중함이었다.

"뭐야? 너희들 진짜 남궁세가 맞아? 남궁세가 놈들이 왜 이리 비실거려?"

금철휘의 말에 모욕감을 느낀 무사들이 일제히 분노했다. 그들의 몸에서 쏟아져 나온 기파가 방 안을 거칠게 헤집었다.

하지만 여전히 장중함과는 거리가 멀었다. 금철휘는 고개를 저었다.

"이건 뭐, 흉내도 못 내고 있네."

금철휘는 더 볼 것도 없다는 듯 손을 휘저었다.

퍼억!

가장 가까이 있던 무사 하나가 금철휘가 휘두른 손에 맞아 뒤로 확 날아갔다.

쿠당탕!

집기를 다 부수며 날아간 무사가 바닥에 쓰러지며 정신을 잃었다. 입가로 피가 흘렀다.

다들 이 말도 안 되는 광경을 멍하니 바라봤다. 금철휘는 정말 파리라도 쫓듯 대충 손을 휘둘렀다. 한데 그 손짓에 호위무사가 맞았고, 날아갔다. 맞은 것도 이해가 안 가고, 그렇게 간단한 손짓에 그 정도 힘이 담겨 있다는 것도 이해할 수 없었다.

"안 덤벼? 이게 끝이야?"

금철휘가 도발했지만 누구도 섣불리 움직이지 못했다. 방금 전 그 거짓말 같은 한 수를 확인했으니 누가 함부로 움직일 수 있겠는가.

금철휘는 목을 몇 번 꺾어 우득 소리를 내고는 옆에서 여전히 젓가락을 들고 선 한서연을 쳐다봤다.

"넌 그거 들고 계속 구경만 할 거야? 최소한 저놈은 네가 잡아야 하는 거 아냐?"

금철휘가 턱짓으로 가리킨 곳에 남궁준걸이 굳은 표정으로 앉아 있었다. 그 모습을 확인한 한서연이 결연한 표정으로 고개를 끄덕였다. 그리고 젓가락을 올려 남궁준걸을 겨눴다. 뭐든 베어 버릴 것 같은 날카로운 기세가 남궁준걸을 향해 쭉 뻗어 나갔다.

남궁준걸은 갑자기 날아온 기세에 깜짝 놀라 후다닥 몸을 일으켰다. 그리고 허둥지둥 검을 찾았다. 남궁세가의 이공자로 살아오며 이런 일을 겪어 본 적은 처음이었다. 누군가 강력한 힘으로 자신에게 거세게 반발한 적은 단 한 번도 없었다.

"자, 그럼 난 주변을 정리할 테니까, 넌 저 등신 같은 놈을 자근자근 밟아 봐."

금철휘는 그렇게 말하고 몸을 날렸다. 아니, 몸이 그대로 사라져 버렸다. 어찌나 빠르게 움직였는지 마치 금철휘의 몸이 십여 개로 불어난 것처럼 보였다.

남궁준걸의 호위로 따라온 무사의 수는 모두 열이었다. 그리고 그중 하나는 처음 시작하자마자 금철휘의 손에 맞아 정신을 잃었으니 남은 건 아홉이었다. 그 아홉 무사가 동시에 주저앉았다. 그들의 어깨에는 금철휘의 두툼한 손이 올려져 있었다.

"크윽!"

마치 거대한 산악이 짓누르는 듯했다. 그대로 내상을 입었고, 피를 토했다. 다리뼈가 부러졌고, 핏줄이 툭툭 터졌다. 그들은 제대로 몸을 가누지 못하고 바닥에 쓰러졌다. 다행히 정신을 잃지는 않았지만, 그래서 눈앞에 벌어지는 광경을 똑똑히 볼 수 있었다. 그들의 눈앞에 펼쳐진 광경은 너무나 아름다웠다.

한서연의 하늘하늘한 몸짓은 마치 선녀가 하강하는 것 같았다. 또한 그녀의 손에서 만들어지는 무수한 꽃과 꽃잎은 그녀의 몸을 휘감으며 그녀를 진짜 선녀로 만들었다.

하지만 그것을 정면에서 겪는 남궁준걸은 결코 아름다움에 취할 수가 없었다. 무서웠다. 한서연이 젓가락으로 만들어 낸 꽃과 꽃잎은 각각 검강과 검기였다.

무수한 검강과 검기가 자신에게 쏟아지는데 그걸 보며 아름답다고 넋 놓고 있을 수는 없지 않은가.

꽈과과과광!

남궁준걸이 정신없이 검을 휘두르며 꽃잎들을 쳐 냈다. 그때마다 폭음이 울렸다. 기의 폭발이 일어나 마치 방 안에 폭풍이 부는 듯했다. 남궁준걸의 검에서 새파란 검강이 쭉 솟아났다. 그리고 날아오는 검강의 꽃을 쳐 냈다.

꽈앙! 꽈앙! 꽈앙!

검강의 파편이 사방으로 튀었다. 물론 그것들은 누구도 해하지 못했다. 그들의 싸움이 벌어지는 곳을 중심으로 일정 반경을 넘어가면 모든 기운이 해소되었다. 당연히 금철휘의 능력이었다.

한서연의 몸이 빙그르르 회전했다. 옷자락이 나풀나풀 날리며 마치 스스로가 한 떨기 꽃이 된 것처럼 보였다. 정말이지 싸우는 내내 아름다움에 넋을 잃게 만드는 사람은 한서연이 거의 유일할 듯했다.

한서연의 몸이 바람에 꽃잎이 날리는 듯 하늘하늘 움직였다. 그리고 그녀의 주위로 수백 개의 꽃잎이 휘날렸다.

남궁준걸은 일순 수많은 꽃잎들 때문에 한서연의 모습을 놓쳤다. 그걸로 싸움이 끝났다. 한서연의 몸이 어느새 남궁준걸의 품으로 파고든 것이다. 남궁준걸이 꽃잎 때문에 시선을 뗀 그 찰나의 순간에 벌어진 일이었다.

쩌엉!

한서연의 젓가락이 정확히 남궁준걸의 단전을 때렸다. 남궁준걸은 기혈이 뒤틀리는 걸 느끼며 입으로 피를 토했다.

"우웩!"

한서연은 뒤로 쭉 물러나 그것을 피했다. 옷자락에 핏방울 하나 묻지 않았다. 그녀는 조용히 젓가락을 아래로 늘어뜨리고 가늘게 뜬 눈으로 남궁준걸을 쳐다봤다.

승부는 끝났다.

남궁준걸은 한쪽 무릎을 꿇으며 재차 피를 토했다.

"쿨럭!"

바닥이 피로 흥건해졌다. 남궁준걸이 고개를 들어 한서연을 노려봤다.

"내, 내가 고작 젓가락 따위에……."

내상을 입어 기혈이 흔들린 상태에서 심기가 흔들리는 바람에 남궁준걸의 상태가 심각해졌다. 그는 그대로 정신을 잃었다. 그리고 온몸의 기혈이 가볍게 뒤틀렸다. 주화입마 초기였다.

"쯧, 이걸 치료해, 말아?"

금철휘는 투덜거리며 남궁준걸에게 다가갔다. 그리고 그의 단전을 발끝으로 툭 찼다.

뻐억!

보기에는 가벼운 발차기였지만 실제로는 천 근의 힘이 담긴 발차기였다. 남궁준걸이 볼썽사납게 뒤로 날아가 나동그라졌다. 그는 대자로 뻗어 버렸다. 그리고 뒤틀리던 기혈이 충격으로 인해 제자리를 찾았다.

"자, 이제 다 끝났으니까 정리 좀 하지?"

금철휘의 말에 퍼뜩 정신을 차린 화영이 서둘러 밖으로 나갔다. 그리고 잠시 후, 장정 몇을 데리고 들어와 방 안을 정리했다.

"그나저나 이자들은 어쩌죠? 남궁세가로 보내야 하나요?"

"그럼 어쩌게? 파묻게?"

"아, 아뇨. 보낼게요."

화영은 급히 대답을 하고는 금철휘의 말대로 일 처리를 마무리했다. 장정 수십이 그들을 조심스럽게 들고 남궁세가로 향했다. 화영은 그 모습을 보며 살짝 수심에 잠겼다.

'이제 본격적으로 풍파가 일겠구나. 세상에 남궁세가라 니……'

남궁세가는 오대세가 중 하나다. 게다가 그중에서도 세 손가락 안에 들어갈 정도로 강대한 힘과 세력을 자랑한다. 남궁세가가 작정하고 나서면 아무리 금룡장이라도 쉽게 버티지 못할 것이다. 하지만 그런데도 묘하게 걱정은 들지 않았다. 화영의 시선이 금철휘에게로 향했다.

"뭘 봐? 내가 그렇게 멋있어?"

화영이 배시시 웃으며 고개를 끄덕였다.

"네, 멋져요."

금철휘가 뜨악한 얼굴로 뒤로 주춤 물러났다. 하지만 이내 화영은 원래 그랬지, 하는 표정으로 고개를 끄덕였다. 금철휘는 원하는 반응을 이끌어내기 위해 이번에는 한서연을 쳐다봤다. 한서연도 마침 금철휘를 보고 있었다.

"너도 내가 그렇게 멋져? 계속 쳐다보네?"

한서연도 이번에는 망설이지 않았다.

"네, 저도 이런 마음이 들 줄은 몰랐네요. 이젠 결심이 섰어요."

금철휘의 표정이 조금 전 화영이 말했을 때와는 비교도 할 수 없을 정도로 뜨악해졌다. 그리고 주춤주춤 뒤로 물러났다.

왠지 분위기가 심상치 않았다.

한서연이 사뿐 금철휘에게 다가갔다. 금철휘가 뒤로 물러났다. 하지만 한서연은 더욱 빠르게 다가갔다. 그리고 금철휘 앞에 서서 똑바로 금철휘를 바라봤다. 말은 필요치 않았다. 그녀의 감정이 고스란히 금철휘에게 닿았다. 금철휘는 한동안 움직이지 못하고 그대로 서서 그녀의 시선을 감당해야만 했다.

둘의 대치가 끝난 건 옆에서 보다 못한 화영이 끼어들면서였다.

"그렇게 보기만 한다고 뭐가 되는 건 아니잖아요? 하다못해 옷이라도 벗어야 하는 거 아닌가? 내가 먼저 벗을까요?"

화영이 매혹적인 시선으로 금철휘를 바라보며 다가갔다.

금철휘는 그제야 정신을 차리고 후다닥 물러났다.

"젠장. 술이나 한잔하려고 왔더니."

금철휘는 그 말을 남기고 그대로 사라졌다. 극성의 귀혼보가 펼쳐지니 두 여인은 금철휘가 어떻게 사라졌는지조차 볼 수 없었다.

"하아. 정말이지 쉬운 분은 아니네."

화영의 한숨에 한서연도 고개를 끄덕였다. 그녀 역시 아쉬운 눈으로 방금 전까지 금철휘가 서 있던 자리를 하염없이 바라봤다. 지금 이 순간만큼은 그녀들의 머릿속에 더 이상 남궁세가에 대한 일은 없었다.

　　　＊　　　＊　　　＊

　남궁세가가 발칵 뒤집혔다. 놀러 나갔던 이공자가 초주검이 되어 돌아온 것이다. 처음에는 주화입마에 빠진 줄 알았다. 하지만 부랴부랴 달려온 의원들에 의해 그게 아니라는 것이 밝혀지자, 이번에는 대체 누가 남궁준걸을 이 지경으로 만들었는지에 초점이 맞춰졌다.

　남궁명철은 이를 갈며 남궁철원을 노려봤다. 남궁철원은 안절부절못하며 고개를 푹 숙이고 있었다.

　"네가 아직도 찾지 못한 그놈이 준걸이를 그렇게 만들었다. 어떻게 생각하느냐?"

　"죄송합니다. 조금만 더 시간을 주십시오."

　"시간은 이미 충분히 줬다. 이번 일은 상운이에게 맡길 테니 넌 청검대로 가거라."

　"숙부님!"

　남궁철원이 놀라 외치자, 남궁명철이 차가운 눈으로 단호히 말했다.

　"공적인 자리에서 숙부라 부르다니, 아직도 정신을 못 차렸구나!"

　"죄송합니다. 하지만 외총관님, 청검대라니요."

　"청검대에서 자중하고 있어라. 향후 적당한 시기가 되면 다시 한 번 기회를 주마. 아니면 거기에서 공을 세워 달라진 모습을 보여주든가."

남궁철원은 어금니를 꽉 물었다. 치욕스러웠다. 하지만 어쩔 수 없었다.

"알겠습니다."

인사를 하고 물러나는 남궁철원의 눈에 독기가 자르르 흘렀다. 그것을 본 남궁명철의 눈에 기광이 흘렀다.

'슬슬 청검대를 움직이면 되겠군.'

남궁철원은 금철휘에 대한 복수심이 극에 달해 있을 것이다. 지금 그를 움직이면 아마 물불 안 가리고 무섭게 달려들 것이다. 그런 자는 한 번 쓰고 버리기에 딱 좋다.

'이번 기회에 금철휘는 물론이고 패천보까지 싹 정리해 버려야겠어.'

남궁명철은 머릿속으로 수많은 계산을 하며 눈을 빛냈다. 이번 일이 잘되면 차기 가주의 자리에 한 걸음 다가가게 될 것이다.

서가인은 피곤한 표정으로 이마를 쓸어 올렸다. 그녀의 눈에 짜증이 어렸다. 되는 일이 하나도 없었다. 계획대로 진행되었다면 지금쯤 패천보와 남궁세가가 한판 붙었을 것이다.

사실 그걸 이용해 여러 가지 계획을 세워 두었다. 한데 잘 흘러가던 계획이 비틀리며 지금은 상당히 어려운 상황이 되었다.

"모든 게 그 돼지새끼 때문이야."

서가인은 금철휘를 떠올리며 이를 갈았다. 금철휘가 합비에 들어온 순간부터 모든 일이 꼬이기 시작했다. 그것은 지금도 예외가 아니었다.

"내가 패천보의 실권을 잡으려고 얼마나 심하게 몸을 굴렸는데……."

서가인은 방금 전 남궁세가의 청검대가 은밀히 움직이기 시작했다는 보고를 받았다. 그녀가 장악한 패천보의 정보망에 걸려든 것이다.

남궁세가가 청검대를 움직인 이유는 명백하다. 자신이 벌이던 일이 들킨 것이다. 사실 서가인은 조금 모자라더라도 슬슬 패천보를 본격적으로 움직여 남궁세가에 싸움을 걸까 고민하고 있었다. 그리고 고민하면서 언제든 원하는 순간에 전쟁을 일으킬 수 있게 은밀히 준비를 해 왔다.

그 움직임이 남궁세가에 포착된 게 분명했다. 그게 아니라면 남궁세가가 이렇게 갑작스럽게 청검대를 움직일 이유가 없었다.

"청검대라……."

그저 청검대만 움직인다면 한번 해볼 만하다. 청검대가 비록 남궁세가에서 가장 거대한 규모를 자랑하는 무력조직이라고 하지만 패천보의 힘도 만만치 않다. 어떻게 작전을 잘 세우느냐에 따라 최소한의 피해로 막아 낼 수도 있을 것이다.

"하아. 다른 계획을 서둘러야 하는데, 제때 연락이 닿을지 모르겠네."

이미 포천회의 자금을 담당하는 조직 중 하나와 미리 말을 맞춰 뒀다. 시기를 정해 연락을 하면 바로 시작할 수 있는데, 남궁세가가 먼저 치고 나오는 바람에 시기가 늦어 버린 것이다.

"그래도 좀 더 서두르면 가능할지도 모르지."

남궁세가와 패천보가 제대로 싸우면 합비가 혼란에 빠질 것이다. 얼마 전 암흑가들 간의 전쟁이 벌어질 때와는 차원이 다른 혼란이 올 것이고, 하면 합비에 있는 상단을 비롯해 모든 점포들의 가치가 하락할 것이다.

그 시기를 잘 노려 그것들을 사들이면 나중에 전쟁이 끝난 뒤에 어마어마한 돈을 벌 수 있을 것이다. 거기까지 염두에 둔 계획이었는데, 계속 틀어지는 바람에 결국 그조차 불투명하게 된 것이다.

"어쨌든 청검대와 싸울 준비는 해야겠지."

서가인은 패천보에 전혀 미련이 없었다. 어차피 남궁세가와 전쟁을 벌이고 나면 사라져 버릴 방파에 불과했다. 패천보가 아무리 합비에서 상당한 세력을 일구고 영향력이 대단하다고 해도 남궁세가에 비하면 한참 아래였다.

다만 남궁세가는 모든 힘을 온전히 패천보와의 싸움에 집중할 수 없었다. 그 점이 싸움을 가능하게 만들어줄 뿐이었다. 남궁세가는 안휘 전역에 영향력을 발휘하는 만큼 안휘 곳곳에 무사들을 파견할 수밖에 없었다. 고작 패천보와 싸운다고 그 무사들을 모조리 불러들일 수는 없지 않은가.

패천보가 노리는 것은 바로 그 틈이었다.

"일단 청검대를 완전히 박살 내 버리면 조금 더 확률이 올라가려나?"

서가인은 그렇게 중얼거리며 싸움 이후에 어떻게 도망갈지 퇴로에 대한 계획을 차분히 정리했다.

*   *   *

금철휘는 백총관의 보고를 들으며 뺨을 긁적였다.

"정리가 벌써 끝난 거야? 너무 빠르지 않아?"

"딱 적당한 시기에 끝났습니다. 알짜배기는 다 남겼으니 걱정하지 마십시오."

"그래? 하면 서두른 이유가 있다는 뜻이네?"

"예, 전쟁의 기미가 보입니다."

"전쟁? 남궁세가랑 패천보? 웬만해서는 안 싸울 것 같던데?"

"남궁세가가 먼저 움직였습니다. 남궁세가가 현재 현금을 계속 확보하고 있습니다."

금철휘가 눈을 빛냈다.

"호오. 우리랑 같은 생각을 하는군."

"예, 하지만 그들은 원하는 것을 얻을 수 없을 것입니다. 또한 한월상단이 이쪽에 관심을 두고 있다는 정보를 얻었습니다. 그들 역시 자금을 준비 중입니다."

금철휘의 눈이 번득였다.

"포천회!"

"그렇게 판단하고 있습니다. 금향각의 도움을 받아 패천보의 총관과 연결된 증거를 찾는 중입니다."

"좋아. 착착 진행되는군."

금철휘는 새삼스러운 눈으로 백총관을 쳐다봤다. 정말이지 돈에 대한 감각 하나는 타고났다. 딱 적당한 시기에 점포들을 다시 팔아 치워 막대한 현금을 모았다. 이제 전쟁이 시작되면 그 현금을 동원해 그것들을 다시 사들일 것이다.

"이번에는 삼파전이네? 자신 있어?"

"이미 알짜를 먹은 상황인데 굳이 애쓸 필요가 있겠습니까? 적당히 매물을 취하고 그들이 너무 큰 이득을 취하지 못하게 견제하면 충분하겠지요."

금철휘가 크게 고개를 끄덕였다.

"좋아. 아주 마음에 드는군. 그렇게 진행해."

사실 세 조직이 매물을 사들이려 하면 가격이 떨어질 리 없었다. 즉, 살 수 있는 시기가 딱 정해져 있다는 뜻이다. 누군가 먼저 매입을 시작하려는 순간부터 경쟁이 심화될 때까지가 이득을 볼 수 있는 시기일 것이다.

'백총관이라면 충분히 믿을 만하지.'

이번 일만 봐도 백총관의 감각이 아니었다면 이렇게까지 큰 이득을 보기는 어려웠을 것이다. 가장 소문이나 분위기에 민감한 곳이 바로 상계다. 벌써 합비 상계는 남궁세가와 패천보의 분위기가 심상치 않다는 사실을 감지하고 그것이 시장에 반영되고 있었다. 아마 더 늦게 정리했다가는 지금처럼 큰 이득을 보지 못했을 것이다.

"패천보야 이번 전쟁에서 망할 게 분명하고. 남궁세가도 힘이 크게 떨어지겠는데?"

"아마 수많은 아귀들이 달려들 것입니다. 하지만 남궁세가는 그래도 남궁세가겠지요. 오대세가에 이름을 올리는 건 결코 쉽지 않은 일입니다."

금철휘도 충분히 수긍했기에 고개를 끄덕였다. 남궁세가가 얼마나 대단한 힘을 가졌는지는 누구보다 금철휘가 가장 잘 안다. 심지어는 남궁세가 사람들보다도 더 말이다.

"그럼 우리는 고작 합비의 돈을 빼먹는 것 외에는 할 게 없는 건가?"

금철휘가 눈을 빛내며 묻자, 백총관이 고개를 들고 금철휘를 바라보며 대답했다.

"한월상단의 뒤를 차근차근 캐 나가야지요. 더불어 포천회와 연관된 상단들을 모조리 알아내겠습니다."

"역시."

금철휘는 크게 만족했다. 일단 그 정도면 충분하다. 포천회건 뭐건 돈이 없으면 유지가 될 수 없다. 그들의 돈줄을 말려 버리는 것 하나만으로도 충분히 그들에게 심각한 타격을 줄 수 있을 것이다.

'하지만 결국은 힘이지.'

금철휘는 슬슬 살을 뺄 때가 되었다고 판단했다. 이번 합비 일을 마무리하면서 천천히 살을 뺄 계획을 세웠다. 물론 그 살은 모두 내공이 되어 단전에 차곡차곡 쌓일 것이다.

'내 몸으로 만든 강시가 문제인데……'

당시 마주쳤을 때의 상황을 생각하면 섬뜩했다. 어쩌면 그때 싸웠다면 이기지 못했을 수도 있다. 물론 결과는 싸워 봐야 안다. 하지만 느낌이 좋지 않았다.

'지금보다 훨씬 강해져야 해. 쯧, 천령신공의 벽을 허물면 더 수월할 텐데.'

천령신공의 일곱 번째 단계를 가로막은 벽은 좀처럼 틈을 보여주지 않았다. 어쩌면 이대로 영원히 벽을 부수지 못할지도 모른다는 생각마저 들었다.

'조급할 필요 없지.'

금철휘는 마음을 다스렸다. 다시 태어난 지 고작 일 년도 채 지나지 않았다. 아직 솜털처럼 많은 시간이 남았다. 그 시간 동안 끊임없이 노력하면 언젠가는 벽을 부술 수 있을 것이다. 시간이 필요한 일에 조급함은 독이 된다.

"아, 참. 남궁세가가 우리 객잔과 기루는 그냥 내버려 두고 있나?"

실질적으로 남궁준걸을 물리친 것은 한서연이다. 그리고 한서연은 금철휘가 산 열 개 객잔을 총괄하는 지위를 가지고 있다. 만일 남궁세가가 한서연에게 앙심을 품고 나서면, 그녀가 관리하는 객잔을 그냥 둘 리 없었다.

"조용합니다."

"그래? 의외인데? 전쟁에 집중하겠다 이건가? 지금 남궁준걸인지 뭔지는 어쩌고 있지?"

"남궁세가의 집중적인 치료를 받고 있습니다."

금철휘가 눈을 빛냈다.

"본인이 직접 처리하게 만들 셈이로군."

백총관은 대답하지 않았다. 하지만 분위기를 보면 그 역시 수긍한다는 걸 알 수 있었다.

"그걸 지켜보는 것도 재미는 있겠어."

금철휘는 일단 그 부분은 그렇게 넘어가기로 했다. 물론 아예 손을 뗄 생각은 없었다. 이번에 합비에 점포들을 사고팔면서 금향각이 확실히 자리를 잡았다. 금향각의 눈이 언제나 그녀들을 지켜보고 있으니 사실 크게 걱정할 필요는 없었다.

"좋아. 다 결정됐군. 그럼 나도 슬슬 움직여 볼까?"

금철휘가 씨익 웃으며 침상에 앉았다. 본격적으로 움직이기

전에 살을 빼는 것도 나쁘지 않을 듯했다. 아마 남궁세가와 패천보에서는 자신을 절대 알아보지 못할 것이다.

침상에 앉은 금철휘는 지그시 눈을 감고 천령신공과 백토신공을 동시에 운용했다. 이내 금철휘의 몸에서 김이 모락모락 피어올랐다.

제10장
전쟁

　금철휘는 단 하루 만에 살을 쫙 빼 버렸다. 한 번 해 봤던 일이기도 하고, 천령신공과 백토신공의 경지가 깊어졌기에 예전보다 훨씬 시간을 단축할 수 있었다. 또한 효율도 더 높일 수 있었다.

　"이거 양이 어마어마한데?"

　금철휘는 전신세맥을 돌아다니는 강력한 기운을 느끼며 조용히 숨을 가다듬었다. 그리고 천령신공을 이용해 자신의 몸을 관조했다. 굳이 거울이 필요 없었다. 이렇게 천령신공을 이용하면 오히려 거울로 보는 것보다 훨씬 명확히 스스로의 모습을 확인할 수 있었다.

몸은 완벽한 근육질이었다. 균형이 잘 맞는 이상적인 몸으로 바뀐 것이다. 천령신공을 이용하면 이쯤은 정말 아무것도 아니었다. 얼굴도 본연의 모습을 되찾았다. 살이 찌지 않은 금철휘는 상당한 미남이었다.

"일단…… 옷부터 바꿔야겠네."

너무 즉흥적으로 생각하고 행동했기 때문에 옷을 미리 준비하지 못했다. 기존의 옷은 마치 이불 같아서 도저히 입을 수가 없었다.

"나와."

금철휘의 말에 항상 근처를 따라다니던 정보원이 나타났다. 그의 얼굴은 붉게 상기되어 있었다. 도저히 믿을 수 없는 일을 눈앞에서 목격했으니 제정신을 차리고 있는 것이 용했다.

"뭘 해야 되는지 알지?"

"아, 알겠습니다."

정보원이 즉시 사라졌다. 그리고 잠시 후, 금철휘의 몸에 딱 맞는 썩 괜찮은 옷을 가져왔다. 정보원답게 눈썰미가 대단해 한 치의 오차도 없이 꼭 맞았다.

"괜찮군."

금철휘는 옷을 입은 뒤 자신의 몸을 이리저리 살폈다. 섭선 하나만 있으면 준수한 귀공자로 보일 것 같았다.

"하긴 금룡장의 소장주이니 귀공자라고 해도 틀릴 건 없지."

금철휘의 말에 정보원이 자신도 모르게 고개를 끄덕였다. 지금의 금철휘를 보면 누구도 귀공자라는 말에 이의를 제기하지 못할 것이다. 귀티와 기품이 자르르 흘렀다. 조금 전의 돼지가 지금 이 모습으로 바뀌었다면 대체 누가 믿을 수 있겠는가.

"자, 나가 볼까?"

금철휘는 밖으로 나가는 길에 섭선 하나를 구해 그걸 들고 느긋하게 걸음을 옮겼다. 그렇게 합비로 나가니 저마다 금철휘가 지나갈 때마다 쳐다봤다.

"남궁세가로 한번 가 볼까?"

분위기를 살피려면 역시 직접 움직이는 것이 최고다. 더구나 천령신공의 힘을 이용하면 남궁세가의 전력을 단숨에 파악할 수도 있었다.

금철휘는 느긋하게 걸어 남궁세가로 향했다. 곳곳에 심상치 않은 분위기와 기세를 뿌리는 무사들이 있었다. 남궁세가와 패천보가 전쟁을 벌인다는 소문이 벌써 파다하게 돌고 있었다.

금철휘는 자신이 머물던 객잔에서 남궁세가까지 가는 동안 전쟁에 관한 얘기를 수도 없이 들을 수 있었다. 누구든 모이면 그 얘기뿐이었다. 그도 그럴 것이 이 전쟁은 합비 사람들에게 직접적인 영향을 미칠 수 있기 때문이다.

남궁세가든 패천보든 합비에 상당한 영향력을 행사하는 가문이었다. 그들이 전쟁을 하면 합비가 제대로 돌아갈 수 있을 리 없다. 아마 곳곳에서 문제가 터질 것이다. 벌써부터 그 영향이 상계에 조금씩 나타나고 있었다.

남궁세가가 보이는 곳까지 도착한 금철휘는 즉시 천령신공을 펼쳤다. 한계까지 감각이 확장되었다. 감각의 확장 범위를 조절하면 훨씬 먼 곳까지 감지하는 게 가능했기에 금철휘는 남궁세가가 보이는 곳에서 각도를 조절하며 그 내부를 쭉 훑었다.

"호오. 생각보다 전력이 상당한데?"

사실 남궁준걸과 그를 호위하는 무사들을 보고서 남궁세가가 예전과 너무나 달라졌다고 여겼다. 하지만 실제 남궁세가에 와서 확인해 보니 꼭 그런 것만은 아니었다.

기운이 충만한 고수들이 득실거렸다. 패천보와 비교하면 확실히 몇 수는 위였다. 만일 이대로 싸운다면 패천보의 필패였다. 남궁세가에 그다지 큰 피해를 입힐 수 있을 것 같지도 않았다. 그 정도로 차이가 컸다.

금철휘가 그렇게 남궁세가를 이리저리 쳐다보며 내부를 확인하고 있을 때, 정문을 지키던 수문위사들 중 몇이 금철휘에게 다가갔다. 그들은 금철휘의 모습을 보고는 보통 신분이 아닐 거라 판단해 정중히 포권을 취했다.

"혹시 세가에 볼일이 있으십니까?"

수문위사의 물음에 금철휘가 고개를 저었다.

"그저 합비에 온 김에 가장 유명한 곳인 남궁세가를 눈에 담고자 했을 뿐이오."

수문위사들의 표정에 진한 자부심이 어렸다. 자신이 속한 세가의 위상이 대단함을 느꼈으니 자부심이 이는 게 당연했다.

"아, 그렇군요. 요즘 세가 주변이 살짝 어수선해서 경계를 강화하는 중이라 부득이하게 말을 걸었습니다."

"대충 구경을 마무리했으니 이만 돌아가 보겠소."

수문위사는 마치 자신이 금철휘를 쫓아내는 것 같은 모양새가 되어서 어색하게 웃었다. 하지만 지금은 그냥 돌아가 주는 편이 훨씬 나았다. 패천보와 언제 전쟁이 터질지 몰라 수문위사들도 지금 엄청나게 긴장하고 있었다.

그렇게 금철휘가 막 돌아서려는 순간 정문이 벌컥 열렸다. 근처에 있던 수문위사들이 당황하는 모습이 보였다. 그리고 열린 정문으로부터 창백한 얼굴의 사내가 훌쩍 튀어나왔다.

'남궁준걸? 벌써 나왔나?'

정문에서 튀쳐나온 사람은 다름 아닌 남궁준걸이었다. 금철휘는 천령신공으로 그의 몸을 살폈다. 기운이 안정되지 않고 흔들리는 걸로 봐서 아직 내상이 완벽하게 낫지 않았다.

'하긴, 주화입마에 빠졌다가 되살아났으니 그 내상이 그리 쉽게 나으면 말이 안 되지.'

아무리 고명한 의원을 모셨다 하더라도 결코 쉽지 않은 일이었다. 물론 금철휘가 나선다면 얘기가 좀 달라지겠지만 말이다.

남궁준걸의 뒤로 수십 명의 무사들이 우르르 따라나섰다. 남궁준걸은 당장 어딘가로 달려가려다가 금철휘를 발견하고는 눈에 이채를 띠었다. 하지만 이내 고개를 돌려 목표를 정하고는 훌쩍 몸을 날렸다.

금철휘는 그것을 보며 나직이 혀를 찼다.

"쯧쯧."

수문위사의 표정이 대번에 굳었다.

"그건 무슨 뜻이오? 방금 당신이 보던 사람은 우리 세가의 이공자님이오. 우리 이공자님을 보고 혀를 찼으니 응당 제대로 된 설명이 있어야 할 것이오."

"안타까워서 그랬소. 보아하니 몸이 성치 않은 것 같은데 저리 열심히 뛰어다니는 걸 보면 상황이 참으로 녹록지 않은 모양이오."

수문위사의 표정이 더욱 딱딱하게 굳었다.

"그건 당신이 신경 쓸 필요 없소. 그리고 우리 이공자님은 세가의 일 때문에 나가시는 게 아니오. 개인적인 볼일 때문에 잠시 출타하신 거요."

금철휘는 고개를 끄덕였다. 그 개인적인 볼일이 무엇인지 듣지 않아도 뻔했다. 물론 그런 너저분한 얘기를 묻는다고 말해줄 리도 없지만 말이다.

"하면 계속 수고하시오. 난 이만 가 보겠소."

금철휘는 그렇게 말하고 돌아섰다. 그리고 섭선을 쫙 펼쳐 살랑살랑 부치며 느긋하게 걸음을 옮겼다. 남궁세가에서 현재 한서연과 화영이 머물고 있는 한화루까지는 제법 먼 거리다. 몸도 성치 않은 남궁준걸이 아무리 이를 악물고 뛰어 봐야 최소 이 각은 필요했다.

금철휘는 그것을 알기에 느긋했다. 그렇게 일단 남궁세가 수문위사들의 시야를 벗어난 순간 귀혼보를 극성으로 펼쳤다. 금철휘의 모습이 순식간에 사라졌다. 그리고 바람에 녹아들어 한화루를 향해 날아갔다.

남궁준걸은 단전이 끓어오르는 걸 억누르며 숨을 골랐다.

"후욱. 후욱."

하지만 아무리 마음과 호흡을 가라앉히려 해도 점점 숨이 거칠어지기만 했다. 아직 내상이 완전히 낫지 않아 벌어지는 일이었다. 아니, 내상만이 문제가 아니었다. 아직 제대로 정신 수양이 덜 되어 벌어지는 일이기도 했다.

"괜찮으십니까?"

함께 온 무사 하나가 다가와 걱정스럽게 물었다. 남궁준걸은 한 손을 슬쩍 들며 말했다.

"됐다. 견딜 만하니 다시 출발해라."

남궁준걸의 명에 무사들이 일제히 몸을 날렸다. 그들은 일단 움직이기 시작하면 남궁준걸의 사정을 결코 봐주지 않았다. 물론 남궁준걸도 그것을 원하지 않았다.

그들이 향하는 곳은 한화루였다. 그곳에서 당했으니 그곳을 박살 내서라도 징치를 해야만 한다. 남궁준걸은 가는 내내 이를 갈았다. 한서연에게 당하던 순간이 뇌리에서 사라지지 않았다. 끊임없이 떠올랐고, 그때마다 치욕에 몸을 떨었다.

'이번에는 다를 것이다.'

만일 또 일대일로 싸운다면 당연히 질 것이다. 남궁준걸은 아직 부상에서 회복되지도 않았으니까 말이다. 하지만 그는 혼자가 아니다. 싸우는 건 남궁준걸이겠지만 함께 가는 무사들이 옆에서 지원을 해줄 것이다.

무려 서른 명이나 되는 무사들과 함께였다. 이들은 지난번의 호위무사들과는 차원이 달랐다. 이들이야말로 진정한 남궁세가의 검이라 할 수 있었다. 이들은 기운을 쏘아 보내는 것만으로도 충분히 한서연을 견제할 수 있다.

사실 싸움에 이들이 개입한다는 것 자체가 비겁한 일이었지만 남궁준걸은 전혀 그렇게 생각하지 않았다. 이들을 동원할 수 있는 것도 다 자신의 능력이고 힘이었다.

그렇게 생각을 정리하는 사이 어느새 한화루에 도착했다. 아직 기루가 문을 열 때가 되지 않아 주변은 한산했다.

"문을 열어라."

남궁준걸의 명에 무사 하나가 앞으로 나서서 문짝을 후려쳤다. 하지만 그 순간 너무나 절묘하게 문이 열렸다. 무사의 손바닥이 허공을 갈랐다. 무사의 표정이 일그러졌다. 그는 문을 연 자를 확인하기 위해 한 발 앞으로 다가갔다. 그의 표정이 더욱 기괴하게 변했다. 그곳에는 아무도 없었다. 문이 저절로 열린 것이다.

"뭐 하는가?"

남궁준걸의 목소리에 살짝 짜증이 어렸다. 그의 눈에는 무사가 괜히 시간을 끌고 있는 것처럼 보였다. 무사가 퍼뜩 정신을 차리고 물러났다. 어쨌든 문을 열었으니 된 것 아닌가.

"들어가시지요."

무사의 말에 남궁준걸이 안으로 들어가려고 걸음을 옮겼다. 한데 그 순간 먼저 열린 문으로 들어서는 사람이 보였다. 남궁준걸의 눈매가 확 일그러졌다.

문으로 들어선 사람은 금철휘였다. 또한 문을 연 것도 금철휘였다. 남궁준걸은 물론이고 그와 함께 온 무사들조차 귀혼보를 펼치는 금철휘를 발견할 수 없었다.

한화루 안으로 들어선 금철휘는 슬쩍 고개를 돌려 남궁준걸을 쳐다봤다. 그리고 한쪽 입꼬리를 슬쩍 올렸다. 그것을 본 남궁준걸의 단전이 다시 한 번 끓어올랐다.

"너, 너……!"

남궁준걸이 손가락을 들어 금철휘를 가리켰다. 당장 끌어내 무릎을 꿇리고 싶었다. 사실 조금 과한 반응이긴 했다. 하지만 남궁준걸은 그것을 전혀 이상하게 여기지 않았다.

"저놈을 당장 끌어내!"

남궁준걸의 명령에 무사들이 의아한 표정으로 남궁준걸과 금철휘를 번갈아 바라봤다. 고작 기루에 먼저 들어갔다고 이런 반응을 보이는 남궁준걸을 이해하기 어려웠다. 하지만 명령은 명령, 무사 중 하나가 훌쩍 몸을 날렸다.

금철휘는 자신을 향해 훌쩍 날아오는 무사를 보며 한 걸음 다가갔다. 너무나 절묘한 순간에 걸었기에 단숨에 무사의 품에 들어갈 수 있었다. 무사의 눈이 당황으로 물들었다.

금철휘의 어깨가 무사의 가슴에 부딪혔다.

뻐억!

둔탁한 소리와 함께 무사가 다가오던 속도보다 두 배는 빠르게 뒤로 날아갔다. 그리고 꼴사납게 바닥을 나뒹굴었다. 금철휘가 다시 한 걸음 밖으로 나가며 말했다.

"뭐지? 다짜고짜 힘부터 쓰네? 너희들 뭐야? 파락호야?"

금철휘의 말에 무사들이 발끈했다. 파락호라니, 대 남궁세가의 무사들을 뭐로 보고 그따위 소리를 한단 말인가. 가장 열 받은 사람은 남궁준걸이었다. 남궁준걸은 간신히 단전을 안정시키고는 금철휘를 향해 소리쳤다.

"우리가 누군 줄 알고 감히!"

"누구긴 누구야? 파락호지. 설마 뭐, 남궁세가나 패천보,

이따위 말도 안 되는 개소리를 하려는 건 아니지? 남궁세가
같은 곳의 무사들이 이따위라는 건 말이 안 되잖아? 안 그
래?"

금철휘의 말에 남궁준걸은 입을 꾹 다물었다. 마치 자신이
남궁세가 사람이라고 하면 세가 전체를 욕먹이는 것 같은 기
분이 들었다. 그냥 잡아서 꿇리면 된다고 판단한 남궁준걸이
무사들을 쳐다봤다.

"제법 실력이 있어 보이니 방심하지 마라."

무사들이 일제히 움직이며 금철휘를 포위했다. 금철휘는 자
연스럽게 한화루에서 걸어 나와 공터 한가운데 서 있었기에
포위하는 것이 어렵지 않았다.

"검진?"

남궁준걸은 득의한 표정으로 금철휘를 노려봤다.

"흥, 우리 대 남궁세가가 자랑하는 창룡검진이다. 너 따위
는 단숨에 가루로 만들어 버릴 수 있는 절진이지. 창룡검진에
죽을 수 있다는 걸 영광으로 알고 고맙게 죽어라."

"미친놈. 나 죽이려는 놈들한테 고마워하라고? 너 제정신
이냐?"

남궁준걸이 발끈했다.

"뭣들 하느냐! 당장 죽여서 저 입을 막지 않고!"

무사들이 일제히 움직였다. 그들의 몸에서 흘러나온 끈끈
한 기운이 거미줄처럼 금철휘를 옭아맸다. 하지만 정작 그것

을 당하는 금철휘의 표정은 뚱하기만 했다.

"뭐야? 이게 창룡검진이라고? 지금 장난해?"

금철휘의 말에 다들 속에서 뭔가가 울컥 치밀었다. 이렇게 상대를 열 받게 만드는 것도 재주는 재주였다. 하지만 금철휘의 입장에서 그런 말을 한 것은 너무나 당연한 것이었다. 금철휘는 예전에 몇 번이나 창룡검진을 겪어 봤다. 그렇기에 그것이 얼마나 대단한 위력을 가지고 있는지 너무나 잘 알고 있었다.

"너희들 솔직히 말해. 남궁세가에서 온 거 아니지? 기운이 왜 이 모양이야?"

금철휘는 그렇게 말하며 한 걸음 앞으로 걸었다. 금철휘의 몸을 휘감았던 창룡검진의 끈끈한 기운이 단번에 끊어졌다. 그러자 검진을 펼치던 서른 명의 무사들이 일순 휘청거렸다. 내상을 입지는 않았지만 약간의 충격을 받았다. 내공의 흐름이 끊어지면서 받은 충격이었다. 모두의 시선에 경악이 어렸다.

"끈끈한 기운이라니. 남궁세가가 언제부터 이렇게 쪼잔해졌어?"

금철휘의 말에 남궁준걸이 발악하듯 외쳤다.

"저따위 말을 내가 언제까지 들어야 하는 것이냐! 어서 죽이지 못해?"

남궁준걸은 상황을 정확히 이해하지 못했다. 직접 검진에 참여하지 않았으니 당연하다. 하지만 검진에 참여한 서른 명의 무사들은 심각한 표정으로 신중히 검을 고쳐 쥐었다. 절대 만만한 상대가 아니었다.

"시간을 끌 필요도 없겠어. 얼른 끝내자. 나도 슬슬 목이 마르니까, 오늘 술이나 한잔해야겠다. 어디 기루가 괜찮으려나……."

마치 산책이라도 나온 듯한 금철휘의 태도에 남궁준걸이 방방 뛰었다. 하지만 금철휘를 상대하는 무사들은 결코 그렇게 하지 못했다. 그들은 더욱 신중하게 검을 겨눴다.

하지만 결과적으로 그런 긴장감은 아무런 도움이 되지 않았다. 일단 금철휘가 움직이기 시작하자, 그들의 준비는 아무런 의미가 없었다.

금철휘의 몸이 그대로 사라졌다. 금철휘는 창룡검진에 흐르는 기운의 결을 읽을 수 있었다. 과거에도 몇 번이나 겪어봤고, 그것을 부쉈다. 그때 창룡검진을 펼치던 무사들은 당시의 남궁세가에서도 손꼽히는 무사들이었다.

지금 금철휘를 옭아매려는 창룡검진은 미숙하기 그지없었다. 그러니 얼마나 많은 빈틈이 보이겠는가. 금철휘는 귀혼보를 통해 그 빈틈을 파고들었다. 아니, 그저 빈틈이 아니었다. 창룡검진의 흐름에 편승하면서 빈틈을 파고들었다. 그랬기에 어느 순간 금철휘는 창룡검진의 일부가 되어 있었다.

검진을 펼치던 무사들은 황당한 표정을 감추지 못했다. 아니, 너무나 당황해서 뭐가 어떻게 돌아가는지조차 파악하지 못했다. 검진을 유지하면서 금철휘를 공격할 방법이 완전히 사라져 버린 것이다.

그리고 그 짧은 혼란의 순간, 금철휘의 손이 눈부시게 움직였다. 수백의 지풍(指風)이 사방을 장악했다.

퍼버버버버버버버벅!

서른 명의 무사들이 거의 동시에 쓰러졌다. 그들은 자신에게 쏟아지는 지풍을 막을 수가 없었다. 검진의 결을 따라 들어오는 지풍을 어떻게 막겠는가. 검진을 포기하면 방어가 가능하겠지만, 그들에게 그건 불가능했다. 일단 검진을 발동한 이상, 검진과 함께 살고 죽어야 했다. 그들은 그렇게 배웠다.

금철휘가 목을 한 번 이리저리 꺾어 우드득 소리를 냈다. 마치 저잣거리 왈패 같았다.

남궁준걸은 식은땀 흐르는 이마를 한 번 훔쳤다. 평소 같으면 이따위 수작을 벌이는 왈패들을 가만두지 않았겠지만, 지금 그의 눈앞에 있는 사내에게는 찍소리도 하지 못했다. 그는 왈패가 아니었으니까. 자신은 한 명도 감당하기 어려운 무사를 서른 명이나 동시에, 그것도 창룡검진을 펼치는 무사들을 단숨에 잠재운 고수 중 고수였으니까 말이다.

"이거…… 서로 간에 뭔가 오해가 좀 있었던 것 같소이다."

금철휘가 고개를 끄덕였다.

"맞아. 오해가 좀 있긴 했지. 하지만 오해로 사람 죽여 놓고 오해였으니 봐 달라는 말은 못하겠지? 안 그래?"

"그, 그거야 그렇소만……."

금철휘가 손을 맞잡고 우두둑 소리를 냈다.

"그럼 일단 맞고 시작하면 되겠네. 맞다가 죽어도 어쩔 수 없지. 사람이라는 게 실수를 하곤 하잖아?"

남궁준걸이 양손을 내밀며 손사래를 쳤다.

"자, 잠깐만 기다려 주시오. 난 남궁세가의 이공자요. 내 몸에 손을 댔다가는……."

"글쎄. 남궁세가가 과연 고작 네 일에 신경이나 쓸까? 보아하니 세가에서 크게 주목을 받는 놈도 아닌 거 같은데. 아냐?"

금철휘의 말에 남궁준걸은 아니라고 외치며 고개를 저으려 했다. 하지만 그럴 수가 없었다. 어느새 다가온 금철휘의 주먹이 아랫배 깊숙이 파고들었기 때문이다.

"꾸웨에에엑!"

돼지 멱따는 소리와 함께 남궁준걸이 입으로 오늘 먹었던 모든 걸 토해 냈다. 금철휘는 토사물을 피해 뒤로 슬쩍 물러났다. 그리고 다시 앞으로 다가가 발을 번쩍 들었다.

빠악!

금철휘의 발이 남궁준걸의 뒤통수를 때렸다. 남궁준걸은 자신이 쏟아 낸 토사물에 그대로 얼굴을 처박았다. 물론 금철휘는 토사물이 다리에 튀지 않게 다시 뒤로 쭉 물러났다.

"드러워서 못 때리겠네."

금철휘가 바닥에 쓰러진 무사들을 향해 손을 휘저었다.

"얼른 데리고 가라. 그리고 앞으로 누군가한테 덤빌 때는 잘 알아보고 덤벼. 덮어놓고 죽이려 하지 말고. 남궁세가 이름에 계속 똥칠하고 싶지 않으면 말이야."

금철휘는 그렇게 말하고는 돌아서서 훌쩍 떠나가 버렸다.

남궁세가 무사들은 멍하니 그 뒷모습을 지켜보다가 퍼뜩 정신을 차리고 자리에서 일어났다. 조금 전까지 조금도 움직일 수 없었는데 어느새 아무렇지도 않았다. 눈치채지도 못하는 사이에 해혈이 된 것이다.

그들은 침울한 얼굴로 남궁준걸을 챙겨 세가로 돌아갔다. 앞으로 당분간 세가 밖으로 나서지 않고 수련을 하겠다고 다짐하면서 말이다.

남궁준걸은 세가로 돌아가는 내내 이를 갈며 소리쳤다. 언젠가 그놈을 죽여버리고 한화루도 무너뜨리겠다고 바락바락 악을 썼다. 하지만 결국 남궁준걸은 그렇게 할 수 없었다. 세가의 상황이 상당히 심각하게 돌아가고 있었기 때문이다.

*   *   *

삼백의 무사들이 숨죽이며 이동했다. 숨소리 하나 발소리 하나 나지 않은 은밀한 이동이었다. 그들의 목표는 패천보였

다. 패천보는 설마 오늘 남궁세가가 자신들을 습격할 거라고
는 아예 생각지도 못하고 있을 것이다. 그들은 그렇게 확신했
다.

남궁세가의 청검대는 모두 삼백으로 이루어진 조직이었다.
대원 하나하나의 실력도 실력이거니와 그들이 가진 실전 경험
과 독기는 타의 추종을 불허했다. 남궁세가는 그들만으로도
충분히 패천보를 무너뜨릴 수 있다고 확신했다.

청검대에 속해 함께 이동하고 있는 남궁철원의 표정은 시
종일관 심각하기 그지없었다. 그는 지금 이 순간이 되어서야
깨달았다. 자신의 쓸모를 여기서 증명하지 못하면 앞으로도
계속 이곳 청검대에 속해 핏물 속에서 살아가야 함을 말이다.

'그나저나 다짜고짜 습격이라니, 세가에서는 그 뒷감당을
과연 생각하고 있긴 한 것인가?'

이렇게 제대로 된 명분을 만들지 않고 습격한다면 나중에
지탄을 받을 수도 있었다. 명문 중 명문인 남궁세가의 입장에
서 그런 낙인이 찍혀 버리면 그야말로 치명적이다. 차라리 전
쟁을 하지 않느니만 못한 상황이 되는 것이다.

하지만 상념은 길지 않았다. 어느새 패천보에 다다랐다. 이
대로 담을 넘을 것인지 아니면 정문의 무사들을 제압하고 당
당히 들어갈 것인지부터 결정해야만 한다. 물론 남궁철원은
청검대의 대원으로 참여했기에 청검대주의 명을 충실히 이행하
기만 하면 된다.

청검대주의 행동은 예상에서 조금 벗어났다. 그는 담장을 따라 패천보의 뒤로 이동했다. 그쪽으로 쭉 가면 쪽문이나 후문이 있겠지만 분위기를 보아하니 그쪽으로 향하는 것 같지도 않았다.

'대체 뭐 하는 거지?'

청검대주는 정문과 후문의 중간쯤에 멈췄다. 당연히 삼백 청검대도 함께 멈춰야 했다. 그들은 그렇게 뭔가를 하염없이 기다렸다. 얼마나 시간이 지났을까. 갑자기 정문 쪽에서 큰 소란이 일었다.

"자, 모두 복면을 쓴다."

청검대주의 명령에 청검대는 전원 복면을 썼다. 남궁철원도 예외가 아니었다. 그는 비로소 왜 복장이 평소와 달랐고 출발 전에 복면을 지급했는지 알 수 있었다.

'청검대인 걸 감추려고 하는구나. 이런 파렴치한 짓을 하다니!'

속으로는 경악했지만 어쩔 수 없었다. 지금은 임무를 수행 중이다. 이의를 제기하려면 처음 작전이 시작되기 전에 하거나 다 끝난 뒤에 할 수밖에 없었다. 이미 전자는 늦었으니 임무에 성공한 뒤 차근차근 따져야 했다.

꽈앙!

정문 쪽에서 폭음이 울렸다. 그리고 잠시의 시간을 두고 후문 쪽에서도 폭음이 울렸다.

꽈앙!

패천보 안이 어수선해졌다. 그와 동시에 청검대주가 담장을 훌쩍 넘었다. 그리고 청검대가 그 뒤를 따랐다.

청검대의 손속은 잔인하고 단호했다. 그들은 눈에 보이는 모든 생명을 말살했다. 개가 보이면 개의 목을 잘랐고, 사람이 보이면 사람의 심장에 검을 박았다.

무려 삼백이나 되는 청검대가 해일처럼 몰려가니, 막아서는 적이 없었다. 더구나 조금 전의 공작으로 패천보의 주력이 정문과 후문으로 쏠린 상황이라 더더욱 무인지경이었다.

청검대주는 물론이고 남궁철원조차 낙승을 예상했다. 너무나 순조로웠다. 다만 굳이 남궁세가에서 이렇게까지 해야 하는가에 대한 불만과 실망감이 들었을 뿐이다. 하지만 그렇다고 해서 주어진 임무에서 도망칠 수는 없었다.

그렇게 모든 상황이 끝이리라 예상한 순간, 그들의 앞에 수십 명의 사내들이 나타났다. 하나같이 창백한 얼굴이었는데, 깜깜한 밤에 창백해서 희미하게 빛까지 나는 얼굴을 한 사내들을 보니 너무나 섬뜩했다.

그들은 청검대를 보자마자 순식간에 달려들었다. 청검대는 전혀 당황하지도 두려워하지도 않고 그들에게 냉정히 검을 휘둘렀다.

까가가가가강!

목이나 팔다리를 베었는데, 쇳소리가 울렸다. 당연히 그들의 몸은 멀쩡했다. 청검대는 의외의 상황에 크게 당황했다. 하지만 그 와중에도 빈틈을 보이지 않고 동료와 연계해서 적을 상대했다.

까가강!

아무리 베어도 생채기 하나 낼 수 없었다. 청검대의 검에 일제히 검기가 덧씌워졌다.

쩌저저정!

소리가 달라졌다. 하지만 결과는 마찬가지였다. 사내들이 입은 옷이 넝마가 되어 갔지만 그들의 몸은 지극히 멀쩡했다.

뻐억!

청검대원 하나의 옆구리에 주먹이 파고들었다. 그는 그대로 피를 토하며 절명했다.

"조심해라! 독이다!"

그냥 독이 아니었다. 이건 시독(屍毒)이었다. 남궁철원은 그제야 이들의 정체를 알아차렸다.

"강시!"

강시도 그냥 강시가 아니었다. 검기에도 멀쩡한 걸 보면 특수한 대법으로 만들어진 특별한 강시였다.

청검대가 더욱 치열하게 검을 휘둘렀다. 그리고 그런 청검대의 뒤로 서른 구의 강시가 또 나타났다.

남궁철원은 긴장한 눈으로 사방을 둘러봤다. 멀리서 강시가 또 다가오고 있었다. 보아하니 정문과 후문 쪽에서 오는 강시였다.

'하면 오로지 강시만으로 장원을 지키고 있었단 말인가?'

의문이 들었지만 그것을 고민할 시간은 없었다. 강시들이 일제히 달려들었기 때문이다.

*　　　*　　　*

"완전히 예상 밖인데?"

금철휘는 감탄을 했다. 시간은 좀 걸리겠지만 패천보가 일방적으로 패할 거라고 예상했다. 한데 막상 뚜껑을 열어 보니 그게 아니었다. 패천보는 남궁세가를 맞아 팽팽한 접전을 펼쳤다.

싸움은 치열했다. 야밤에 습격하는 건 기본이고, 합비 곳곳에서 매일 싸움이 벌어졌다. 숨어 있다가 습격을 하거나, 함정을 파 적을 끌어들이는 건 물론이고, 별의별 책략이 다 나왔다 그리고 일단 한번 싸움을 시작하면 반드시 피를 봤다.

남궁세가와 패천보는 점점 진창에 빠져들었다. 사실 이건 패천보의 서가인이 가장 원하는 상황이었다. 서가인은 남궁세가에 어느 정도의 피해만 줄 수 있으면 족했다. 또한 이 전쟁을 이용해 돈을 버는 것이 두 번째 목표였다.

서가인의 연락을 받은 한월상단이 간신히 늦기 전에 합비에 들어왔고, 본격적으로 시기를 재는 중이었다. 서가인은 그 모든 것을 위에서 지켜보며 조율했다.

그리고 금철휘는 그 모든 상황에 대한 정보를 금향각으로 부터 매일 받고 있었다.

남궁세가와 패천보가 전쟁을 시작한 지 벌써 닷새가 지났다. 하지만 싸움은 점점 치열해지기만 하고, 끝날 기미가 보이지 않았다. 슬슬 망하기 일보 직전인 점포들이 하나둘 나오기 시작했다.

금철휘는 전혀 조급하지도 걱정하지도 않았다. 그건 백총관이 모두 알아서 하고 있기 때문이다. 이번 암흑가의 싸움에서 백총관은 막대한 현금을 확보했다.

남궁세가와 한월상단이 준비한 현금과는 비교도 할 수 없을 정도로 많았기에 백총관이 상대적으로 훨씬 유리한 싸움을 할 수 있었다. 게다가 백총관은 그 둘을 합한 것보다 훨씬 유능했다. 이건 지고 싶어도 지기가 어려운 싸움이었다.

"한월상단과 얽히면 필연적으로 그 배후가 나타나겠지? 설마 돈줄이 망하는데 가만히 두고 보지만은 않겠지."

금철휘가 노리는 바가 바로 그것이었다. 대충 상계의 싸움이 정리될 무렵 이 전쟁도 끝날 것이다. 그리고 그다음부터 진짜 싸움이 시작될 것이다. 포천회라는 미지의 적과의 싸움이 말이다.

"자아, 그럼 오늘도 슬슬 나가볼까?"

금철휘는 다 읽은 보고서를 태워 버린 후, 자리에서 일어났다. 아직 살을 뺀 이후로 화영이나 한서연을 만난 적이 없다. 아마 자신을 봐도 놀라지 않을 것이다. 그리고 단번에 알아볼 확률이 높았다. 예전에도 이와 비슷한 모습을 봤으니 말이다.

합비 거리로 나간 금철휘는 느긋하게 걸었다. 금철휘는 최근 닷새 동안 합비 곳곳을 돌아다니며 꽤 유명해졌다. 미공자 하나가 여기저기 다니며 돈을 뿌리니 유명해지지 않을 수 없었다.

사람들이 보기에는 한량 같은 공자 하나가 놀러 다니는 것 같겠지만 사실 금철휘가 합비를 돌아다니는 이유는 따로 있었다. 금철휘는 천령신공을 극성으로 발휘해 합비 곳곳에 있는 남궁세가나 패천보의 무사들을 찾아다녔다.

"자, 오늘의 전력을 파악해 볼까?"

합비에서 지내며 천령신공이 더욱 깊어졌다. 필요에 의해 수준이 올라간 경우였다. 필요하니 훨씬 집중하게 되고, 그런 식으로 몇 번 실전을 거치고 나니 조금씩 수준이 높아졌다.

이제는 반경 천여 장을 온전히 천령신공의 감각 아래 놓을 수 있었고, 범위를 좁히면 훨씬 먼 거리까지 파악이 가능했다. 즉, 이렇게 밖으로 나와 한 바퀴 빙글 돌면서 천령신공의 감각을 쏘아 보내면 합비 전역을 훑을 수 있다는 뜻이었다. 물론 합비의 중심에서 해야 한다는 단점이 있기는 하지만, 그쯤이야 아무것도 아니었다.

금철휘는 주변을 하나하나 구경하고 살피며 걸음을 옮겼다. 합비 중심에는 넓은 길이 있었다. 중심을 관통하는 대로였는데, 대로변에는 기루와 주루가 즐비했다.

금철휘는 그곳에 서서 천천히 한 바퀴를 돌았다. 당연히 천령신공을 극한까지 끌어올렸다. 온통 거기에 집중해야 했기에 다른 모든 감각을 포기하다시피 했다. 사실 지나칠 정도로 무방비했다. 딱 이 상황에 누군가 금철휘를 노리고 암습한다면 그냥 당할 수밖에 없었다.

하지만 이렇게까지 집중을 했기에 천령신공이 더 깊어졌다. 아마 이번 합비행이 끝나고 나면 금철휘는 훨씬 더 대단한 힘을 발휘할 수 있게 될 것이다.

그렇게 금철휘가 천천히 한 바퀴 도는 광경을 주변에 있던 사람들이 유심히 바라봤다. 그들은 금철휘가 이곳에 서서 어느 기루로 갈지 고민하는 거라고 여겼다. 천령신공으로 합비 전역을 훑고 있다는 사실을 모르면 누구나 당연히 그렇게 생각할 것이다.

"오늘은 별로 없네?"

하지만 별로 없다고 해서 그냥 둘 수는 없었다. 요는 둘의 전력을 비슷하게 계속 맞추는 것이었다. 그래야 최대한 둘의 전력을 깎아 낼 테니 말이다. 또한 그렇게 시간을 끌어야 한월상단이 더 활발히 움직일 것이고, 그들의 뒤를 캐거나 세작을 심는 것이 훨씬 수월해질 테니까 말이다.

일단 움직여야 했다. 금철휘는 천천히 걸어 조금 으슥한 곳으로 향했다. 사람들의 시선이 아예 차단된 곳으로 가야 본격적으로 일을 할 수 있다. 그렇게 아무도 볼 수 없는 곳에 도착한 금철휘의 신형이 그대로 사라졌다.

금철휘가 마음먹고 제대로 귀혼보를 펼치면 누구도 발견할 수 없었다. 귀혼보는 그저 빠르게 움직이기만 하는 보법이 아니었다. 은신의 공능이 섞여 있었다.

금철휘가 향한 곳은 남궁세가 무사들이 매복한 곳이었다. 전체 상황을 파악하고 있으니 어디에서 어떤 무리들이 싸울지 예상하는 건 아주 간단했다. 금철휘는 그 싸움의 결과를 조정해 왔다. 천령신공을 이용해서 말이다.

'조금 더 경지가 깊어졌으면 좋겠는데…….'

금철휘가 싸움을 조절하기 위해 쓰는 건 천령신공의 여섯 번째 단계였다. 천령신공의 육단공에 이르면 사물을 장악할 수 있다. 금철휘는 이들의 무기를 건드려 승패를 조절했다.

아무리 고수라도 자신이 전혀 예상치도 못했는데 무기가 부서지면 당황할 수밖에 없다. 그리고 그 당황은 즉시 빈틈으로 이어진다. 이는 예전 일곱 가문이 금룡장에 덤볐을 때도 금철휘가 한 번 써먹었던 방법이었다.

"오늘은 저놈들만 건드리면 되겠군."

금철휘는 남궁세가 무사들의 검을 천령신공으로 적당히 만져주고는 다시 기루의 중심지로 돌아갔다. 할 일을 마쳤으니 본격적인 풍류공자가 되어 볼 생각이었다.

금철휘의 개입으로 인해 남궁세가와 패천보의 전쟁은 점점 고착 상태에 빠져 들어가고 있었다.

제11장
한월상단

서가인은 고혹적인 눈으로 앞에 앉은 사내를 바라봤다. 깐 깐하게 생긴 노인이었는데, 그의 눈빛에 어린 욕망이 무엇인지 읽었기에 서가인은 전혀 그를 두려워하지 않을 수 있었다.

"계획하신 일은 잘되어 가나요?"

서가인의 말에 노인의 눈에 어렸던 욕망이 금세 사라져 버 렸다. 노인은 곤혹스러운 표정으로 말을 꺼냈다.

"혹시 자금을 좀 융통할 수 있겠나?"

"예?"

서가인은 전혀 예상치 못한 말에 깜짝 놀랐다. 자금을 융 통해 달라니, 대체 이게 말이나 되는 소리인가. 다른 사람도 아닌 한월상단의 주인이 고작 패천보의 총관인 자신에게 그런 말을 하다니 말이다.

"내 준비를 단단히 한다고 했는데, 상황 자체를 좀 우습게 봤던 모양일세."

"하면 준비한 자금이 벌써 다 떨어졌단 말인가요?"

"그렇게 됐네."

노인의 표정은 곤혹을 넘어 치욕에 가깝게 변했다. 서가인은 뭔가 좀 이상하다고 생각했다. 자금이 떨어졌다고 이런 반응을 보일 필요는 없지 않은가. 그것도 상계에서 잔뼈가 굵은 사람이 말이다.

"무슨 일이 있군요?"

노인이 잠시 뜸을 들이다가 한숨과 함께 입을 열었다.

"후우. 내 서 단주에게 뭘 숨기겠나."

서가인은 패천보의 총관이지만, 포천회에서는 단주의 위치에 있었다. 물론 아직 명확한 소속은 없었지만 그래도 단주 대우를 받았다. 노인이 가진 당주라는 직함에는 조금 손색이 있지만 그래도 충분히 높은 지위였다.

"솔직히 말하겠네. 합비에 들어와서 손해를 봤네."

"예에?"

서가인은 정말 크게 놀랐다. 손해를 보다니, 대체 왜 손해를 본단 말인가. 그저 값이 떨어진 물건들을 사들였다가 기다리기만 하면 되는 간단한 일이다.

"그렇게 놀라지 말게. 그럴 만한 이유가 있었으니까."

노인은 차분하게 상황을 설명했다.

처음에는 값이 떨어진 물건을 샀다. 한데 그렇게 산 물건의 값이 슬며시 오르는 것이 아닌가. 남궁세가와 패천보는 여전히 전쟁 상태인데 말이다. 노인은 고민하다가 물건을 다시 팔았다. 그 차익이 상당히 짭짤했다.

한데 거기서 끝이 아니었다. 그다음에 산 물건 역시 비슷한 상황이 되었다. 싸게 사서 높은 값에 되판 것이다. 그쯤 되자, 노인은 뭔가가 있다고 판단했다. 그래서 모든 역량을 총동원해서 정보를 모았다.

"그래서 알아낸 것이 나와 같은 계획을 세운 자들이 또 있다는 거였네."

"또 있다고요?"

"남궁세가도 그 짓을 하고 있더군."

서가인은 고개를 끄덕였다. 남궁세가라면 충분히 그럴 수 있다. 전쟁을 하는 당사자이니 전쟁에 대한 사항을 가장 잘 알 수 있을 테니 말이다.

"그리고 정체를 알 수 없는 자들도 같은 일을 하고 있었네."

"정체를 알 수 없는 자들이라고요?"

"아무리 애써도 정체를 알 수 없더군. 게다가 한둘이 아니었네."

서가인이 눈을 빛냈다. 만일 정말 그렇다면 이 기회를 잘 살리면 막대한 돈을 벌어들일 수 있을 것이다. 상대방 역시 엄청난 자금을 가지고 달려들 테니, 그 돈이 다 어디 가겠는가.

"아!"

서가인은 그런 생각을 하다가 불현듯 정신을 차렸다. 그리고 놀란 눈으로 노인을 바라봤다.

"너무 쉽게 생각했네. 역으로 내 돈을 다 털리게 될 줄은 몰랐네. 몇 번 실수를 하니 금방이더군."

서가인이 고개를 끄덕이며 의미심장한 표정을 지었다.

"좋아요. 저도 자금을 만들어 볼게요."

"그래주겠나?"

노인이 반색하자, 서가인이 조건을 덧붙였다.

"저도 함께 참여한다는 조건이에요."

"자네가 말인가?"

"저도 나름 돈에 대한 감각이 있답니다. 분명히 도움이 될 거예요."

"뭐, 어렵지 않지. 그렇게 하게."

서가인이 배시시 웃었다.

"그리고 그렇게 둘이 함께하는 것이 실제 싸움에서도 훨씬 유리하지 않을까요? 여러 가지 작전을 쓸 수 있잖아요. 예를 들어 서로 가격을 올려서 상대의 돈을 뽑아낸다든지 하는 작전 말이에요."

노인이 크게 고개를 끄덕였다.

"좋군. 나도 생각한 방법이 몇 가지 있으니 우리 한번 잘 해보세."

서가인이 손가락 하나를 들어 올렸다.

"그리고 제가 동원할 수 있는 자금만으로는 모자라요. 돈으로 싸우려면 반드시 돈이 필요해요. 하니, 일단 제 돈으로 하고, 당주님께서도 어떻게든 자금을 융통해 보세요."

"그건 걱정하지 말게. 우리 한월상단의 힘을 잘 알지 않나. 조만간 막대한 자금을 다시 가져올 걸세. 이번에는 절대 당하지 않고 참여한 놈들의 돈을 완전히 빨아먹을 걸세."

"저도 그렇게 되리라 믿어요."

두 사람은 의미심장한 눈빛을 주고받았다. 그들은 향후 합비의 상계는 한월상단이 차지하게 될 것이라 굳게 믿었다.

"자금이 동났습니다."

남궁세가의 내총관 남궁중환의 침중한 말에 가주인 남궁대군과 외총관인 남궁명철의 눈이 화등잔만 해졌다.

"그게 무슨 말인가. 자금이 벌써 동나다니. 아직 전쟁은 절반도 안 끝난 것 같은데. 설마 매물이 마구 쏟아졌다고 그걸 다 그대로 사들인 건 아니겠지?"

가주의 말에 내총관이 고개를 저었다.

"그게 아닙니다."

내총관은 상황을 설명했다. 남궁세가 역시 한월상단과 같은 꼴을 당했다. 즉, 그들의 자금은 결국 금철휘에게 몽땅 이동했다는 뜻이었다. 물론 이들은 그 돈이 금철휘에게 갔다는 사실은 몰랐지만 말이다.

설명을 모두 들은 남궁대군과 남궁명철은 입을 떡 벌렸다.

"하면 물건도 없고 돈도 없다는 뜻인가? 대체 일을 그따위로 처리하면 어쩌자는 겐가!"

남궁세가는 이번 일을 위해 막대한 자금을 끌어들였다. 상당히 무리를 해서 돈을 끌어왔기 때문에 그냥 잃으면 그 타격이 만만치 않았다.

"이제 어쩔 셈인가?"

남궁중환이 고개를 푹 숙였다. 입이 열 개라도 할 말이 없었다. 하지만 남궁대군은 가주답게 다음 일을 계획했다.

"어쩔 수 없지. 자금을 동원한 놈들이 한둘이 아니라고 했나?"

"그렇습니다. 제가 보기에 최소 다섯 군데에서 동시에 덤벼든 것 같습니다."

"그래서 가격이 떨어졌다 올라갔다 난리를 친단 말이지?"

"예. 싼 가격에 사서 비싸게 팔면 금세 돈이 될 것 같았는데, 몇 번 실수를 하는 바람에……."

남궁대군이 크게 고개를 끄덕였다.

"돈을 더 만들게."

"예? 하지만……."

"무리하고 있다는 거 아네. 하지만 이건 위기이자 기회일세. 막대한 돈을 끌어들인 곳이 최소 다섯 군데인데, 우리라고 그들의 돈을 먹지 말라는 법은 없지 않나."

"하지만……."

"자네의 실수는 그 일을 혼자서 했다는 점일세."

"예?"

"그리고 자금이 너무 적었기 때문일세."

남궁대군은 정확히 맥을 짚었다. 그의 눈이 욕망으로 번득였다.

"다른 세가 하나를 더 끌어들이겠네."

그제야 남궁중환과 남궁명철의 눈이 빛났다. 그들도 남궁대군이 하는 말의 의미를 알아차린 것이다.

"그렇게 되면 돈도 많아지고 혼자가 아니게 되지. 손을 잡은 곳이 많으면 많을수록 유리한 싸움이란 말일세. 내 말이 틀렸는가?"

"아닙니다. 가주님의 말씀이 옳습니다."

"자고로 이런 일에는 머리 좋은 자들을 끌어들여야 하는 법일세."

"하면, 제갈세가를……."

"외총관과 인연이 제법 있지?"

"그렇습니다. 그들을 끌어들이는 건 제게 맡겨주십시오."

"하면 난 사마세가를 끌어들이지."

"사마세가까지 말입니까?"

"그들 역시 제법 머리를 쓰지 않나. 비록 오대세가에는 끼지 못하지만 말일세."

남궁명철이 크게 고개를 끄덕였다.

"좋은 생각이십니다. 그들은 아마 이번 기회를 이용해 오대세가의 반열에 오르려 할 것입니다. 본래 욕심이 많은 자들이니까요."

"그럼 그렇게 알고 서두르게. 내가 보기에는 시간이 그리 많지 않으니 말일세."

"예. 알겠습니다."

남궁중환과 남궁명철이 서둘러 자리에서 일어났다. 그들 역시 시간이 없다는 것을 절감하고 있었다. 이번 일은 전쟁이 끝나는 순간 기회도 함께 사라진다. 비록 전쟁이 고착 상태에 빠져 있지만 언제 끝날지 알 수 없다. 남궁세가야 여력이 충분하지만 패천보는 어떻게 될지 모른다.

두 사람이 서둘러 나가자 남궁대군은 주먹을 불끈 쥐었다.

"이번 기회를 잘 살려야 돼. 우리 세가가 오대세가의 위에 설 수도 있으니."

남궁대군의 눈에 야망이 번득였다. 그는 그 야망을 이루기 위해서라면 무엇이든 할 각오가 되어 있었다.

그렇게 합비의 전쟁은 전혀 다른 양상으로 발전하고 있었다. 금철휘의 명을 받은 백총관의 힘으로 인해서 말이다.

*　　　*　　　*

금철휘는 수십 장에 달하는 보고서를 읽으며 연방 감탄했다. 하나하나 굉장한 내용을 담고 있었다. 현재 합비의 상계가 어떻게 돌아가고 있는지부터 어떤 식으로 남궁세가와 한월상단의 돈을 빨아들였는지까지 자세히 기술되어 있었다.

"많이도 벌었군."

보고서 말미에 그렇게 해서 얼마나 많은 돈을 벌었는지 적혀 있었는데, 가히 상상을 초월할 정도로 막대한 금액이었다.

금철휘 앞에는 백총관 대신 한서연과 화영이 살짝 뾰로통한 표정으로 앉아 있었다. 두 여인은 각각 맡은 기루와 객잔이 계속 적자를 내서 상당히 의기소침해졌는데, 그렇게 된 원인이 모두 금철휘에게 있다는 것을 방금 전에 듣고 완전히 토라져 버렸다.

"호오. 제갈세가? 거기에 사마세가까지?"

금철휘의 말에 한서연과 화영이 슬그머니 시선을 원래대로 돌려 금철휘를 바라봤다. 제갈세가와 사마세가를 언급했다는 건 그들이 뭔가 일을 벌인다는 뜻이다. 그것이 무엇인지 궁금해 두 여인은 금철휘의 말에 귀를 쫑긋 세웠다.

하지만 금철휘는 그 이후로 입을 꾹 다문 채 묵묵히 보고

서를 읽었다. 얼마 남지도 않았기에 시간이 오래 걸리지는 않았다. 하지만 마지막에 적힌 내용이 진짜였다.

"흐음."

금철휘가 손으로 턱을 괴고 생각에 잠겼다. 살을 뺀 이후 이런 모습 하나하나가 마치 그림 같았다. 한서연과 화영은 답답했던 심정도 잊고 잠시 멍하니 금철휘를 바라봤다.

"이거 잘하면 아주 그냥 싹싹 쓸어 담을 수 있겠는데?"

금철휘의 말에 그제야 정신을 차린 두 여인이 물었다.

"예? 뭘요?"

"돈."

금철휘는 그렇게 말하고 씨익 웃었다.

"상황이 재미있어졌어. 어쩌면 돈으로 남궁세가를 사 버릴 수 있을지도 모르겠어."

한서연과 화영은 말도 안 된다는 표정을 지었다. 천하의 남궁세가를 돈으로 산다니, 그게 가당키나 한 말인가.

"아무리 공자님이라도 그건 불가능하지 않을까요? 남궁세가는 오대세가 중 하나예요. 전통의 강자라고요. 그들의 자존심이 얼마나 대단한데 돈에 자신들을 팔겠어요? 그들은 차라리 힘으로 다른 사람들의 돈을 빼앗으면 빼앗았지 그렇게 되지는 않을 거예요."

"꼭 가문의 모든 걸 돈을 주고 넘겨받아야 가문을 사는 건 아니지. 다른 방법도 얼마든지 있거든."

두 여인은 꿀 먹은 벙어리가 되었다. 남궁세가를 돈으로 산다는 발상도 이해할 수 없었고, 다른 방법이 있다는 것도 이해가 안 갔다.

"세가의 경제력이 사라지면 외부에 휘둘릴 수밖에 없어. 아니면 산으로 들어가 산적이 되거나."

두 여인은 그 말을 듣고도 고개를 저었다. 아무리 생각해도 남궁세가가 누군가에게 휘둘린다는 걸 상상하기 어려웠다.

"뭐, 그거야 두고 보면 알 일이고……."

금철휘가 그쯤에서 말을 자르자, 두 여인의 눈에 다시 생기가 돌아왔다. 그리고 가장 궁금했던 것을 물었다.

"제갈세가와 사마세가가 뭘 어떻게 했나요?"

"별거 아냐. 합비에 들어왔어."

"합비에 들어왔다고요? 지부를 세우는 건가요? 남궁세가나 패천보에서 가만히 놔둘 리가 없는데……."

"지부를 세우는 게 아니라, 자금이 들어왔어."

"예? 자금이요?"

금철휘가 씨익 웃었다.

"나한테 돈을 갖다 바치고 싶어서 안달이 난 거지."

두 여인은 여전히 금철휘가 무슨 말을 하는지 몰라 어리둥절한 표정을 지었다. 금철휘는 그런 둘을 보며 의미심장한 미소를 지었다.

*　　*　　*

합비에 돈이 넘쳐났다. 남궁세가와 제갈세가, 그리고 사마세가에서 돈을 싸 들고 와서 싸움에 끼어들었고, 패천보의 자금에 한월상단이 추가로 투입한 막대한 돈이 합비에 풀렸다.

백총관은 처음 투입했던 자금을 몽땅 회수하고, 초기에 남궁세가와 한월상단으로부터 흡수한 자금만으로 합비의 돈 싸움에 참여했다. 하지만 그 누구도 백총관의 능력을 따라잡을 수 없었다.

백총관은 이런 식의 싸움에 매우 익숙했다. 더구나 금향각의 막강한 정보력까지 등에 업으니 그야말로 호랑이 등에 날개를 단 격이었다.

금향각의 정보망은 금철휘가 합비에 도착한 순간부터 조금씩 확충되어 지금은 거의 항주를 능가할 정도로 뛰어난 정보망을 구축한 상태였다. 그러니 다른 세가나 상단이 백총관을 상대로 제대로 싸울 수 있을 리 없었다.

이 모든 것이 사실 남궁세가와 패천보의 전쟁에서 비롯된 일이었다. 하지만 이제는 더 이상 전쟁이 문제가 아니었다. 싸움의 양상이 완전히 뒤바뀐 것이다.

최근 남궁세가와 패천보는 변변한 싸움 한번 하지 않았다. 양측 모두 그보다는 합비에서 벌어지는 전쟁(錢爭)에 모든 역량을 집중했다.

백총관은 교묘히 다른 상단을 끌어들이기도 하고 몇몇 무가를 움직이기도 하면서 돈의 흐름을 조절했다. 그런 식으로 야금야금 상대의 자금을 흡수해 나갔다. 제갈세가와 사마세가가 참여한 지 열흘이 지난 지금 백총관은 벌써 그들이 가진 자금의 일 할을 낚아챘다.

백총관이 가장 꼭대기에서 상황을 조율하며 판을 이끌어 가고 있다면 나머지는 진창에 빠진 채 허우적거리며 지저분한 싸움을 이어갔다. 따기도 하고 잃기도 하면서 허우적대다 보면 어느새 그 자금이 고스란히 백총관에게로 향했다. 실로 굉장한 수완이었다.

그렇게 진창에 빠진 자들 중 가장 심각한 곳이 바로 한월상단과 패천보였다.

"후우. 큰일이군."

한월상단의 주인인 우상위는 한숨을 푹 내쉬었다. 설마 이 지경이 될 줄은 몰랐다. 추가로 투입한 자금까지 몽땅 동이 나 버렸다. 이대로라면 손실을 도저히 메울 수가 없었다. 그리고 그것은 서가인 역시 마찬가지였다.

"우 당주님, 이제 어쩌실 건가요?"

서가인 역시 표정이 좋지 않았다. 둘이 힘을 모았음에도 한 번도 성공하지 못하고 실패를 계속했다. 그들은 백총관에게 당하고 제갈세가와 사마세가에도 당하는 바람에 끊임없이 돈을 잃기만 했다.

작정하고 달려든 제갈세가와 사마세가의 힘은 대단했다. 그들은 자금력도 굉장했고, 또 그 자금을 운용하는 실력도 뛰어났다. 더구나 각종 작전을 구사하며 자금의 흐름을 조절하려 하니 한월상단과 패천보의 힘만으로 어찌해볼 수가 없는 상대였다.

"후우. 아무래도 조금 더 무리를 해야겠네."

"더 무리를 하신다고요?"

서가인의 표정이 굳었다. 사실 그녀는 패천보에서 총관의 권한으로 끌어 쓸 수 있는 돈은 다 끌어 썼다. 그렇기에 더 이상 여력이 없었다. 하지만 여기서 손을 떼기에는 너무나 아쉬웠다.

"이제 그놈들이 쓰는 수법을 대충 파악했으니 다음부터는 결코 쉽게 당하지 않을 걸세."

"그건 저도 그래요. 아마 다시 시작하면 꽤 많은 돈을 벌 수 있을 것 같아요."

서가인의 말투에는 자신감이 넘쳤다. 패천보의 돈을 퍼부으면서 얻은 결론이었다. 또한 그렇게 해서 얻은 경험이었고, 능력이었다.

"그래서 난 마지막으로 모험을 해 볼 작정일세."

"모험이요?"

"아니, 모험이 아니지. 솔직히 이제 그렇게 하는 수밖에 없네."

"어쩌시려고요?"

"상단의 미래를 걸 생각이네."

"서, 설마⋯⋯."

"불행히도 그 설마가 맞을 걸세. 지금 상단을 정리 중이네. 헐값에 팔 수는 없으니 그 가치만으로 다시 한 번 판에 뛰어들 생각일세."

서가인은 할 말을 잊고 우상위를 바라봤다. 헐값에 팔기 싫다지만 누가 그 가치를 다 인정해줄 것인가. 물론 우상위도 그 사실을 모르지 않을 것이다. 다만 조금이라도 더 가치를 인정받으려 애써서 결과를 만들어 낼 생각이었다.

"하아. 그렇게까지 하시는데 제가 손을 뗄 수는 없지요. 저도 좀 무리를 할게요."

"서 단주가 말인가? 여력이 없는 걸로 아는데⋯⋯."

"여력이야 만들면 되지요. 패천보에는 아직도 돈이 될 만한 것들이 꽤 많답니다."

서가인은 그렇게 말하며 패천보주를 떠올렸다. 아무래도 당분간 패천보주의 품 안에서 지내야 할 듯하다. 그렇게 열심히 몸을 굴려서 몇 가지 권한을 더 따내면 충분히 해볼 만한 자금을 만들 수 있을 것이다. 물론 패천보는 몰락의 길을 걷겠지만.

둘은 결연한 표정을 지었다. 그 표정에는 자신감도 함께 들어 있었다. 죽기 살기로 덤비지 않으면 안 된다. 이번 기회를 살리지 못하면 아마 둘은 살아도 산목숨이 아니게 될 것이다.

"후우. 힘내게. 산 채로 강시가 될 수는 없지 않은가."

"그러게요. 사실 이번에도 좀 위험했지요."

"청검대 말인가?"

"예, 하마터면 한 사람을 놓칠 뻔했거든요. 우리가 강시를 보유하고 있다는 사실이 알려지면 정말로 곤란하니까요."

만일 처음에 청검대를 제압하지 못했다면 싸움은 벌써 끝났을 것이다. 서가인은 과연 싸움이 빨리 끝나지 않은 게 다행인지 그렇지 않은지 분간할 수가 없었다. 만일 싸움이 빨리 끝났다면 지금 이런 꼴은 당하지 않았을 것이다.

'그래도 이번에 다 만회하면 돼. 주인님께서도 분명히 인정해주실 거야. 그리고 날 뜨겁게 안아주시겠지.'

서가인은 주인에게 안길 생각만으로도 온몸이 달아올랐다. 그녀는 속으로 한숨지었다. 이렇게 달아오른 몸을 조금이라도 식히려면 패천보주를 찾아가는 수밖에 없다.

'어차피 한동안은 안겨야 하니까. 이번 기회에 인간이 얼마나 쾌락에 젖을 수 있는지 알려주는 것도 나쁘지 않겠지. 제대로 써먹어야 하니까.'

우상위는 혼자 생각에 빠진 서가인을 보며 슬그머니 다가갔다. 그는 분명히 알 수 있었다. 서가인의 몸이 뜨겁게 달아올랐다는 것을 말이다.

우상위가 다가가자 서가인이 퍼뜩 정신을 차렸다. 그녀는 눈살을 찌푸리며 우상위를 쳐다봤다.

"이번 기회에 우리의 관계를 더욱 확실히 만드는 게 어떤가?"

서가인은 잠시 생각에 잠겼다. 그리고 고개를 끄덕였다. 생각해 보면 나쁘지 않은 제안이었다. 우상위 역시 이번 일이 지나면 자신이 여러모로 이용할 만한 가치가 있는 사람이었다. 그리고 어차피 주인을 생각하며 달아오른 몸을 식히는 데 패천보주 하나만으로는 조금 모자란 감이 있었다. 그 모자람을 우상위로 채우는 것도 나쁘지 않았다.

서가인은 고개를 끄덕이며 색정 어린 미소를 지었다. 색기가 철철 넘치는 그녀의 눈빛이 금세 방 안을 후끈 데웠다. 우상위는 침을 꿀꺽 삼키며 서가인에게 달려들어 그녀를 꽉 안았다.

이내 방 안에 뜨거운 바람이 불어닥쳤다.

*　　　*　　　*

"잡았습니다."

백총관의 보고에 금철휘가 침상에서 벌떡 몸을 일으켰다. 최근 천령신공의 작은 깨달음 하나를 얻어 새로운 수련에 매진하고 있었는데, 그 마음을 단번에 날려 버릴 정도로 기분 좋은 소식이었다.

"한월상단?"

"그렇습니다. 이번에 그들이 판에 제대로 뛰어들기 위해 상단의 지분을 비롯한 막대한 현물을 투입했습니다. 그걸 역으로 추적해 그들의 뒤를 캐냈습니다."

"좋아. 포천회의 실체를 잡은 건가?"

"거기까지는 할 수 없었습니다. 한월상단 자체가 포천회의 최하부 조직 중 하나 정도인 듯합니다. 대신 한월상단과 긴밀하게 연결된 상단이나 방파를 파악했습니다."

금철휘가 눈을 빛냈다. 한월상단의 뒤를 캐면서 포천회의 실체를 잡아낼 거라는 기대는 사실 애초에 하지 않았다. 금철휘가 원했던 것이 딱 이거였다. 한월상단과 긴밀하게 관계되었다면 그들 역시 포천회의 하부 조직일 가능성이 컸다. 어쩌면 포천회에서 꽤 중요한 위치를 가진 조직이 있을지도 모른다.

"그놈들 철저히 조사해. 그리고 만일 포천회와 관계가 있다면 완전히 무너뜨려 버려."

"알겠습니다."

금철휘의 계획은 지극히 단순했다. 포천회의 자금줄을 말려 버리는 것이 첫 번째 계획이었다. 포천회가 아무리 대단해도 돈이 없으면 유지될 수가 없다. 그걸 노린 것이다. 그렇게 흔들면 포천회의 실체가 조금씩 모습을 드러낼 것이다.

'꼭 다시 만나야 하는데 말이지.'

자신의 몸으로 만든 강시를 무조건 다시 만나야만 한다. 그리고 그것을 세상에서 지울 것이다. 비록 예전에 쓰던 몸이 라지만, 직접 없앤다고 생각하니 참으로 느낌이 묘했다. 그래 도 자신의 예전 몸이 강시가 되어 돌아다니는 것보다는 훨씬 낫다.

"그럼 일단 한월상단부터 싹 접수해 볼까?"

금철휘의 말에 백총관이 고개를 숙이며 대답했다.

"즉시 이행하겠습니다."

합비에 폭풍이 몰아쳤다. 패천보가 대대적인 공세를 펼친 것이다. 그로 인해 그동안 등락을 거듭했던 점포들의 가격이 바닥까지 떨어져 버렸다.

패천보로서는 어쩔 수 없는 선택이었다. 그렇게 해서 전쟁 에 이기지 않으면 완전히 알몸으로 거리에 나앉을 판이었다. 아니면 근처 산으로 들어가 산적이 되거나.

패천보주는 일단 남궁세가와의 싸움에서 결론을 보기로 결정했다. 그래서 기습이나 다름없이 전격적으로 남궁세가에 몰려갔다. 만일 이번 싸움에서 지면 남은 사람들을 모아 항 주로 갈 생각이었다. 그곳에 딸이 있으니 금룡장에 신세를 좀 지겠다고 생각한 것이다.

막상 싸움이 시작되자, 패천보는 무시무시한 기세로 남궁 세가를 몰아붙였다. 죽기 아니면 까무러치기로 덤비니 천하의 남궁세가로서도 간단히 대응하기가 어려웠다.

게다가 남궁세가는 돈이 없어 무사들에게 제대로 된 보급을 하지 못했고, 무사들에게 제대로 보수를 지급해주지도 못했다. 그러니 사기가 바닥으로 떨어질 수밖에 없었고, 사기가 떨어지니 싸움에서도 계속 밀리기만 했다.

하지만 남궁세가의 저력은 그리 녹록지 않았다. 아무리 그래도 오대세가에 속하는 무가였다. 그들이 제대로 역량을 발휘하기 시작하자, 패천보는 다시 밀릴 수밖에 없었다.

그렇게 치열한 싸움이 연일 계속되었다. 처음 전쟁 초기의 싸움과는 비교도 할 수 없을 정도로 흉험했다. 그리고 그 싸움이 주변에 여파를 미치기 시작했다. 일반인들이 다친 것이다.

합비의 분위기는 더욱 뒤숭숭해졌고, 건물들의 값어치는 바닥에서 더 아래로 떨어졌다.

그리고 금철휘는 그 전에 건물들을 몽땅 정리해 버렸다. 패천보의 일을 금철휘가 조장한 거나 다름없기에 아주 정확한 시기를 잡을 수 있었다. 덕분에 각 상단과 세가들이 가지고 있던 자금의 대부분을 흡수했다.

싸움은 점점 치열해졌고, 패천보는 패망의 길을 걸어갔다. 그리고 합비에 발을 걸친 모든 세가와 상단들이 큰 손해를 보고 말았다. 그들은 최소한의 자금이라도 확보하고자 쥐고 있던 건물들을 저마다 내놓기 시작했고, 가격은 바닥을 뚫고 훨씬 더 아래로 내려갔다.

그리고 금철휘는 느긋하게 그것들을 하나씩 하나씩 사들였다. 각 세가와 상단으로부터 흡수한 자금의 절반 조금 넘는 돈으로 합비에 있는 대부분의 점포를 소유하게 된 것이다.

"어때? 내 말대로 됐지?"

금철휘의 설명을 모두 들은 한서연과 화영은 벌어진 입을 다물지 못했다. 금철휘는 정말로 합비를 사 버렸다. 그래도 이해하지 못했다. 대체 왜 다른 자들은 가장 비쌀 때 사서 바닥까지 떨어졌을 때 파는지 말이다.

그것은 제대로 된 경험과 지식, 그리고 정보가 없다면 누구든 당할 수밖에 없다는 사실을 모르는 한, 결코 이해할 수 없는 일이었다.

그렇게 합비의 전쟁(錢爭)이 마무리되었다. 하지만 진짜 전쟁(戰爭)은 아직 조금 더 남아 있었다.

제12장
중재

　　남궁세가와 패천보의 싸움은 절정을 넘어섰다. 남궁세가
는 큰 피해를 입긴 했지만 치명적이지는 않았다. 이대로 싸움
이 끝나주기만 한다면 향후 몇 년 안에 원래의 성세를 되찾을
수 있을 것이다. 하지만 패천보는 패망의 길로 들어서 회복의
기미가 보이지 않았다.

　　사실 두 가문의 가장 큰 문제는 돈이었다. 이번 합비에서
벌어진 돈 싸움에 어마어마한 타격을 입어 그야말로 돈이 쪽
빨려 버렸다. 싸움이 끝나고 재건을 하든 뭘 하든 돈이 없으
면 아무것도 안 된다.

　　그렇게 길이 보이지 않는 상황에서 남궁세가주와 패천보

주에게 각각 서찰이 하나씩 전해졌다. 그리고 서찰을 읽은 두 사람은 침중한 표정으로 고개를 끄덕였다.

남궁세가주 남궁대군과 패천보주 채운곽은 서찰에 적힌 장소로 향했다. 시간까지 정했기에 두 사람은 동시에 도착했다. 서로의 얼굴을 발견하고는 굳은 표정을 감추지 못했지만 각각 한 가문을 이끄는 사람답게 감정을 앞세워 싸움을 걸거나 하지는 않았다.

사실 서로 마주친 순간 두 사람은 서찰을 쓴 사람이 무엇을 원하는지 알 수 있었다. 서찰을 쓴 사람은 자신이 이번 합비에서 벌어진 돈 싸움의 최종 승자라고 스스로를 밝혔다. 최종 승자는 합비에 있는 대부분의 점포들을 소유했다고 알려져 있다. 그러니 전쟁이 끝나야 다시 물건의 가격이 올라 큰돈을 벌 것 아닌가.

'즉, 중재하겠다 이거지?'

남궁세가주는 물론이고 패천보주도 결코 중재안을 받아들일 생각이 없었다. 전쟁은 자신들이 하고 돈은 엉뚱한 놈이 벌어 갔다. 한데 그 엉뚱한 놈의 돈을 더 불려주기 위해 전쟁을 그만둬야 한다니, 대체 왜 그래야 한단 말인가.

두 사람은 서로를 외면하다시피 하며 안으로 들어갔다. 합비 외곽에 있는 고즈넉한 장원이었는데, 이번 기회에 금철휘가 거의 공짜에 가깝게 장만한 수십 채의 장원 중 하나였다.

안으로 들어간 두 사람은 두리번거리며 자신을 초대한 사람이 어디 있는지 찾았다. 하지만 장원 안에는 아예 사람 자체가 없었다. 두 사람은 더 깊은 곳으로 들어갔다. 아무리 들어가도 사람을 발견할 수 없었다. 그리고 장원의 중심에 도착했을 때에야 한 사람을 발견했다.

눈처럼 새하얀 백의를 입은 노인이었다. 그는 남궁대군과 채운곽을 발견하고도 가만히 서서 두 사람이 오기만을 기다렸다. 남궁대군도 채운곽도 이런 대접은 생전 처음이었기에 상당히 불쾌했지만 일단 목마른 건 자신들이었기에 꾹 참고 노인에게 다가갔다.

노인, 백총관은 두 사람이 지척에 다가온 뒤에야 정중히 포권을 취했다.

"쉽지 않은 결심을 해주셔서 감사하오. 백노라 불러주시오."

태도나 말투가 워낙 정중했기에 두 사람의 기분도 조금 풀렸다. 하지만 속으로 한 결심은 여전히 변함없었다. 굳이 이 노인을 위해 싸움을 멈춰야 할 이유를 여전히 찾을 수 없었다.

"나를 부른 이유나 빨리 말해주시오. 당신이 서신에 정체를 적지 않았다면 아마 오지 않았을 거요."

남궁대군이 퉁명스럽게 말했다. 하지만 백총관은 은은한 미소로 고개를 끄덕여 기분이 상하지 않았다는 점을 분명히 알게 해주었다. 마치 한 수 위에서 내려다보고 있으니 마음껏 해보라는 듯한 느낌이었다.

남궁대군의 표정이 살짝 일그러졌다. 왠지 계속 기세 싸움에서 밀리는 듯한 느낌이 들어 기분이 좋지 않았다.

"두 분께서도 짐작을 하고 오셨겠지만, 전 중재를 위해 이 자리를 마련했습니다."

남궁대군과 채운곽이 동시에 코웃음을 쳤다.

"흥, 중재? 지금 와서 싸움을 그만두란 말이오? 그래서 얻는 게 뭐가 있다고? 막말로 지금 패천보를 밀어 버리면 패천보의 재물이라도 얻을 수 있겠지만, 굳이 중재를 받아들여 싸움을 멈추면 우리는 전쟁으로 인한 손해만 잔뜩 끌어안아야 하는데, 왜 그래야 하오?"

채운곽은 그 말에 발끈했지만 굳이 나서지는 않았다. 나설 필요가 없었다. 어차피 완전히 틀린 말도 아니다. 패천보의 패망은 기정사실이 되었다. 애초에 남궁세가와 싸운 것이 잘못이다.

백총관은 잠시 뜸을 들였다. 남궁대군과 채운곽 모두 상당히 흥분한 상태였다. 이 상황에서는 달아오른 열기가 식을 때까지 조금 기다리는 편이 향후 대화를 이끌어 나가기가 훨씬 편하다.

남궁대군과 채운곽이 흥분을 가라앉히는 데에는 그리 오랜 시간이 필요치 않았다. 그들도 굳이 지금 흥분을 하고 반

목을 키워 봐야 좋을 게 하나도 없다는 사실쯤 말해주지 않아도 잘 알고 있었으니까.

"과연 끝까지 싸우고 나면 남는 게 뭐가 있겠소?"

백총관은 그렇게 말을 꺼냈다. 물론 남궁대군이나 채운곽은 콧방귀도 뀌지 않았다. 그럼 싸우지 않으면 남는 게 뭐가 있겠는가. 그 대안을 제시해주지 않는 한, 아무리 대화를 해봐야 쳇바퀴만 돌 뿐이다.

"패천보의 재물을 얻는다 하셨소? 과연 패천보에 남은 것이 있기나 하오?"

백총관이 채운곽을 보며 물었다. 채운곽은 그 시선에 움찔 몸을 떨었다. 그것을 본 남궁대군의 눈썹이 크게 꿈틀거렸다.

"패천보에 남은 건 빚밖에 없을 텐데. 그렇지 않소?"

백총관의 물음에 채운곽은 답하지 못했다. 그게 사실이었기 때문이다. 남궁대군의 표정이 일그러졌다. 이대로라면 정말 백총관의 말대로 싸우면 싸울수록 손해를 보게 된다. 차라리 그냥 싸움을 멈추는 게 낫다.

남궁대군이 어금니를 꽉 물었다.

"그래도 싸움을 여기서 끝낼 수는 없소. 이건 우리 남궁세가의 자존심 문제요."

백총관이 고개를 끄덕이고는 채운곽을 바라봤다. 채운곽역시 남궁대군과 비슷한 반응을 보였다.

"나야말로 바라던 바요. 패망해 결국 산적이 될지언정 여기서 끝낼 수는 없소."

그렇게 말하며 차갑게 웃는 모양새가 정작 산적이 되면 어떤 짓을 벌일지 뻔히 보였다. 아마 남궁세가는 적지 않은 괴롭힘을 감당해야만 할 것이다.

백총관은 그런 둘을 가만히 보다가 천천히 입을 열었다.

"사실 난 모시는 분이 있소."

백총관의 말에 남궁대군과 채운곽의 눈이 찢어질 듯 커졌다. 만일 정말이라면 고작 하수인과 얘기를 나누고 있다는 뜻 아닌가.

"하지만 이번 일을 주도한 사람이 나인 건 분명하오."

남궁대군과 채운곽의 표정이 혼란으로 얼룩졌다. 대체 무슨 말을 하는지 감을 잡을 수 없었다.

"즉, 그분의 명을 받아 이번 일을 벌였다는 뜻이오. 그리고 이번 중재 역시 그분의 명을 받았기에 나선 것이오."

"하면 그 말은⋯⋯."

백총관이 냉정한 눈으로 말했다.

"솔직히 난 이 중재의 필요성을 전혀 느끼지 못하고 있소. 어차피 모든 돈은 내 손에 들어왔소. 이번 합비지사에 참여한 제갈세가와 사마세가의 돈은 물론이고 패천보의 뒤를 받치던 한월상단도 얻었소. 난 그저 기다리기만 하면 되오. 아니, 기다리다 보면 더 큰 이익을 얻을 수 있소."

백총관이 서늘한 눈으로 남궁대군과 채운곽을 쳐다봤다.

두 사람은 대답도 못하고 침만 꿀꺽 삼켰다.

"내 말이 틀리오?"

둘은 약속이라도 한 듯 침중한 표정으로 입을 꾹 다물었다. 틀리지 않다는 걸 알기에 대꾸조차 할 수 없었다. 사실 남궁세가와 패천보를 중심으로 막대한 자금이 유입되었지만 고작 그 돈만으로 합비를 몽땅 살 수 있을 리 없었다.

합비에서 그런 일이 벌어질 때 그 거대한 자금에 휘둘리는 수많은 중소 상단과 방파들이 휩쓸리면서 자금 규모가 커진 것이다. 그리고 백총관은 그 모든 돈을 꿀꺽 삼켰다.

하지만 아직도 남은 점포들이 꽤 많았다. 상징적으로 합비를 집어삼켰다고 말하는 것이지 정말로 그렇게 한 것은 아니었다. 하지만 여기서 싸움이 더 길어지면 얘기가 조금 달라진다.

남궁대군과 채운곽은 대번에 상황을 이해하고 받아들였다. 만일 그들이 더 싸운다면 피해는 피해대로 더 입고, 또 엉뚱하게 다른 사람의 배만 불려주게 될 것이다.

"당신이 모시는 사람이 있다고 했소?"

"그렇소."

"그분의 뜻이 전쟁을 그만 멈추라는 것이오?"

"맞소. 난 그저 그분의 뜻을 따를 뿐이오."

남궁대군이 잠시 곤혹스러운 표정을 지었다. 그리고 이내 표정을 수습하고는 다시 물었다.

"대체 왜요?"

백총관이 무슨 의미냐는 듯 남궁대군을 바라보자, 남궁대군이 말을 이었다.

"대체 당신이 모시는 분은 무슨 이득이 있어서 우리의 전쟁을 멈추려는 거요? 합비가 빨리 안정되어 그 가치가 높아지게 하려는 건 아닌 듯하오만……."

백총관은 무표정하게 고개를 끄덕였다.

"당연히 그것은 아니오. 혹시 포천회라는 이름을 들어본 적 있소?"

"포천회?"

남궁대군과 채운곽은 어리둥절한 표정을 지었다. 지금까지 단 한 번도 들어본 적이 없는 생소한 이름이었다. 하지만 이름에 담긴 뜻을 파악해 보자면 참으로 광오하기 그지없었다. 천하를 휘어잡겠다는 뜻이 담겨 있지 않은가.

백총관이 의미심장한 눈으로 두 사람을 보며 말했다.

"한데 두 분은 정말로 본인의 의지로 전쟁을 벌인 것이오?"

"그게 무슨 의미로 하는 말이오?"

"하면 우리가 포천회인지 뭔지의 괴뢰라도 된다 이 말이오?"

"이번 전쟁을 처음부터 차근차근 되짚어 보라는 뜻이오. 과연 순수하게 남궁세가와 패천보만의 의지로 이루어진 일인지, 아니면 누군가 은밀하게 개입을 했는지 말이오."

두 사람은 불쾌했지만 뭔가 찜찜한 구석이 너무 많아서 백총관의 말대로 차근차근 전쟁이 일어나게 된 계기를 반추해 갔다. 한데 생각하면 생각할수록 조금 묘했다.

"흐음."

"이것 참."

백총관은 그렇게 둘의 분위기가 어느 정도 잡혔다고 판단하자, 다음 말을 던졌다.

"일단 패천보 쪽에 있는 포천회의 간자는 총관인 서가인이오."

쾅!

"말도 안 되는 소리!"

채운곽이 강하게 발을 구르며 외쳤다. 청석으로 이루어진 바닥에 쩍쩍 금이 갔다. 그의 얼굴은 분노와 수치로 뒤범벅되었다.

"화를 내실 필요 없소. 솔직히 당신도 짐작하지 않았소?"

채운곽이 이글거리는 눈으로 백총관을 노려봤다. 당장이라도 출수해서 박살을 내 버리고 싶었지만 꾹 참았다. 화는 나도 그게 사실이었기 때문이다. 패천보가 망할 지경이 되어서야 서가인에 대한 의심이 생겼다.

"아직 확실한 건 아무것도 없소. 그러니 말을 함부로 하지 마시오."

채운곽이 한 자 한 자 씹어 뱉듯 말했다. 하지만 백총관은 품에서 작은 책자 하나를 꺼내 내밀었다. 채운곽은 이를 악물고 그 책을 받았다. 그리고 그것을 펼쳐 하나하나 읽었다. 그의 표정이 붉으락푸르락해졌다.

"이제 대체 뭐요?"

"당신이 원했던 확실함이오. 직접 나서서 그 내용을 확인해보는 건 어렵지 않을 거요."

백총관의 말에 채운곽의 얼굴이 사정없이 일그러졌다. 책자의 내용은 워낙 체계적이고 논리적으로 쓰여 있어 흠잡을 곳이 없었다. 굳이 사실을 확인하고 말고 할 것도 없었다. 그 책자는 서가인의 행적을 정리한 것이었다.

"책자에 보면 알겠지만 패천보에 강시가 있소."

채운곽의 심장이 바닥으로 뚝 떨어졌다.

"그게 무슨 말이오!"

백총관이 고개를 끄덕였다.

"역시 모르고 있었군. 당신의 총관이 끌어들였소. 아마 패천보 어딘가의 땅속에 파묻혀 있을 거요. 남궁세가가 패천보의 장원을 차지하면 즉시 일어서겠지."

그 말에는 남궁대군조차 가슴이 서늘해지지 않을 수 없었다. 만일 그게 사실이라면 정말로 엄청난 일이 벌어질 것이다.

"그게 정말이오?"

"당장이라도 조사하면 들통 날 거짓말을 내가 왜 하겠소? 뭐가 아쉬워서?"

구구절절 옳은 말이기에 남궁대군도 채운곽도 할 말이 없었다. 하지만 그렇기에 더 심각한 일이었다. 강시라니!

"포천회의 의도는 뻔하오. 남궁세가의 힘을 줄여서 향후 천하를 향해 칼을 들이댔을 때 조금이나마 편하게 가자는 것이오."

남궁대군은 입을 다물고 천천히 고개를 끄덕였다. 얘기를 들으면 들을수록 백총관의 말이 옳다. 그들이 정말로 천하를 쥐고자 한다면 남궁세가는 큰 적이다.

'거기에 이번에 제갈세가에도 피해를 입혔으니……'

포천회가 의도한 바는 아니었을 것이다. 하지만 어쨌든 결과적으로는 제갈세가에 피해가 갔다. 그것도 모자라 사마세가도 피해를 입었다. 그들이 투자한 돈은 세가를 몇 년 동안 유지시킬 수 있는 막대한 금액이었다. 그걸 몽땅 잃었으니 향후 어떤 변화가 생길지 알 수 없었다.

평소와 다름없다면 별일 없을 것이다. 하지만 포천회라는 미지의 적이 나타난 이상, 그것이 어떤 결과를 초래할지 전혀 예측이 불가능했다.

"그래서, 정확히 우리가 어떻게 하기를 원하오?"

남궁대군의 말에 채운곽은 살짝 불만 어린 표정을 지었다. 하지만 그 역시 계속 싸움을 고집할 수는 없었다.

"이제야 두 분과 대화할 준비가 된 것 같소. 그럼 슬슬 본론으로 들어갑시다."

백총관의 말에 남궁대군과 채운곽이 긴장한 표정으로 그를 바라봤다. 그냥 자신들을 불러서 전쟁을 중재할 리 없다. 분명히 뭔가 조건을 내걸 것이다. 그들도 그것을 예상했기에 여기까지 나왔다. 이제 그 조건이 무엇인지 들을 차례였다.

"본래 남궁세가와 패천보가 가지고 있던 점포들을 무상으로 모두 돌려주겠소."

남궁대군과 채운곽의 눈이 찢어질 듯 커졌다. 설마 그런 조건을 내걸 줄은 생각도 못했다. 남궁세가와 패천보는 안휘의 패자였다. 안휘의 상권을 좌지우지해 왔다. 그러니 보유한 점포의 수가 얼마나 많겠는가. 그중에는 규모가 작지만 전장까지 있었다.

한데 그 모든 것을 무상으로 돌려주겠다니, 아무리 이번 합비지사를 통해 큰돈을 벌었어도 쉽게 내릴 수 있는 결정이 아니었다.

"그게 정말이오?"

남궁대군이 믿을 수 없다는 듯한 눈초리로 물었다. 정말 믿기 어려웠다. 하지만 백총관은 그의 반응을 당연하게 여겼다. 누구든 믿을 수 없을 것이다. 자신의 손아귀에 들어온 돈을 그렇게 쉽게 내줄 수 있는 사람은 거의 없으니 말이다. 더구나 액수도 얼마나 어마어마한가.

"솔직히 말하자면 난 이번 일 반대요. 아직도 반대하고 있소."

"하면……."

"내 주인님의 생각은 좀 다르신 모양이오."

남궁대군과 채운곽은 말로 형언하기 어려운 감정이 들었다. 뭔가 기묘한 기분이 슬그머니 가슴으로 스며드는데 그것을 도저히 막을 방도가 없었다.

"솔직히 내 판단에 남궁세가와 패천보는 끝났소. 더 이상 두 가문을 상대로 얻을 만한 것이 없소."

백총관의 냉정한 말에도 남궁대군과 채운곽은 전혀 발끈하지 않았다. 아예 기분조차 나쁘지 않았다. 지금 두 사람의 기분을 건드리기에는 가슴에 스며든 묘한 감정이 너무나 큰 영향을 미치고 있었다. 또한 어느 정도 백총관의 말에 공감하기도 했고 말이다.

"한데 주인님은 여전히 남궁세가와 패천보에 뭔가를 기대하고 계신 모양이오."

"그랬소?"

남궁대군이 억지로 입을 열어 말했다. 그리고는 후회했다. 목소리가 떨려 나왔다. 감정을 아직 억제하지 못한 것이다. 물론 백총관은 전혀 신경 쓰지 않았다.

"그랬소. 당시 그 말씀을 하시던 주인님의 표정에 어린 기대감을 보면 분명히 뭔가가 있긴 있구나 하는 생각이 들었소. 하지만 그뿐이오. 난 역시 내 생각이 틀리지 않았다고 믿고 있소."

남궁대군이 크게 고개를 끄덕였다.

"그럼 그렇게 믿으시오."

백총관이 묘한 눈으로 남궁대군을 바라봤다. 남궁대군은 흔들리지 않는 눈빛으로 백총관을 보며 말했다.

"당신의 주인이 왜 남궁세가를 버리지 않았는지 똑똑히 알게 해줄 테니까 말이오."

남궁대군은 그렇게 말하고 숨을 돌렸다. 감정을 추스른 것이다.

"솔직히 나 야망 많은 놈이오. 그리고 그 야망을 위해서라면 무슨 짓이든 할 수 있소. 하지만 그렇다고 은혜도 모르는 파렴치한은 아니오."

남궁대군은 거기까지 말하고는 채운곽을 쳐다봤다. 채운곽 역시 심각한 표정으로 남궁대군을 바라보고는 크게 고개를 끄덕였다.

"당신의 주인이 누군지 모르지만 참으로 현명한 사람이오. 어쨌든 우리 둘을 얻지 않았소. 돈으로 헤아릴 수 없는 가치를 내가 직접 보여주겠소."

"나도 마찬가지요."

백총관은 대답하지 않고 물끄러미 두 사람을 바라봤다. 그의 얼굴에는 아무런 감정도 떠오르지 않았다. 그것이 김을 새게 만들 법도 하련만 남궁대군도 채운곽도 전혀 개의치 않았다. 백총관은 가볍게 고개를 끄덕이며 말했다.

"주인님이 좋아하실 것이오."

그렇게 말한 백총관이 품에서 종이 뭉치를 꺼냈다. 그것은 놀랍게도 남궁세가와 패천보가 원래 가지고 있던 점포들의 권리 문서였다.

그것을 본 남궁대군이 나직이 탄성을 흘렸다.

"허어. 상황이 이리될 것을 예상하셨소?"

그렇지 않고서야 굳이 위험하게 이것들을 들고 나왔을 리 없지 않은가. 물론 상황이 그렇게 흘러갈 수밖에 없긴 했지만, 그래도 일말의 불확실함이 존재하는 상황에서 이렇게 가져오기는 쉽지 않았을 것이다.

남궁대군과 채운곽의 시선을 받으며 백총관은 천천히 고개를 저었다.

"상황을 예상한 게 아니오. 상황이 어떻게 되었든 무조건 돌려주려고 가져온 거였소."

"무조건? 우리가 싸움을 멈추지 않아도 말이오?"

"주인님께서는……."

백총관은 한 숨 뜸을 들이고는 말을 이었다.

"싸움을 멈추든 그렇지 않든 합비에는 남궁세가와 패천보가 필요하다고 하셨소."

남궁대군과 채운곽은 그 말이 남기는 여운에 잠시 할 말을 잊고 침묵했다. 두 사람의 뇌리에는 수많은 생각이 꼬리에 꼬리를 물고 일어났다.

그 생각의 끝에 남은 건 두 가지였다.

대체 저 노인의 주인은 누구일까? 그리고 그렇게 대단한 사람을 긴장시키는 포천회라는 조직의 진정한 정체가 무엇일까?

물론 금철휘는 단 한 번도 포천회에 긴장한 적 없고, 나아가는 방향과 이유도 완전히 달랐지만 남궁대군과 채운곽은 그렇게 생각했다. 아니, 그렇게 생각할 수밖에 없었다. 두 사람은 새로운 영웅의 등장을 강렬하게 예감했다.

'그 영웅의 곁에 우리 가문이 남는다면 그 또한 영광일 터.'

두 사람이 같은 생각으로 미소 지었다.

*　　　*　　　*

합비의 일은 급물살을 만난 것처럼 순식간에, 또 그러면서도 지극히 자연스럽게 정리되어 갔다. 남궁세가와 패천보는 놀라울 정도로 빠르게 안정을 되찾았다.

세인들은 남궁세가와 패천보가 왜 갑자기 싸움을 멈췄는지에 대해 멋대로 입방아를 찧어 댔다. 하지만 누구도 명확히 그 이유를 찾아내지 못했다.

어쨌든 진실은 패천보와 남궁세가가 전쟁을 끝냈고, 서로 그 어떤 간섭이나 도발도 없이 그저 묵묵히 각자의 가문을 안정시키는 데에만 사력을 다했다는 것이었다.

그렇게 다시 살아난 남궁세가와 패천보의 힘은 굉장했다. 그들은 각자의 역량을 충분히 발휘하면서 합비 자체를 안정시켰다. 그동안 알게 모르게 유착하던 암흑가를 대대적으로 정리해 버리고, 합비의 민생과 안정에 더 신경을 썼다.

두 가문이 그렇게 나오니 합비에 있는 다른 중소 문파들도 함께 흐름을 탈 수밖에 없었다.

그렇게 합비가 순식간에 안정되었다. 그리고 계속 억눌려 있던 만큼 폭발적으로 모든 것이 늘어나 버렸다. 상권이 활발히 움직였고, 수많은 사람들이 일에 매진하고 즐겼다.

그리고 뒤에서 그 모든 것을 조장한 당사자인 금철휘는 전각 꼭대기에서 합비의 전경을 내려다보며 느긋하게 술잔을 기울였다. 금철휘가 자리한 곳은 합비에서 가장 높은 전각이었다. 불과 얼마 전에 완공한 전각이기도 했다.

"이제 여기서의 일도 다 끝났군."

금철휘의 중얼거림에 한서연과 화영이 조심스럽게 그의 눈치를 살폈다. 그녀들은 금철휘가 잔을 비울 때마다 번갈아 잔을 채워줬는데, 궁금한 것이 엄청나게 많다는 표정으로 끊임없이 금철휘를 바라봤다.

"왜? 내 얼굴에 뭐 묻었어?"

"대체 어떻게 하신 거죠?"

"뭘?"

"공자님께서 전쟁을 끝내신 거잖아요. 아닌가요?"

금철휘가 피식 웃었다.

"전쟁을 끝낸 건 남궁세가랑 패천보지 내가 아니야."

"흥, 저희가 무슨 귀머거리에 장님인줄 아세요? 공자님 근처에 있다 보면 자연스럽게 들리는 말들이 있답니다."

금향각의 정보는 합비에서 벌어지는 일에 한해 한서연과 화영이 얼마든지 알 수 있도록 되어 있었다. 각각 기루와 객잔을 운영해야 하기 때문에 금철휘가 봐준 편의였다.

그리고 금향각은 비교적 정확하게 이번 전쟁의 이면에 대해 알고 있었다. 하지만 한서연과 화영에게 전해줄 수 있는 정보에는 한계가 있었다. 그래서 금철휘가 주도한 것은 알 수 있어도 뭘 어떻게 했는지는 전혀 알 수 없었다. 물론 금향각에서도 그저 추측에 기인한 정보를 가지고 있을 뿐이었다.

"그나저나 합비를 정말로 몽땅 사신 모양이더군요. 대체 금룡장에 돈이 얼마나 많기에 그럴 수가 있는 거죠?"

한서연과 화영은 금룡장의 재산이 보이는 게 전부가 아니라는 것은 어렴풋이 알고 있었다. 하지만 그게 대체 얼마나 되는지는 아예 짐작도 할 수 없었다. 그저 이번 합비지사로 인해 정말 어마어마한 부자라는 것만 되새겼을 뿐이었다.

"솔직히 말하면 그거 내 돈으로 산 거 아냐."

"예?"

"그게 무슨 말이죠?"

"내 돈으로 한 건, 다른 사람의 돈을 끌어들인 것밖에 없거든."

한서연과 화영은 알쏭달쏭한 표정으로 금철휘를 바라봤다. 대체 무슨 말을 하는 건지 알 수가 없었다. 하지만 금철휘는 더 이상 해줄 말이 없다는 듯 다시 시선을 창밖으로 돌렸다.

"한데 공자님."

한서연이 부르자, 금철휘가 다시 고개를 돌려 그녀를 쳐다봤다.

"대체 이 전각은 왜 지으신 건가요?"

지금 금철휘가 앉은 전각은 원래 공사하고 있던 걸 금철휘가 나서서 막대한 돈으로 구입한 후, 설계를 변경시키면서까지 층수를 늘렸다. 금철휘는 합비 전역을 볼 수 있을 정도로 높은 전각을 원했기에 공사를 하던 사람들은 엄청난 고생을 피할 수 없었다.

가끔 금철휘가 와서 공사를 지켜보며 천령신공으로 도와주지 않았거나, 원래 전각을 짓고 있지 않았다면 아마 아직도 공사가 끝나지 않았을 것이다.

그렇게 무리를 해서까지 전각을 지었으니 그 용도가 궁금한 게 당연했다. 한서연과 화영은 기대 어린 눈으로 금철휘를 바라봤다. 이 정도 규모의 전각이라면 금룡장의 지부가 들어와도 이상할 게 없을 것이다.

"기루."

금철휘의 대답에 두 여인이 멍한 표정을 지었다. 기루라니. 분명히 잘못 들었을 것이다. 한서연이 인내심 어린 표정으로 다시 물었다.

"제가 잘못들은 거 같은데, 다시 말씀해주시겠어요?"

"기루를 만든다고. 잘못들은 거 아냐."

"기, 기루요? 이런 큰 전각을 그렇게 막대한 돈을 들여 만들었는데 고작 기루로 쓰겠다고요?"

"고작 기루라니, 이 기루는 아마 안휘 제일의 기루가 될 거야. 이렇게 거대한 전각을 가진 기루 봤어?"

두 여인은 할 말을 잃었다는 표정으로 금철휘를 바라봤다. 하긴, 돈 많은 놈이 자기 하고 싶은 일을 하겠다는데 누가 말리랴.

"지금 책임자를 물색하는 중이야. 기루 이름은 황금루로 정했어. 여기서 술을 마시려면 황금을 싸들고 오라는 아주 좋은 뜻이지. 어때? 멋지지?"

두 여인은 유치하다는 말을 하려다가 그냥 꿀꺽 삼켰다. 황금루에 대해 설명하는 금철휘의 표정이 너무나 천진난만하고 즐거워 보였기 때문이다.

"한데 공자님. 공자님은 벌써 합비에 열 개가 넘는 기루를 가지고 계시잖아요."

"그건 그거고 이건 이거지. 어때? 한번 맡아볼래?"

금철휘가 은근한 눈으로 화영에게 말하자 화영은 갑자기

마음이 흔들렸다. 금철휘의 눈빛이 마음에 걸렸다. 거절하고 싶은데 왠지 거절하면 후회할 것 같은 느낌이 들었다. 그녀는 한동안 고민했다. 그리고 결국 고개를 저었다.

"아뇨, 죄송해요. 전 아직 공자님을 더 따라다니고 싶어요. 마음도 얻고 싶고요."

금철휘가 난감한 표정을 지었다. 그리고 머리를 긁적였다.

"이거 아무래도 다시 살을 찌워야겠어."

화영이 배시시 웃었다.

"이제 그거 안 통하거든요? 전 공자님이 어떤 모습이건 상관없어요."

금철휘가 한숨을 푹 내쉬며 한서연을 쳐다봤다. 한서연 역시 같은 마음이라고 강변하듯 금철휘를 바라보고 있었다. 금철휘는 다시 머리를 긁적였다. 지금 그가 할 수 있는 일은 그것뿐이었다.

하지만 이내 금철휘는 다시 창밖을 바라봤다. 합비에서 있었던 일은 그에게도 참으로 인상 깊었다. 백총관이 많은 일을 했지만 금철휘도 그와 함께 일을 주도해 나갔다. 그랬기에 많은 것을 배우고 느낄 수 있었다.

그러나 이제는 떠날 때가 되었다. 금철휘가 이 전각을 기루로 만들겠다고 한 것은 항주의 향화루가 떠올랐기 때문이다. 이곳 최상층은 향화루와 마찬가지로 금철휘의 공간이 될 것이다.

'그리고 금향각의 지부 역할도 겸하고.'

앞으로 머물게 될 다른 곳에도 이와 똑같은 기루를 세울 것이다. 그리고 같은 이름을 붙일 것이다. 황금루라는 유치한 이름을 선택한 것도 그 이유였다. 황금루라는 이름을 아무나 선뜻 선택하기가 쉽지 않을 테니 말이다.

그렇게 감회에 젖어 앞으로의 일을 생각하고 있을 때, 근방이 소란스러워졌다. 물론 한서연이나 화영은 전혀 느끼지 못했을 것이다. 금향각의 정보원들이 움직이는 소리였으니까.

금철휘는 흥취가 깨지는 바람에 나직이 혀를 차고 술을 마셨다. 밖이 소란스러워진 걸 보면 조만간 자신에게 보고가 들어올 거라 예상했다. 그리고 그 예상은 아주 정확히 맞아떨어졌다.

금철휘 앞에 정보원이 나타나자, 한서연과 화영은 살짝 놀랐다. 몇 번이나 본 광경인데도 볼 때마다 그들의 은밀함에 놀랄 수밖에 없었다. 그 때문에 수련에 매진하고 기감을 키우는데도 마찬가지였다.

두 여인은 속으로 더 열심히 해야겠다고 생각하며 정보원을 바라봤다. 그가 과연 무슨 말을 할지 기대되었다. 금철휘는 이런 경우 정보를 숨기는 법이 없어서 좋았다.

"혈룡귀갑대에 대한 정보가 들어왔습니다."

"혈룡귀갑대?"

혈룡귀갑대와 관계된 정보는 아무리 작은 거라도 우선적

으로 보고하게 해 뒀기에 벌어진 일이었다. 금철휘가 그런 지시를 내린 이유는 자신의 예전 몸이 강시로 변해 돌아다니기 때문이었다. 그 모습을 알아보는 사람이 분명히 아직 남아 있을 것이고, 그렇게 되면 어떤 경로로든지 정보를 얻을 수 있을 테니까 말이다.

"말해봐."

정보원은 잠시 머릿속을 정리한 뒤 입을 열었다.

"혈룡귀갑대의 전인들이 나타났습니다."

"전인?"

금철휘는 어이가 없어서 헛웃음이 나왔다. 혈룡귀갑대의 전인이라니, 그런 건 애초에 나올 수가 없다. 혈룡귀갑대는 전원 후예를 두지 못하고 죽었기 때문이다.

"그리고 그들을 이끄는 사람이 바로 혈룡귀갑대주라고 합니다."

그 얘기를 함께 듣고 있던 한서연과 화영의 얼굴에 어마어마한 경악이 떠올랐다. 혈룡귀갑대주라니, 하면 무림맹주의 단언은 대체 뭐란 말인가. 무림맹주인 검성 만호유는 혈룡귀갑대주의 죽음을 목격했다고 단언했다. 한데 이제 와서 혈룡귀갑대주가 나타났다니.

모두가 경악했지만 단 한 사람, 금철휘만은 그렇지 않았다. 금철휘는 그 보고를 들으며 눈을 빛냈다. 드디어 찾은 것이다.

"가자."

금철휘가 벌떡 일어나 밖으로 나갔다. 그러자 당황한 한서연과 화영이 황급히 그 뒤를 따랐다.

그리고 천하가 술렁이기 시작했다.

〈다음 권에 계속〉

이현 판타지 장편소설
FANTASYSTORY & ADVENTURE
Nahasa
나하사
왕은 봉인되고 마법은 쇠퇴한 신들의 시대
지된 고대마법을 구사하는 소년 마법사가 등장했다!
이현 판타지 장편소설
『나하사』
하는 개구리와 꽃미남 마족 그리고 소년 마법사
계를 뒤바꿀 예측불허 마왕 부활 추진대!
dream books
드림북스

그로스
언리미티드

주현성 판타지 장편소설

FANTASYSTORY & ADVENTURE

그로스Gross 내스티Nasty
이제부터 그것이 자네의 이름이네
자네의 모습을 보니 그 이상 가는 이름은
찾을 수 없을 것 같군

이름을 지어준 친구가 살해당한 그때
무한한 잠재력을 지닌 괴물이 복수를 결심했다

dream
books
드림북스

신룡의 주인

『더스크 하울러』, 『환수의 주인』의 작가!
태선 판타지 장편소설

『신룡의 주인』

알테리온가의 막내아들 샨,
알에서 태어난 특급 용 카이.
평범하지 않은 둘의 좌충우돌 학교생활이 시작된다!

dream
books
드림북스

天劍帝

천검제

『절대천왕』, 『암천제』, 『천풍전설』의 작가!
장담 신무협 장편소설

『천검제』

세상을 뒤엎는 한이 있어도
아버지의 죽음에 관여한 자들 모두 용서치 않으리라!

dream
books
드림북스